Karin Boehm

Frau Malenki liebt Heinz Maegerlein

LitRevier 9
herausgegeben von
Werner Boschmann

Kiek ut 20, 45359 Essen
1. Auflage, September 1994
ISBN 3-922750-21-4
Druck: Offizin Andersen Nexö, Leipzig
Titelfoto: Ullstein
Klappenfoto: Studio Meier-Weiß, Gelsenkirchen

Karin Boehm

Frau Malenki liebt Heinz Maegerlein

HENSELOWSKY
BOSCHMANN

Herbert Knorr
Beratung und Bearbeitung

1. Kapitel

Von einem großen Faulenzer, einer noch größeren Überraschung und von einem heißen Bikini am Kanal

»Hanne und Elfi, kommt mal her! Ich muß euch was Wichtiges zeigen, bevor Mama zurückkommt«, ruft Papa uns zu, als wir von der Schule nach Hause kommen.

Meine fünf Jahre ältere Schwester Hanne und ich werfen unsere Tornister in die Ecke und setzen uns zu ihm auf die Kücheneckbank. Es ist Samstag, und wir haben beide schon um Viertel vor elf Hitzefrei gehabt.

Erwartungsvoll gucken wir beide Papa an.

Normalerweise hat er Wechselschicht auf der Zeche Graf Bismarck. Im Moment aber hat er ein paar Tage frei, lümmelt sich im Bademantel am Frühstückstisch herum, qualmt eine Juno, hört Radio und singt jetzt gemeinsam mit Gus Backus: »Da sprach der alte Häuptling der Indianer …«

»Was gibt es denn Tolles, Papa?« fragt Hanne ungeduldig.

»… wild ist der Westen, und schwer ist der Beruf.« Papa grinst uns beide nur an.

»Nu sag schon!« Ich will endlich wissen, was Papa so Besonderes hat.

»Da, guckt mal!« Papa zieht plötzlich einen Katalog mit der Aufschrift *Ferien in Österreich* aus seiner Bademanteltasche und legt ihn vor uns auf den Tisch. »Na, wär das was?«

Das wär was, denke ich und blättere zusammen mit Hanne andächtig in dem kleinen Katalog.

Ich bin mit meinen sechs Jahren noch nie weiter weggefahren als ins Sauerland. Mama, Papa, Hanne und ich - die ganze Familie zusammen in Urlaub, das kenne ich nicht. Und schon gar nicht ins Ausland. Ich lausche daher begeistert, was Papa so alles erzählt über die Alpen, die stets schneebedeckten Bergspitzen, die ewigen Gletscher, die lustigen Tiroler, die dicken Knödel und nicht zuletzt den leckeren Jagertee.

Papa läßt sich Hannes zerfledderten Schulatlas geben und erklärt uns die Strecke, die der Reisebus Richtung Süden fährt.

Er rechnet die Entfernung aus. »Schlappe 800 bis 900 Kilometer«, zählt er zusammen, »je nachdem, welche Umwege der Bus macht. So zwölf, dreizehn Stunden werden wir vier wohl unterwegs sein.«

Hanne und ich gucken Papa an. Was meint er denn damit?

Papa weidet sich an unseren großen Augen. Und schließlich klärt er uns auf: »Ja, was denkt ihr denn, ihr Kröten? Meint ihr, ich laß mir so eine Gelegenheit entgehen? Euer Papa hat Nägel mit Köppen gemacht!« Papa holt aus der Tasche seines Bademantels ein Kuvert und hält es in die Höhe. »Ich hab gebucht. In drei Wochen geht es los.«

Hanne und ich fallen Papa um den Hals.

Aus dem Radio erklingt das fröhliche Lied vom *Itsy-Bitsy-Teenie-Weenie-Honolulu-Strand-Bikini.*

Wir fahren zwar nicht an den Strand, doch die Berge sind für uns auch der Himmel auf Erden.

Papa befreit sich aus unserer Umklammerung und grinst uns an. »Als ich gestern in der Stadt war, da bin ich nämlich am Reisebüro Laska vorbeigekommen, und da sind doch tatsächlich noch vier Plätze im Bus frei gewesen. Da konnte ich doch nicht nein sagen. Ich denke, wir schenken der Mama die Reise zum Geburtstag. Was haltet ihr davon?«

Richtig! Mama feiert ja nächste Woche ihren dreißigsten Geburtstag.

Wir finden Papas Idee prima und fallen ihm noch einmal um den Hals.

»Halt, halt«, wehrt sich Papa, »ihr drückt mir ja noch die Luft ab! Nicht so hastig! Ich hab da noch was für Mama, aber nur für sie allein. Na, hat euer Papa einen guten Geschmack?« Er zieht eine Korallenkette aus der Bademanteltasche. »Und wehe, ihr verratet Mama was! Dann gibt es Senge!«

Hanne und ich bewundern die Halskette. Sie ist wirklich toll. Und dann reden wir noch eine Weile über den Urlaub.

Gerade als Papa in seiner Euphorie verspricht, Hanne und mir im Zillertal ein österreichisches Dirndlkleid zu kaufen, kommt Mama vom Einkaufen zurück.

»Das ist ja wohl zum Mäusemelken! Kaum bin ich aus dem Haus, tanzt der Rest der Familie auf dem Tisch. Kurt, mach den Schmergel aus und hilf mir beim Auspacken! Und ihr, macht endlich eure Schulaufgaben!« Mama steht mit vollbeladenen Einkaufstaschen in der Küchentür. Wir haben sie nicht kommen hören. Sie sieht Papa, Hanne und mich strafend an.

Papa greift blitzschnell zum Urlaubsprospekt und läßt ihn unter der Tageszeitung verschwinden.

Zum Glück kriegt Mama das nicht mit. Sie wischt sich den Schweiß von der Stirn, packt ihre Einkaufstaschen aus und verstaut alles in den Schränken. »Herrgott, Kurt, was ist mit dir los? Kannst du deinen Hintern nicht mal in Bewegung setzen?«

Papa zieht genüßlich an seiner Zigarette.

»Kurt, mach endlich den Schmergel aus! Genügt es nicht, daß die Zeche alles schwarz macht? Mußt du mir mit dem Qualm auch noch die Gardinen vergilben? Die Küche sieht aus wie eine Kokerei. Seit drei Monaten versprichst du mir, sie zu tapezieren. Und was machst du jetzt, wo du frei hast? Lümmelst dich rum und stiehlst dem lieben Herrgott die Zeit.«

Papa macht immer noch keine Anstalten aufzustehen. Er will Mama wohl ärgern. Erst lächelt er sie an, dann grinst er zu uns herüber und legt mit verschwörerischem Gesicht den Finger auf den Mund.

Alles klar! Für Mama soll es eine Überraschung werden.

Mama erfaßt in ihrem Eifer überhaupt nicht die Lage und kennt kein Erbarmen. »Was gibt es da für Geheimnisse? Los, Hanne und Elfi, Schulaufgaben! Aber dalli! Erst die Pflicht und dann das Vergnügen.«

Mit Vergnügen meint Mama das Kanalbaden. Mittags wollen wir noch zum Rhein-Herne-Kanal. In der Aufregung um Papas Geburtstagsidee haben wir das fast ganz vergessen.

Hanne und ich nehmen daher schnell unsere Ranzen und beginnen mit den Schulaufgaben. Ich packe meinen Griffelkasten aus und kritzele auf meine Schiefertafel wenigstens ein dutzendmal den blöden Satz »Tut, tut, ein Auto kommt«. Aber ich bin nicht ganz bei der Sache. Ich platze fast vor Spannung. Hoffentlich kann ich das Geheimnis für mich behalten.

Papa blättert im Sportteil der Zeitung.

Mama schimpft schon wieder: »Nur faulenzen! Und rumlümmeln! Und ich racker mir bei der Hitze ein ab.«

»Marlies, nu mach keinen Stunk hier und beruhige dich. Ich hab nun mal meine Rückenschmerzen.« Papa packt sich ins Kreuz.

»Vielleicht kann dir deine Älteste helfen«, sagt Mama.

Hanne protestiert sofort: »Ich hab heute so viel auf. Soll die Elfi helfen, die ist schon lange fertig.«

»Genau«, sagt Papa und bewegt sich keinen Millimeter.

Mama ärgert sich. »Kurt, es wird Zeit, daß du wieder malochen gehst. Wenn du zu Hause hockst, machst du nur Arbeit.«

Doch Papa läßt sich nicht aus der Ruhe bringen. »Der Pütt hat meine Knochen, meine Lunge und mein rechtes Knie auf dem Gewissen.« Genüßlich zieht er an der Juno und legt dann seine Füße auf den Tisch. »Der Pütt hat alles aus mir rausgequetscht, der hat mich mit Haut und Haaren gefressen.«

»Vor allen Dingen mit Haaren. Dabei bist du gerade fünf Jahre älter als ich.« Mama merkt nicht, wie Papa sie aufzieht.

Papa streicht über seine hohe Stirn und bläst kleine Rauchwölkchen in Richtung Fenster. »Kann doch nicht jeder aussehen wie Graf Koks!« Er drückt die Juno aus, nimmt die Füße vom Tisch, steht auf und geht zu Mama, die mittlerweile Mehl und Zucker in die dafür vorgesehenen Glasschalen geschüttet hat und diese gerade in den Küchenschrank zurückschiebt.

Papa umfaßt sie von hinten und drückt sie an sich. »Was ist denn heute mit dir los, Marlies?«

Aber Mama schüttelt ihn ab. »Laß das! Ich hab zu tun!«

»Und ich hab frei. Ist das nichts?« Papa hockt sich nieder, legt wieder die Füße auf den Tisch und steckt sich eine neue Zigarette an.

»Eben, du hast frei. Genau das ist es.« Mama dreht sich um. »Da könntest du endlich mal Küche und Korridor tapezieren. Sechs Wochen haben wir die Tapeten schon liegen. Immer wieder hast du das verschoben. Wenn ich frei hab, Marlies, da mach ich das, ganz bestimmt, Marlies!« Mama äfft Papa nach. »Und jetzt hast du frei, und was ist? Hängen im Schacht!«

»Marlies, kommt alles, kommt alles! Kommt Zeit, kommt Rat! Laß mich doch mal erst zur Ruhe kommen.«

»Zur Ruhe kommen, wenn ich das schon höre. Drei Tage verpaffst du schon die Wohnung und weißt nicht, was du mit dir anfangen sollst.« Mama schiebt Papas Füße vom Tisch. »Schlechtes Vorbild für die Kinder bist du auch.«

Doch Papa hat wie immer die Ruhe weg. »Weißt du, was ich mal mach, wenn ich Rentner bin, Marlies?«

»Wahrscheinlich liegst du dann den ganzen Tag auf dem Sofa rum.«

»Nee, lange Spaziergänge werd ich dann machen. Und von den Spaziergängen bring ich dir Wiesenblumen mit. Und unsere schöne Wohnung renoviere ich dir alle drei Wochen, wenn du willst. Und den großen Keller räum ich dir dann auch auf. Piekfein wird dann alles. Jede Schraube liegt dann ordentlich auf dem Werkzeugtisch.«

Papa erhebt sich wieder, geht erneut zu Mama und versucht, sie an sich zu drücken. »Ach, Schätzken! Das wird mal toffte, wenn ich Rentner bin. Jeden Wunsch lese ich dir von den Augen ab. Und wenn ich dann so von meine Spaziergänge nach Hause komm, dann steht dein lecker Essen auf dem Tisch.«

»Laß das! Und gut, daß du mich daran erinnerst. Den Keller hättest du heute vormittag gut aufräumen können.« Mama schiebt Papa an die Seite und wischt sich wieder den Schweiß von der Stirn.

»Ein oder das andere.« Papa bleibt ganz ruhig. »Sonst wird nichts Ordentliches daraus. Gut Ding will Weile haben. Jetzt mußt du dich schon entscheiden. Keller aufräumen oder Küche tapezieren? Da wird ja nie was bei rauskommen, wenn du dich nicht entscheiden kannst.«

Mama dreht sich um und wird fuchtig. »Jetzt will ich dir mal was sagen, du faule Socke. Wenn du mal Rentner bist und die Kinder aus dem Haus sind, dann gehe ich auf Trallafitti. Das verspreche ich dir auf die nackte Hand.«

»Marlies, jetzt sei doch nicht so! Ehrlich, morgen tapezier ich dir deine Küche.«

»Ist das vielleicht meine Küche?«

»Auf jeden Fall tapezier ich sie, und den Korridor gleich mit, bestimmt!«

»Vorsicht, Kurt! Auf Meineid stehen mindestens zwei Jahre«, schlägt Mama jetzt einen versöhnlicheren Ton an. »Und nun macht mal hinne, aber alle! Hanne und Elfi, sucht eure Sachen zusammen, sonst kommen wir heute überhaupt nicht mehr zum Kanal.«

Als ich meine Badesachen herauskrame, denke ich wieder an den Österreich-Urlaub. Einmal richtig Urlaub machen, genauso wie meine Spielkameradin Gundula Hering-Kleinschmidt von schräg gegenüber, das ist für mich ein fast unvorstellbarer Gedanke. Gundula ist schon an der Nordsee und im Bayerischen Wald gewesen, und in Italien am Gardasee und sonstwo. Und jetzt fahre auch ich einmal weit weg.

Ob es in Österreich wohl wirklich so aussieht wie auf den Fotos im Prospekt? Ob ich die Tiroler überhaupt verstehe? Ob Mama sich über den Urlaub freuen wird?

Papa verdient als Bergmann nicht schlecht, zumindest im Vergleich zu anderen Arbeitern. Das sagt er immer, wenn Mama darüber mault, wie wenig wieder in der Lohntüte ist. Doch bisher konnten wir uns einen richtigen Urlaub nicht leisten.

Bis 1958 logierten meine Eltern noch in der alten Zechensiedlung bei Oma Erle, Papas Mutter. Jetzt wohnen wir seit vier Jahren in den neuen Zechenhäusern zur Miete.

Mama hat mir oft erzählt, wie sie zu der neuen Wohnung gekommen sind: »Das war damals nicht einfach. Gute Wohnungen waren knapp, und als Papa durch die Zeche zwei Jahre nach deiner Geburt eine Neubauwohnung mit dreieinhalb Zimmern zugeteilt bekam, war das wie sechs Richtige im Lotto. Ich hatte Papa auf die Wohnungsverwaltung von der Zeche geschickt. Er sollte mal Druck machen. Dort hat er gesagt, daß er nun endlich eine Wohnung brauche, das zweite Kind sei da. Wenn ich Papa damals nicht losgeschickt hätte, würden wir wohl heute noch mit Oma Erle in einem Haus wohnen.«

Immer wieder berichtet mir Mama von den alten Verhältnissen, an die ich mich überhaupt nicht erinnern kann. Es sind richtige Klagelieder, die Mama dann anstimmt: »Das Klo war eine Treppe tiefer und wurde zusammen mit einer weiteren Familie benutzt. Wenn der Jupp von nebenan seine Sitzung hatte, konnten wir da die nächste Stunde nicht rein. Dagegen riechen Papas dreckige Arbeitssocken wie Kölnisch Wasser. Oma, Hanne, du und ich schliefen damals in Omas Doppelbett, Papa auf der Küchencouch, wenn er nachts da war. Hatte Papa Nachtschicht, konnte er morgens in mein warmes Bett steigen, das ich gerade verlassen hatte, um für ihn was zu essen zu machen, wenn er heimkam.«

Für die neue Wohnung bekam Mama ein schönes neues Schleiflack-Schlafzimmer. »Das war mein Traum. Das ist damals unsere einzig richtige Neuanschaffung gewesen. Mit der Zeit konnten wir uns mehr und mehr schuldenfrei einrichten, wenn wir uns auch noch nicht alle Wünsche erfüllen konnten.«

Unsere neue Wohnung hat auch eine eigene Toilette und ein komfortables Badezimmer mit einem schicken Gasboiler und blauen Kacheln, die bis zur Hälfte der Badezimmerwand reichen. Leider haben wir noch keine Zentralheizung. Aber das schickt sich für einen Bergmann nicht. Schließlich lebt er von der Kohle, und außerdem gibt es von der Zeche für jeden Bergmann Deputatkohle für umsonst. Dafür haben wir einen kleinen Balkon nach hinten heraus, auf dem wir im Sommer, wenn das Wetter schön ist, ab und zu sonntags frühstücken.

Wenn es aber so richtig heiß wird, dann geht unsere ganze Familie am Wochenende schwimmen. Am Kanal baden, das ist das Größte. Das große Freibad Grimberg, nach einem ehemaligen Ritterschloß benannt, liegt zwar ganz in der Nähe, aber der Rhein-Herne-Kanal ist von uns aus ebenfalls in knapp zwanzig Minuten Fußweg zu erreichen. Und hier müssen wir keinen Eintritt bezahlen, und das bißchen Teer oder Öl auf dem Rücken nehmen wir dafür gern in Kauf.

Mama macht am Abend vorher immer den obligatorischen Kartoffelsalat und einen Haufen Frikadellen. Wenn das Wetter allerdings über Nacht umschlägt, sitzen wir mürrisch am Mittagstisch, und niemandem schmecken Mamas Ausflugsdelikatessen.

Im Keller bewahren wir alte ausrangierte Decken auf, die schon kleine Löcher oder Wollmäuse haben. »Für den Kanal sind die noch gut zu gebrauchen«, meint Mama, die stets sehr praktisch denkt.

Die Wochenenden am Kanalufer sind eine Idylle für sich, und nicht nur, weil ich es so schön finde, wenn die vorbeituk-kernden Kohlenschiffe ihre Wellen schlagen.

Ich sitze dann mit meinen Freundinnen auf den Ufersteinen, und wir lassen in dem plätschernden Wasser unsere Hölzchen und Papierschiffchen schwimmen. In der Nähe hat ein Ruderverein sein Klubhaus, und samstags und sonntags rudern Einer, Doppelzweier und Achter an uns vorbei. Sie trainieren. Vor zwei Jahren haben zwei Gelsenkirchener sogar eine Goldmedaille bei den Olympischen Spielen in Rom gewonnen.

Papa ist Hobbyangler und hofft stets, daß ihm am Kanal der große Fang gelingt. Ab und zu angelt er tatsächlich einen kleinen Fisch, den wir alle gebührend bewundern müssen. »Ich glaub, das ist ein Kanalaal«, spotten dann die Kollegen. »Oder vielleicht doch eine Grimberg-Sprotte?«

»Beim nächstenmal fang ich garantiert einen Hecht«, sagt Papa dann später am Feuerchen, über das die Männer Würstchen und Schnitzel grillen. Sie unterhalten sich über den Pütt und dreschen einen zünftigen Skat. Gegen Abend wird auch schon mal da oder dort eine Gitarre gestimmt oder ein Schifferklavier herausgeholt und gesungen.

Wenn wir schließlich die Decken einrollen, sind wir meist ganz schön kaputt und müde. Ab und zu hören wir auf dem Heimweg das Plärren eines dieser modernen tragbaren Batterie-Radios, und Cliff Richard ist von Gelsenkirchen-Erle bis Dortmund oder Duisburg zu hören, je nachdem, wie der Wind steht.

Je nachdem, wie der Wind steht, stört er auch ab und zu in anderer Weise unser Kanalvergnügen. Wenige Meter weiter, neben dem Kanal, fließt die Emscher vorbei. Ihre besondere Fracht - Abwasser und Kötteleien - duftet schon mal zu uns herüber. Meist dann, wenn wir gerade unseren Kartoffelsalat essen.

Als der Abwasserfluß einmal ganz besonders riecht, wird ein Skatkollege Papas zum Dichter. Er ist für seine Sprüche bekannt, die er, vor allem wenn er nicht mehr ganz nüchtern ist, losläßt. Plötzlich steht er auf, rümpft die Nase und bittet um Ruhe. Links eine Wurst, rechts die Bierflasche in der Hand, wippt er bedenklich hin und her, und als alles still ist, reimt er kurz und bündig: »Leise rauscht die Emscherkacke, und ich hab ein inne Hacke!«

Wer am Kanal die besten Plätze erwischen will, der muß sich schon frühzeitig auf die Socken machen, sonst ist kein schattiges Plätzchen mehr zu erwischen.

Doch obwohl es heute bereits nach ein Uhr ist, bekommen wir unter einem stattlichen Ahorn noch problemlos einen schönen Platz. Wir haben unseren Liegeplatz immer jenseits der großen Kanalbrücke, wo sich zwischen Kanal und Emscher ein großes Stück wilder Wiese befindet. Darauf stehen ein paar große Bäume, die Schatten spenden, und wir haben hier auch Platz zum Völkerball- oder Federballspielen. Die Jungen spielen sogar manchmal mit ihren Vätern Fußball. Und im letzten Sommer passierte es, daß ein Lederball mitten in Mamas Kartoffelsalattopf landete.

Papa stellt die mitgebrachten Getränke - unseren Zitronentee und sein Bier - ins Wasser zwischen die Ufersteine. Denn vor allem sein Glückauf-Helles will er kalt trinken. »Halbwarm schmeckt das Zeug wie Plempe«, sagt Papa immer.

Wir ziehen uns aus, und Mama präsentiert ihren neuen Badeanzug. Papa, der sich hinter den Büschen die Badehose hochgepellt hat, kommt zurück und staunt. »Mensch, Marlies! Toll!« Und dann lächelt er. »Gut, daß endlich Sommer ist. Ich wußte ja schon gar nicht mehr, wie gut du aussiehst.«

Mama tippt mit dem Finger an ihre Stirn, doch als Papa sie um die Taille faßt, merke ich, wie ihr das gefällt.

»Und was ist mit mir?« Plötzlich steht Frau Rombarski - oder besser Tante Emmi, wie wir Kinder die weitläufige Bekannte von Mama nennen - hinter uns. Aber nicht nur sie. Hinter Tante Emmi tauchen ihr Mann Egon und Sohn Thomas auf.

Thomas ist etwa zwei Jahre älter als ich, aber etwas schüchtern, und hält sich jetzt krampfhaft an Tante Emmis Hand fest.

»Jetzt laß doch mal los, Thomas!« Tante Emmi befreit sich von Thomas und dreht sich stolz um ihre eigene Achse. Gleich dreimal!

Sie trägt einen knappen Bikini, und ihre tadellose Figur gefällt offenbar auch Papa. »Mensch, Emmi, das ist aber ein heißes Teil. Wenn ich nicht schon Marlies und zwei Kinder hätte, ich glaube ...« Papa hört auf zu reden, weil er Mamas bösen Blick sieht.

»Na, na!« Herr Rombarski stößt Papa an. »Nicht in fremden Revieren wildern. Hast du schon ein Bier kalt, Kurt?«

»Egon, da unten, im Spezialkühlschrank.« Papa zeigt auf die Kanalufersteine, blickt vorsichtig zu Mama und flüstert dann Egon leise zu: »Aber heiß ist der Fetzen Stoff schon, den da deine Emmi trägt.« Und als er schon fast am Ufer ist, ruft er in Richtung Tante Emmi: »Wenn du jemand zum Rückeneinreiben brauchst, dann denk an mich, ja!«

Onkel Egon holt seine eigenen Glückauf-Flaschen aus seinem Tragebeutel heraus, um sie ebenfalls im Wasser kühl zu stellen.

Als Mama sich einen Moment umdreht, um für mich, Hanne und Thomas die Mau-Mau-Karten aus der Tasche herauszukramen, höre ich, wie sie ganz leise sagt: »Die haben mir gerade noch gefehlt!« Und dann sagt sie zu Tante Emmi mit süßlicher Stimme: »Ein schönes Stück. Aber meinst du nicht, daß der Bikini vielleicht ein bißchen zu gewagt ist?«

Mama kann die Rombarskis nicht leiden. Sie kennt Tante Emmi zwar von früher. Sie wohnte in der gleichen Straße, in der Mama aufgewachsen ist. Aber Tante Emmi strunzt immer so mit ihrem Egon herum, der auf Bismarck Büroangestellter ist und oft den dicken Macker heraushängen läßt.

»Ach was!« antwortet Tante Emmi, die sich gleich noch mal im Kreis dreht und an Höschen und Oberteil zupft. »Man muß mit der Zeit gehen. Und Egon mag das!« Und einmal angesprochen, hört sie nicht mehr auf. Sie muß noch eine Neuigkeit loswerden. »Egon ist letzten Monat in eine höhere Gehaltsklasse aufgestiegen. Wurde ja auch Zeit. Wir wollen uns schließlich mal was leisten können.«

Tante Emmi redet sich in Fahrt: »Nun rate doch bitte mal, Marlies, was der hier gekostet hat!« Sie zupft sich wieder am Höschen. Als Mama mit den Schultern zuckt, sagt sie erneut: »Nun rate doch mal!«

Mama nennt einen Preis. Tante Emmi lacht. »Hast du Vorstellungen, Marlies! Entschuldige, wenn ich lache. Aber das ist wirklich lachhaft.«

Ich sehe, wie Mama ganz blaß wird, als Tante Emmi nun den richtigen Preis des Bikinis nennt.

Mama legt sich sofort ein Handtuch um die Schultern. Ihr Badeanzug ist ein Schnäppchen gewesen und kommt längst nicht mit Tante Emmis Zweiteiler mit. Tante Emmi kauft angeblich immer in den besten Läden.

Papa und Onkel Egon, jeder eine Flasche Bier in der Hand, kommen vom Ufer zurück und setzen sich auf die Decke.

Jetzt kann Tante Emmi ihre größte Neuigkeit loswerden: »Ja, Kurt«, sie schlägt Papa auf den Rücken, »in diesem Sommer werdet ihr uns wohl hier am Kanal nicht mehr sehen. Wir haben Spanien gebucht. Mallorca! Ganz groß im Kommen. Immer Sonne, wunderschöne Strände! Man muß ja auch mal was anderes sehen!«

Papa findet seine Sprache schnell wieder. »Eben«, rutscht es ihm heraus, »deshalb fahren wir auch mit der ganzen Familie im Sommer nach Österreich.«

Mama sieht ihn mit großen Augen an. »Kurt, was redest du denn für einen Stuß!«

Papa beißt sich auf die Lippen. Dann rückt er zu Mama rüber und nimmt sie in den Arm. »Ach je! Jetzt hab ich mich doch verplappert. Sollte eine Überraschung werden. Für dich Marlies, zum Geburtstag.« Und dann erzählt Papa alles.

»Ich glaube, ich krieg einen Nervenzusammenbruch!« Mama weiß nichts anderes zu sagen. »Schafft es der Kerl nicht, Küche und Korridor zu tapezieren, bucht aber einen Urlaub in Österreich!«

Als sie im Begriff ist, Papa mit gezielten Stößen die Rippen zu malträtieren, verabschiedet der sich schnell in Richtung Kanal und schwimmt erst einmal zum anderen Ufer hinüber.

Als er nach einer Viertelstunde zurückkommt, hat Mama sich beruhigt. Sie überlegt schon, was sie auf die schnelle noch alles besorgen muß bis zum Urlaub. Und dann hat sie ja auch noch Geburtstag. »Wie soll ich das denn alles bloß schaffen? Kurt, ich glaube, du bist verrückt.«

»Weißt du, Marlies, das kann schon sein«, erwidert Papa und grinst. »Das ist aber doch wirklich ein Fitsch gewesen. So fast auf die letzte Minute und gar nicht so teuer.« Dann drückt er Mama und sagt: »Marlies, ganz ehrlich! Morgen früh rühre ich den Kleister an, Tapeten runter und neue drauf. Und fertig ist die Schose!«

Erst lacht Mama, dann fängt sie an zu heulen - vor Freude natürlich.

2. Kapitel

Von einer großen Langeweile, von grapschenden Kollegen und von einem Fuchs für harte Arbeit

Ich habe Stubenarrest. Beim Spielen auf der Kohlenhalde hat mal wieder ein Kleid dran glauben müssen. Mama greift da immer hart durch.

Zu ihrem 30. Geburtstag vor fünf Wochen hat es eine tolle Feier gegeben. Mama hat sich über mein selbstgemaltes Bild gefreut, und sie war ganz gerührt, als ich ihr allen Ernstes versprochen habe, nie mehr unartig zu sein. Ein blödes Versprechen! Wie sollte ich das nur einhalten?

Draußen ist schönes Wetter, und ich muß in der Stube hokken. Hanne spielt bestimmt in der Zechensiedlung bei Oma, und ich muß hier im Kinderzimmer die Zeit totschlagen.

Mama bügelt im Wohnzimmer und hört Radio. *»Eine Reise in den Süden ist für manche schick und fein, doch zwei kleine Italiener möchten gern zu Hause sein,«* klingt es zu mir herüber.

Ich schaue mir noch einmal die Ansichtskarten an, die ich aus unserem Zillertal-Urlaub mitgebracht habe. Dann hole ich mein Dirndl aus dem Schrank, ziehe es an und betrachte mich im Spiegel.

Seit zwei Wochen sind wir wieder zu Hause. Vor einer Woche hat die Schule angefangen, die mir noch gar keinen richtigen Spaß macht. Ich möchte am liebsten sofort wieder nach Österreich fahren. Die Ferien im Zillertal sind das schönste gewesen, was ich je erlebt habe.

Die Busfahrt ist ganz toll gewesen. Für Hanne war sie nicht so schön, weil sie zweimal kotzen mußte. Aber als wir dann hinter München die ersten hohen Berge sahen, da waren wir alle begeistert. Mama kamen sogar ein paar Tränen.

Wir wohnten auf einem Bauernhof, bei der Familie Fiechtl, die selbst einige kleine Kinder hat. Hanne und ich durften sogar beim Melken im Stall zusehen.

Mit der ganzen Familie haben wir die goldene Wandernadel erwandert. Auf einem Tiroler Abend wurde sie uns feierlich verliehen. An diesem Abend in der Jägerklause trugen Hanne und ich unsere Dirndl, die uns Mama und Papa tatsächlich gekauft haben. Wir waren vielleicht stolz! Zum ersten Schultag nach den Ferien durfte ich das Kleid anziehen. Manche Kinder haben gelacht. Aber als ich von den Ferien erzählt habe, hörten sie ganz still zu.

Besonders lustig war das mit dem Holzhackertanz. Die Männer in den Trachtenanzügen haben in der Hocke getanzt, sich dabei auf Fußsohlen und Schenkel geklopft und hinterher zur Musik einen Baumstamm zersägt. Hanne und ich versuchten, das alles nachzumachen, aber wir sind dabei zur Freude der Erwachsenen öfters auf dem Hosenboden gelandet.

Als wir nach zwölf Tagen wieder nach Hause fuhren, haben wir alle geweint. Ich glaube, selbst Papa hat eine Träne weggedrückt. Die Fiechtls haben unsere Koffer auf einen Handkarren geladen und uns zum Dorfplatz begleitet. Als der Bus abfuhr, winkten sie mit einem großen weißen Bettlaken nach.

So ein Arrest hat auch seine Vorteile. Ich bekomme Papa zu sehen, ausgeschlafen und munter, und nicht zwischen Tür und Angel wie sonst, wenn er gerade zur Schicht geht oder nach Hause kommt.

»Na, du Wildfang!« spricht Papa mich an, als er aus dem Bad kommt.

Klar! Mama hat bereits gepetzt.

Grinsend greift Papa nach einer Tasse mit Kaffee. »Hast du gleich Lust, mit in die Lohnhalle zu gehen?«

Mensch, was für eine Frage! Klar will ich mit!

»Richtig finde ich das aber nicht«, sagt Mama, die meine Erziehung in Frage gestellt sieht.

Aber Papa zuckt nur mit den Schultern. »Laß mal sein! Wir waren doch auch nicht besser.«

Die Lohnhalle der Zeche Graf Bismarck ist ein großer, hoher Raum. Mir kommt er vor, als ob er für Riesen gebaut worden wäre. Die Wände sind hell gekachelt, die einzelnen Schalter durch Gitter getrennt.

Papa stellt sich in die lange Schlange vor einem Schalter, über dem der Anfangsbuchstabe seines Namens angebracht ist. Lohn gibt es der Reihe nach.

Einige Kumpel sind noch ganz schwarz. Die kommen gerade aus der Grube und wollen jetzt erst einmal einen Blick in ihre Lohntüte werfen.

Ich bin stolz darauf, daß ich hier so gut Bescheid weiß.

Papa erzählt Hanne und mir oft von der Zeche: »Wir Bergleute müssen acht Stunden unter Tage hart arbeiten. Wir können dann aber nicht unsere Tasche nehmen und nach Hause gehen wie die Fritzen vom Büro. Raus aus dem Förderkorb, rein in die Schwarzkaue. Da legen wir Kumpel erst einmal unsere Bergmannskluft ab und ziehen uns ganz aus. Vorher geben wir Helm, Kopflampe und Luftfilter in der Lampenstube ab. Dann wird eine geraucht, oder die obligatorische Schnupftabakdose macht die Runde.«

Schnupftabak kenne ich von zu Hause. Papa hat immer ein kleines Döschen mit Schnupftabak in der Tasche.

»Manche Bergleute sind schwarz wie die Nacht vom vielen Kohlenstaub, wenn sie nach oben kommen. Die bringen oft mehr Kohle mit hoch als die ganze Tagesförderung einer Zeche. Aber dann in der Weißkaue, wo wir uns anziehen, sind wir wieder ganz sauber. Unter der Dusche ist aller Dreck runtergegangen. Ganz nackt sind wir dabei, und wir Kumpel, wir puckeln uns gegenseitig den Rücken!«

»Papa, das dauert heute aber lange.« Gelangweilt trete ich von einem Bein aufs andere und sehe mir die Kumpel an, die ihre Schicht bereits hinter sich haben und lange Mäntel und Hut tragen. Die Schlange scheint heute nicht kürzer zu werden.

Papa grüßt wirklich jeden, der vom Schalter zurückkommt, und alle, die an ihm vorbeikommen, grüßen ihn.

Ein Kollege meint zu ihm: »Glaub mir, daß die Halden zum großen Teil abgebaut werden, liegt nur am letzten harten Winter. Wart mal ab! Auf uns kommen schwere Zeiten zu.«

Ein andere winkt ab. »Kohle wird immer gebraucht. Und wir Bergleute werden auch immer gebraucht. Ich mach mir keine Sorgen.«

Noch ein anderer sagt: »Und was ist mit Zeche Scholven? Und mit der Kokerei von Alma? Stillgelegt und dicht!«

Papa kann sich die Zeit wenigstens mit solchen Gesprächen vertreiben.

Wenn mir nicht gerade einer von Papas Kollegen meine Haare durcheinanderbringt und ich mich nicht irgendwelchen Zudringlichkeiten solcher Kinderfreunde erwehren muß, stehe ich mir weiter meine Beine in den Bauch.

Schon wieder kommt einer und schafft es tatsächlich doch, obwohl ich meinen Kopf weit unter Papas Jacke stecke, mir über die Haare zu streichen. »Toffte Kleine hast du da, Kurt. Ist schon ganz schön groß, die Elfi. Bißchen schüchtern die Kleine, was?« Wieder versucht er, nach meinen Haaren zu grapschen, aber diesmal ducke ich mich rechtzeitig weg.

Schüchtern! Was die Erwachsenen sich nur einbilden! Wenn denen tausendmal am Tag einer über die Haare streichen würde, wären die auch schüchtern.

»Was macht denn die Schule, Elfi?« fragt mich jetzt der Kinderfreund.

Ich bin froh, endlich auch einmal etwas erzählen zu können. Denn heute in der ersten Schulstunde, da hat Herr Dörnowski, unser Lehrer, ein paar Kerzen angezündet, die auf die Fensterbänke gestellt und einen Vortrag gehalten. Wir haben nämlich heute den 13. August.

Bei mir bleibt haften, daß hinter der hohen Mauer, die ganz böse Leute gebaut haben, unsere armen Brüder und Schwestern seit einem Jahr eingesperrt sind. Allerdings begreife ich nicht ganz, warum alle Menschen hinter der Mauer unsere Brüder und Schwestern sein sollen.

Nach der Schule habe ich zu Hause Mama danach gefragt. Sie sprach gerade mit Frau Sodinski, unserer Nachbarin, die sich ein Ei ausleihen wollte.

»Wir haben jedenfalls keine Verwandten in der SBZ«, sagte Mama.

Als ich dann fragte, was denn SBZ sei, sagte Frau Sodinski: »Also, das mit die Mauer, das ist ja wirklich was ganz Schlimmes, das ist nämlich Politik. Aber daß die Kinder das schon in der Schule machen! Das mit der Mauer und so, das verstehe ich doch fast gar nicht, da blicke ich nicht durch. Wie sollen denn dann Kinder das verstehen?«

Mein Lehrer hatte dazu am Morgen allerdings eine ganz andere Meinung gehabt. »Ihr seid zwar erst zu Ostern eingeschult worden, aber mit Politik kann man nicht zu früh anfangen.« Und dann sagte Herr Dörnowski noch, auch wir I-Männchen müßten an unsere armen Landsleute da drüben im Osten denken. Die Kerzen würden den eingesperrten Menschen da im Osten zeigen, daß wir sie nicht vergessen hätten. Und daß er morgen von jedem fünf Pfennige einsammeln würde, für die Kerzen, die er im voraus bezahlt hätte.

Als ich gerade Papa und seinem Kollegen das von den Kerzen, den eingesperrten Menschen und den fünf Pfennigen erzählen will, unterhalten die sich schon wieder über den Pütt.

Endlich kann Papa am Schalter seinen Lohn kassieren. Umständlich zählt er nach, nimmt sich noch zwei Mark für ein paar Bier heraus und steckt die Lohntüte in die Jackentasche, nicht ohne noch einmal nachzusehen, ob sie auch sicher verwahrt ist. Und dann sagt er, worauf ich im stillen die ganze Zeit schon gehofft habe: »So, Elfi! Hast lange genug gewartet. Jetzt gehen wir in die Kaue und holen den Wäschebeutel für Mama.«

In dem Beutel befindet sich neben den Schmutzsocken auch Papas Arbeitshelm. Einmal im Monat muß der gründlichst gereinigt werden, und dafür bin ich zuständig. So kann ich mein Taschengeld aufbessern, und das ist meistens bitter nötig.

Zeitig bringe ich an solchen Tagen die Badeprozedur hinter mich, um dann das Wasser kräftig mit *Bergaufseife* aufzuschäumen. Denn Helmputzen bringt einen Fuchs ein, und das ist ganz schön viel.

Bereits nach wenigen Sekunden färbt sich das Wasser pechschwarz. Neues Wasser einlassen, immer schön kräftig mit der

Wurzelbürste den Helm bearbeiten. Mit der Zeit habe ich mir eine eigene Putztechnik angeeignet. Und stets im Hinterstübchen: Es gibt einen Fuchs, einen Fuchs, einen Fuchs. Denn das spornt an, und die Bürste fliegt nur so über den Helm.

Bin ich fertig und der Helm ist einigermaßen sauber, dann setze ich ihn mir auf den Kopf, stelle mich auf die Fußbank und betrachte mich im Spiegel.

Nicht übel, denke ich. Warum gibt es eigentlich nur Bergmänner und keine Bergfrauen?

Papa hat zwar wie immer an meiner Arbeit noch einiges auszusetzen, aber mein Fünfzigpfennigstück kann ich trotzdem kassieren.

3. Kapitel

Von Kohlenforschern und Hasenbroten, von der ganz gemeinen Gundula und einem Hundefreund, der keine Kinder mag

Papa scheint wirklich alle Bergleute von Graf Bismarck zu kennen, nicht nur die, die er in der Lohnhalle trifft.

Egal, wen ich mit nach Hause bringe, mein Vater ist über alle Eltern meiner Freundinnen bestens im Bilde. »Ach, du bist die kleine Koslowski. Mit deinem Papa war ich die letzte Woche noch im Strebausbau.« Oder: »Bist du nicht die kleine Jekubig? Ist das nicht dein Vater, der bei uns in Revier acht vor Kohle schafft?«

Wenn Papas Vermutungen stimmen, schwelgt er in Erinnerungen: »Kinders, Kinders! Mit dem Willusch war ich während des Krieges in Bayern zur Kinderlandverschickung. Sag mal, hat der nicht noch einen Schwager aus Ostpreußen nach hier geholt? Mensch, wie heißt der noch mal?«

Ich kann anschleppen, wen ich will, unser Papa kennt jede Familiensituation aus dem Effeff.

Und meistens kennt er auch noch eine Geschichte dazu, die wir Mädchen uns anhören müssen. Er kommt von Hölzchen auf Stöckchen, von Jekubig auf Koslowski, von Koslowski auf Baltruschat, von Baltruschat auf Jablonski, von Jablonski auf Dropiewski, von Dropiewski auf Drosdowski und von Drosdowski wieder auf Jekubig. Und wir Mädchen sitzen artig auf dem Sofa und hören Papa zu, der nur für sich selbst erzählt.

Aus Trotz lade ich mir einmal ein Mädchen aus meiner Parallelklasse ein, die ich eigentlich überhaupt nicht leiden mag. Aber sie hat einen großen Vorteil. Ihr Vater ist ausnahmsweise nicht Bergmann auf Bismarck, sondern Schaffner bei der Straßenbahn. Und außerdem endet ihr Familienname nicht auf -ig, -ski, -ly oder -schat. Sie führt einen Namen, der für hiesige Verhältnisse eine riesige Ausnahme und schon fast anormal zu nennen ist: Cornelia Wiese.

Wie immer fragt Papa freundlich: »Na, Kleine, wie heißt du denn?

»Wiese.«

»Wiese? Hm, einen Wiese kenn ich auf Anhieb nicht. Wiese heißt du, bist du sicher?«

»Ja.«

»Komischer Name. Vater auch auf Bismarck?«

»Nein.«

»Nee? Bist du ganz sicher? Komisch! Na, dann spielt mal schön.«

Als Papa uns ins Kinderzimmer entläßt, guckt er immer noch leicht verwundert.

Der Pütt ist Papas Leben, ist mein Leben, ist unser Leben. Die Schachtanlage Graf Bismarck gehört für uns Kinder genauso selbstverständlich zum Alltag wie das Elternhaus, die Kirche oder die Schule.

Als wir an meinem ersten Schultag den Beruf unserer Väter nennen sollten, war es schon ein bißchen außergewöhnlich, wenn jemand nach dem fünfzehnten Bergmann sagte: »Mein Papa ist Chemiearbeiter.«

Als wir nach Weihnachten eine neue Lehrerin, Frau Lehmann, kriegen, fragt auch sie wieder alle Kinder nach den Berufen der Väter. Schlosser, Elektriker oder Akkufahrer unter Tage wird da genannt. Manche Kinder schämen sich wohl, vor der neuen Lehrerin zuzugeben, daß ihr Vater auf dem Pütt ist.

Beim Abendbrot frage ich Papa, warum er *nur* Bergmann geworden ist.

Papa beißt kräftig in sein Brot und kaut nachdenklich. »Eigentlich wollt ich was ganz anderes werden, aber mein Vater war im Krieg. Meine Mutter, deine Oma Erle, stand da plötzlich mit uns Jungs alleine da. Wir brauchten das Geld, damit wir was zu futtern hatten. Ich war der Älteste, also wurde ich Bergmann. Und ich hatte großes Glück, denn nicht jeder konnte auf der Zeche eine Lehre anfangen.«

Ich knie Papa gegenüber auf der Eckbank und höre ihm, den Kopf in die Hände gestützt, aufmerksam zu. Mama stellt Papa die Brotsuppe hin, eines seiner Leibgerichte, aus altem Brot, Milch und Rosinen gekocht.

Nach einer kleinen Pause legt Papa den Löffel beiseite und streicht sich mit dem Handrücken über den Mund. »Aber warum sagst du, *nur* Bergmann, Elfi? Meinst du nicht, daß das ein genauso ehrenwerter Beruf ist wie Bäcker oder Pastor?«

Ich überlege eine Weile und nicke dann zustimmend. Dann höre ich Papa wieder fasziniert zu.

»Wie sollen denn all die vielen Menschen ihren Kohlenofen vollkriegen, wenn es keine Bergleute gibt? Und denk doch mal daran, wieviele Maschinen durch Kohle angetrieben werden. Unsere heimische Steinkohle gehört zu den wichtigsten Bodenschätzen der Menschheit. Habt ihr das noch nicht in der Schule gelernt?«

Ich schüttele verneinend den Kopf.

»Was lernt ihr denn da überhaupt? Die Kohle ist vor über 250 Millionen Jahren aus dem Holz tropischer Urwälder entstanden, stell dir das nur mal vor!«

Boh, 250 Millionen Jahre, denke ich ehrfurchtsvoll und bin jetzt richtig stolz, daß mein Papa ein Bergmann ist.

Und dann holt Papa ein altes Buch, in dem das mit den alten Wäldern, den Schachtelhalmen und der Kohle alles genau erklärt ist. Und auch anderes aus der Frühzeit der Erde ist dort zu sehen. Er zeigt mir viele Bilder und Zeichnungen, und ich sehe zum ersten Male in meinem Leben Dinosaurier.

»Elfi, ab ins Bett! Hanne ist schon gewaschen«, unterbricht Mama meinen Privatunterricht.

Gerade jetzt muß ich ins Bett. So ein Mist!

Als ich durch die Tür abschiebe, ruft mir Papa noch augenzwinkernd nach: »Hör mal, Elfi! Kannst ja das nächstemal sagen, daß dein Vater unterirdischer Kohlenforscher ist.«

Die Idee finde ich absolute Spitze.

»Frau Lehmann«, rufe ich bereits am nächsten Tag bei der erstbesten Gelegenheit in die Klasse, »mein Papa ist gar kein Bergmann. Er ist unterirdischer Kohlenforscher.«

Noch während meine Mitschüler laut lachen, bekomme ich einen Tadel ins Klassenbuch.

So wird nach nur einem Tag aus einem unterirdischen Forscher wieder ein ganz normaler Bergmann.

Wenn im Flur die Haustür klappt, wissen wir genau: Papa kommt von der Schicht. Seine schweren Schritte, die Art, mit dem Schlüsselbund zu klimpern, sind unverkennbar.

Spätestens, wenn er sich im Badezimmer die Hände mit Reinigungssand schrubbt, fragen wir Kinder stets: »Papa, hast du heute wieder Hasenbrote?«

Meistens nickt er und wickelt das Brot aus dem verbeulten, vom Kohlenstaub verschmutzten Zeitungspapier so aus, als ob es sich um einen geheimnisvollen Schatz handele.

Der Inhalt ist immer derselbe: Zwei trockene Graubrotreste tauchen auf, zwischen denen eine Wurstscheibe liegt, deren Ränder sich verdächtig hochwellen.

Jeder andere würde das schlicht als ollen Knifftenrest bezeichnen, für uns Kinder ist es jedoch die Köstlichkeit überhaupt.

Meistens passe ich Papa ab, damit ich die Brote mit Hanne nicht noch teilen muß. Die Gundula Hering-Kleinschmidt aus meiner Klasse, die immer mit ihrem Beamtenvater angibt, die hat so etwas nämlich nicht. Hasenbrote bekommen nur Bergmannskinder.

Das mit den Hasenbroten ist überhaupt so eine Sache. Denn schließlich hat noch kein Bergmann je einen Hasen unter Tage gesehen. Papa erzählt zwar von Mäusen und Ratten, die vor lauter Hunger in die Arbeitstaschen der Bergleute kriechen. Aber Hasen?

Eines Tages sind Hanne und ich im Garten von Onkel Heinz. Der ist gar nicht unser richtiger Onkel, aber in der Siedlung heißen eben alle irgendwie Onkel, Tante, Oma oder Opa, auch wenn sie es gar nicht sind.

Onkel Heinz erklärt uns, was es mit Hasenbroten auf sich hat: »Fast jeder Bergmann hatte früher hinter dem Haus Kaninchenställe. Und die Kaninchen bekamen die restlichen Kniffen, die der Bergmann von der Schicht heimbrachte. Hasenbrote also! Der Jupp Kasmierszak von der Ecke dahinten, der bringt seine Brote noch heute manchmal dem Opa Karl, zum Verfüttern an seine Rammler.« Und dann, als wir ihn erstaunt ansehen, erklärt uns Onkel Heinz noch, was ein Rammler ist.

Aber Bergleute bringen nicht nur Hasenbrote mit. Haben wir besonders viel Glück, befindet sich in Papas Teeflasche noch ein kleiner rosa Rest. Nein, um Gottes Willen! Das ist kein ordinärer Tee, keine lauwarme Plempe. Und die kleinen Kohlestippchen, die noch darin schwimmen, übersehen Hanne und ich völlig. Nein, das ist der Zwergentee!

Warum der Zwergentee so heißt, kann ich einfach nicht herausfinden. Niemand kann es mir erklären.

Oma vermutet einmal, daß unten bei der Kohle Zwerge und Gnome ihr Unwesen treiben, und wenn die dann Durst haben, an der Teeflasche der Bergleute nippen. Daher kämen auch die schwarzen Stippen, die sie dabei in den Tee spucken. Aber das glaube ich nicht.

Beides zusammen, Hasenbrote und Zwergentee, geben mir als Kind stets das wichtige Gefühl, etwas Seltenes und Besonderes genießen zu dürfen.

Bei Gundula Hering-Kleinschmidt bin ich damit allerdings an der falschen Adresse. Als ich wieder einmal ein Hasenbrot ergattern kann, gehe ich auf die Straße und kaue demonstrativ auf meiner Köstlichkeit.

»Iiiih, so ein alter Rest!« Gundula gibt sofort ihren Kommentar ab. »Kriegt ihr bei euch nichts ohne Kohlendreck?«

Bei Gundula bleibt mir meine sonstige Schlagfertigkeit im Halse stecken. Ansonsten fallen mir Sprüche ein, die jeden anderen zu Tode kränken würden, doch bei ihr bringe ich keinen Ton heraus. Gundula bin ich einfach nicht gewachsen.

Ich ziehe ab, laufe in die Zechensiedlung.

Schade, daß die keinen Fisch zu essen kriegt. Die soll an der Gräte ersticken, denke ich rachsüchtig.

Bei Hering-Kleinschmidts ist immer alles wundersam sauber. Und es riecht sogar anders als bei uns. Gundulas Mutter hat den Tick, zu jeder Zeit zu lüften. Irgend etwas mufft für sie immer. »Riecht ihr das nicht auch?« fragt sie oft. Gundula riecht das dann auch, ich nicht. Und Fisch, hat Gundula erzählt, gebe es bei ihnen nie. Der verpeste nur die Wohnung.

Und Puppen hat Gundula! Und Puppenwagen und Puppenstuben und Puppenhäuser! Es ist eine Pracht! Als ich das Mama einmal nicht ohne Hintergedanken erzähle, meint sie nur: »Sie ist eben ein Einzelkind. Damit mußt du dich abfinden, Elfi. Die Hering-Kleinschmidts müssen nicht jeden Groschen zweimal umdrehen wie wir.«

Gundula Hering-Kleinschmidt wohnt in der selben Straße wie wir, aber auf der anderen Straßenseite, schräg gegenüber, wo Mietshäuser stehen, die nicht von der Zeche gebaut worden sind. Auch dadurch ist Gundula anders, nicht nur durch ihren komischen Doppelnamen. Die Balkone dieser Häuser sind größer und - zugegebenermaßen - auch schöner. Sie besitzen einen farbigen gewellten Windschutz, den jede von Gundulas Freundinnen bewundern muß, wenn sie sie zum ersten Mal besucht.

Ihr Vater hat einen ausgefallenen Beruf. Er ist Finanzbeamter. »Beamter!« Papa dehnt das Wort immer ins Unendliche, wenn wir über Gundulas Vater sprechen. »Wenn ich das schon höre! Ein kleiner Büroscheißer ist der und zieht den kleinen Leuten das Geld aus der Tasche. Und die großen läßt der laufen. Zu sagen hat der nämlich gar nichts. Auch wenn der seine Hände nicht dreckig macht, wenn der seine Akten stapelt.«

Ab und zu nimmt mich Gundula mit zum Spielen in die Wohnung ihrer Eltern. Ich kann dort niemals auch nur ein einziges Körnchen Staub entdecken.

Gundulas Mutter stöhnt immer, wieviel Arbeit sie hat. Wenn ich ab und zu bei Gundula nachmittags Kinderfernsehen gukken darf, schüttelt sie innerhalb einer Stunde mindestens zehnmal die Sofakissen auf und plaziert sie immer wieder aufs neue um, ohne daß es ihr wirklich gefällt. Während der Augsburger Puppenkiste hat sie einmal die Falten der Wohnzimmergardinen sage und schreibe zwölfmal neu ausgerichtet. Ich habe mitgezählt!

Gundula hat ein ganzes Kinderzimmer für sich alleine. Es ist noch viel größer als der Raum, den ich mir mit meiner Schwester teilen muß. Und dabei sind Hanne und ich schon stolz, daß wir überhaupt ein Kinderzimmer haben. Denn viele unserer Freundinnen schlafen noch auf der Ritze im Elternschlafzimmer.

In Gundulas Zimmer sind alle Möbel ganz neu, bei uns sind sie zusammengewürfelt. Etwas ist von Oma, etwas hat eine Tante gestiftet, etwas hat Papa von einem Kollegen mitgebracht. Nichts paßt zusammen. Aber das stört uns nicht besonders. Selbst unsere Betten sind verschieden. Nur ein schönes Bücherregal aus Nußbaumfurnier und schwarzen Metallstäben ist neu. Es gehört Hanne, die es zum Geburtstag geschenkt bekommen hat. Darauf stehen alle ihre Fünf-Freunde-Bücher, die sie sammelt.

Bei Gundula paßt alles zusammen. Sie ist in Erle wohl das erste Mädchen, das in einem komplett neuen Anbau-Kinderzimmer schläft.

Der größte Stolz Gundulas ist jedoch ein eigenes Klavier, auf dem sie jeden Tag eine Stunde üben muß. Für ihre Freundinnen ist allerdings der kleine Plattenspieler interessanter, mit dem Gundula fürchterlich angibt. Deshalb reißen sich alle ihre Freundinnen oder diejenigen, die es vorgeben zu sein, darum, bei ihr spielen zu dürfen. Ihre Mutter erlaubt jedoch immer nur eine Freundin zu Besuch. Deshalb gibt es oft Streit, wer mit Gundula nach oben gehen darf, was diese dann zu ihrem Vorteil nutzt.

Bei Onkel Heinz im Garten heule ich mich aus.

Onkel Heinz hat ein steifes Bein und ist Kriegsinvalide. Er ist selbstverständlich früher natürlich auch Bergmann gewesen, aber noch in den letzten Kriegstagen ist ihm eine Kugel durchs Knie geschossen worden. Seitdem humpelt er mit seinem steifen Knie durch die Zechensiedlung, in der auch wir früher gewohnt haben.

Hanne und ich besuchen Onkel Heinz fast immer, wenn wir in der Siedlung sind. Zu ihm gehen wir mit unseren Kindersorgen, für die er immer ein offenes Ohr hat.

»Elfi«, versucht Onkel Heinz mich zu trösten, »die Gundula ist doch nur ein verwöhnter Fratz. Mit der kannst du das doch dreimal aufnehmen.«

Da hat er etwas Falsches gesagt. Verwöhnter Fratz, das sagt Mama zu mir auch öfters. Ich heule noch mehr. Onkel Heinz weiß kaum, was er sagen soll.

»Kannst du die nicht mal verprügeln?« schlägt er nach einer Weile vor.

Ich sehe ihn groß an. Mama hat uns das Prügeln strikt verboten, und außerdem: Da krieg ich ja mehr Schläge, als ich austeilen kann.

»Paß mal auf, Elfi!« Jetzt weiß Onkel Heinz doch Rat. »Wenn dich die immer ärgert, dann ärgern wir die auch mal. Wenn du demnächst wieder vorbeikommst, dann bringst du die Gundula einfach mal mit.«

Was er aber genau vorhat, will er nicht sagen. »Sag mal, Elfi«, ist für ihn das Thema erledigt, »kannst du nicht gleich die Melle mit nach Hause nehmen, für euer Mutter?«

Mindestens einmal die Woche kommt bei uns in der Saison Melle, die eigentlich Melde heißt, auf den Tisch. Dieses grüne Gemüse wächst bergeweise in den Siedlungsgärten und wird mit viel Speck und Zwiebeln geschmort. Mama bekommt es regelmäßig in der Erntezeit aus Omas oder Onkel Heinz' Garten, die beide sowieso nicht wissen, wohin damit. Ich hasse die Melle und ärgere mich, daß ich sie jetzt auch noch selbst nach Hause schleppen muß. Morgen oder übermorgen würde das klitschige grüne Zeug wieder auf dem Mittagstisch stehen.

Als ich in unsere Straße einbiege, ekele ich mich noch einmal kräftig und erblicke Herrn Wilms. Er ist es, unverkennbar! Sein weißes Unterhemd leuchtet die Straße herab.

Er scheint wie immer Wache zu halten. Herrn Wilms, unser Nachbar, der ein Haus weiter wohnt, hat sich nämlich selbst zum Hausmeister oder, besser gesagt, zum Block- und Wiesenmeister ernannt.

Unser Haus, mit Parterre, erstem Stock und Mansarde, einem Trockenboden und einem Gemeinschaftswaschraum im Keller ausgestattet, steht in einem Karree. Insgesamt bilden jeweils zwölf Häuser einen Block, drei Häuser in jeder Straße.

Alle Häuser sehen irgendwie gleich aus. Die Zeche hat in unserer Gegend fünf von diesen Blocks gebaut.

Alle Karrees haben außen und innen kleine oder große Zierwiesen mit Gebüschen. Das sieht hübsch aus, hat aber den Nachteil, daß wir nicht auf den Wiesen spielen dürfen. In der Hausordnung der Wohnungsverwaltung steht nämlich, daß das Spielen auf der Wiese verboten ist. Doch da stört sich von uns Kindern kaum jemand dran. Nur vor und hinter *unserem* Haus ist es schwierig. Dort muß ich mich an das Rasenverbot halten, denn meine Eltern wollen keinen Ärger. Denn dort wohnt eben auch Herr Wilms, der ständig hinter der Küchengardine steht und beobachtet, was wir Kinder anstellen.

Wenn ich mit meinen Freundinnen an der Hauswand Ballspiele mache oder wenn wir auf der Wiese mit den Jungen herumtollen, schimpft Herr Wilms und jagt uns immer weg. Er hat Angst um seine Rosenrabatten, die er hinter und vor seiner Wohnung angelegt hat. Und ich glaube auch, er täuscht sogar immer nur vor, seinen zotteligen Dackel Gassi zu führen. In Wahrheit will er uns bespitzeln. Denn Kinder sind für ihn ein Greuel, und Kinder, die im Vorgarten oder im Innenhof des Karrees auf der Zierwiese spielen, werden stets zu seinen Opfern.

Und immer, wirklich immer, ist Herr Wilms, oberhalb nur mit einem weißen Unterhemd bekleidet. Mama sagt immer, wenn sie ihn so am Fenster sieht: »Trotz Rente hat der bestimmt auch noch seine Bergmannskluft an den Beinen.«

Jetzt soll ich Herrn Wilms auch noch grüßen, weil Mama meint, daß Kinder höflich sein müssen.

Als ich, leise grüßend, an Herrn Wilms vorbeigehe, gucke ich genau hin, soweit dies mit gesenkten Augenlidern möglich ist. Nein, Herr Wilms trägt keine Bergmannskluft und keine Bergmannsstiefel. Herr Wilms trägt an den Füßen braune Pantoffeln, aber keine Strümpfe. Das weiße Unterhemd ist gerippt und steckt in einer speckig glänzenden, grauen Stoffhose, die sich über einem dicken Bauch strafft, dessen dreilagige Fettwülste sich über einen breiten schwarzen Gürtel nach unten drängen. Dennoch kann ich gerade noch sehen, daß Herr Wilms seinen Kuhstall offenstehen hat. Vielleicht verliere ich deshalb augenblicklich Respekt und Angst, die ich an sich vor ihm habe.

Im gleichen Moment, als ich Herrn Wilms grüße - er knurrt nicht einmal zurück - sehe ich etwas, was mich fürchterlich in Rage bringt. Der alte fette Dackel vom Wilms verbuddelt inmitten der Rosenrabatte, die um die Wiese des Vorgartens angelegt worden sind, einen dicken Knochen. Die aufgeworfene Erde fliegt nach allen Seiten, begleitet von Herrchens Kommentar: »Bist ein braves Hundchen!«

Wieso darf ein Köter so was machen, und noch unter der Aufsicht des Herrn Wilms? Wieso darf der wühlen und einen Haufen auf der Wiese machen, und wir Kinder dürfen noch nicht mal einen Grashalm knicken?

Ich trete vor Herrn Wilms und nehme allen Mut zusammen. »Herr Wilms, das Betreten der Wiese ist Kindern und Hunden untersagt! Steht in der Hausordnung! Ich werde einen Brief an die Hausverwaltung schreiben!«

Ich finde, daß ich das überzeugend gesagt habe. Dennoch stampfe ich dazu noch mit einem Bein auf.

Herr Wilms sieht mich mit großen Augen an. Einen Moment scheint er überrascht. »Kannst du überhaupt schon schreiben?«

Noch bevor ich ihm sagen kann, daß ich schon das ganze Alphabet kenne, fängt er an, laut zu lachen, und schließlich sagt er: »Hau ab, du olles Rotzgör!«

Das ist zuviel. Ich trete in den Erdhaufen, den sein Dackel aufgeworfen hat, und ohne daß ich es will, hat Herr Wilms plötzlich sein Unterhemd voller Dreck. Es sind wohl ein paar Spritzer Hundekot dabei.

Dann renne ich davon.

Natürlich beschwert sich Herr Wilms bei meinen Eltern.

»Herr Wilms kann soviel Unrecht haben, wie er will«, sagt Mama zu mir in einem Ton, der keinen Widerspruch duldet. »Nach ihm treten darfst du trotzdem nicht!«

»Ich wollte es doch gar nicht«, verteidige ich mich. »Es ist einfach so passiert.«

»Dann mußt du lernen, dich besser unter Kontrolle zu haben. So geht das einfach nicht!«

Ich sehe nichts ein, werde trotzig und muß ohne Abendbrot ins Bett. Und drei Tage Stubenarrest gibt es noch zusätzlich. Mal wieder! Jetzt kann ich auf die Rache an Gundula lange warten.

4. Kapitel

Vom Klapperstorch, einer ganz gemeinen Rache und nicht zuletzt von einem ungeliebten Kartoffelgesicht

Bevor ich mich doch noch an Gundula rächen kann, kommt Oma vorbei. Mama hat sie eingeladen. Ich beschäftige mich gerade mit meinem Puppenausschneidebogen, und Hanne macht mit ihrer Strickliesel eine dicke Schnur.

Mama hat einen Kuchen gebacken und Kaffee gekocht. Es liegt etwas Besonderes in Luft.

Als sie Hanne und mir den Kakao einschüttet, faltet Papa langsam seine Sportzeitung zusammen, drückt seine Zigarette aus und fährt sich durchs Haar - oder das, was er bei sich Haare nennt. Er dreht das Radio ab, in dem gerade Bill Ramsey von seiner *Zuckerpuppe aus der Bauchtanztruppe* singt. Dann stellt er sich neben Mama und legt seine Hand um ihre Taille.

Mama lächelt so komisch. »Hört mal bitte zu!« beginnt sie verlegen und stockt einen Moment. »Jetzt hört doch einmal bitte zu!« wiederholt sie ihre Aufforderung.

Dabei sagt ja schon längst keiner mehr was. Jeder weiß, gleich würden wir etwas ganz Bedeutsames erfahren.

Mama stößt Papa an. »Sag du doch auch mal was!«

»Was soll ich denn sagen? Sag du das doch!«

Mama reißt sich zusammen und sagt schließlich laut und bestimmt: »In sieben Monaten bekommt ihr ein Geschwisterchen.«

Niemand sagt etwas. Hanne und mir bleibt der Mund offenstehen. Oma verschluckt sich am Nußkuchen. Und dann ist es wieder mucksmäuschenstill.

»Na, freut ihr euch denn gar nicht?« fragt Mama endlich. Sie hat wohl ein großes Jubelgeschrei erwartet.

Papa geht zu seiner Mutter und legt ihr seinen Arm um die Schultern. »Oma, was sagst du denn dazu?«

Wieder ist es einen Moment still. Dann streift Oma Papas Arm ab, steht auf, geht zu Mama, drückt sie und murmelt: »Mußte das denn sein, Marlies?«

Mir hat die Nachricht immer noch die Sprache verschlagen, als Hanne plötzlich lautstark protestiert: »Ich will kein Geschwisterchen, keinen Bruder, keine Schwester mehr. Immer, wenn ich gerade mit meiner Freundin Doris spiele, muß die auf ihre kleine Schwester aufpassen. Nein, ich will nicht.«

Mama und Papa sind perplex. Dann geht Mama auf Hanne zu und drückt sie. »Ob du es willst oder nicht, in sieben Monaten ist das Baby da.«

»Aber damals, als Elfi klein war, da hast du doch gerne aufgepaßt«, sagt Papa. »Da hast du doch keinen anderen an den Kinderwagen rangelassen.«

Hanne zuckt mit den Schultern. »Damals war ich gerade erst in der Schule. Jetzt werde ich immerhin schon elf!«

Jetzt melde auch ich mich zu Wort: »Und ich bin doch auch schon fast sieben Jahre alt! Mama, du kannst dem Klapperstorch schreiben, daß er das Baby da läßt, wo er es herholt.«

Von einem Moment zum anderen beginnt Hanne sich vor Lachen zu krümmen. »Klapperstorch! Die glaubt noch an den Klapperstorch!« Sie hört gar nicht mehr auf zu lachen.

Ich weiß mir nicht zu helfen und stoße ihr meinen Ellbogen in die Seite. »Hör auf, du blöde Kuh!« Ich kann es einfach nicht ertragen, wenn mich meine Schwester auslacht, weil sie mich für dumm und unwissend hält.

Als Hanne nach meinem Stoß einen Moment nach Luft ringt und ihr ekelhaftes Lachen unterbricht, kann ich loswerden, was Onkel Heinz mir vor den Karnickelställen erzählt hat: »Ich weiß genau, wie das geht mit dem Kinderkriegen. Das ist wie bei den Kaninchen. Mama war heiß, und Papa hat gerammelt, und jetzt hat Mama bald einen Wurf.«

Nun lacht nicht nur Hanne, jetzt lachen auch alle anderen und kriegen sich kaum mehr ein.

Mir stehen Tränen in den Augen. Was habe ich nur gesagt?

Oma faßt sich als erste. »Kind, Kind, wo hast du denn das her? Das kannst du doch nur in der Siedlung gehört haben. Nee, wie ist dat schön!«

Auch wenn es auf meine Kosten geht: Das Gelächter löst die Stimmung.

Viel schlauer werde ich allerdings an diesem Tage nicht. Mama tröstet mich und verspricht, mir das mit dem Kinderkriegen demnächst einmal zu erklären.

Später holt sie von irgendwoher alte Babysachen von mir und sieht sie mit Oma durch. »Guck mal, Mutter! Das kann man doch noch gebrauchen.«

»Ja, wenn es ein Mädchen wird«, mischt sich Papa jetzt ein. »Mein Kurtchen trägt aber kein rosa Strampelzeug. Der soll wie ein richtiger Junge aussehen.«

Damit steht für ihn fest, daß das Baby ein Junge werden soll, und Papa hat auch schon einen Namen. Sein Stammhalter soll wie er heißen.

Als Oma abends geht, höre ich sie auf dem Flur zu Mama sagen: »Mensch, Marlies, ihr seid doch aus dem Gröbsten raus! Die Mädels sind in der Schule, ihr habt was gespart ...«

»Mutter, es geht eben nicht immer so, wie man will«, unterbricht Mama Oma. »Wir werden das schon schaffen. Hoffentlich wird es ein Junge. Kurt wünscht es sich doch so sehr. Und die Mädchen werden sich auch noch freuen.«

»Schwer wird das allemal mit so einem Nachzügler.« Oma bleibt skeptisch.

»Wir waren ja selbst überrascht. Und aufgepaßt haben wir auch. Aber was willst du machen? Passieren kann so was immer mal.«

Am nächsten Tag kommt endlich die Stunde der Rache.

Zuerst ärgere ich Gundula Hering-Kleinschmidt auf dem Schulhof mit der Neuigkeit, daß wir ein Baby kriegen. Gundula wünscht sich schon lange eine Schwester, aber ihre Mutter sagt immer: »Mir reichst du, mein Schatz!«

Endlich einmal habe ich etwas, was Gundula nicht hat, aber haben will und doch nicht bekommen kann. Nur ich soll es bald haben! Ich freue mich zwar immer noch nicht richtig, aber daß ich noch einen Bruder oder eine Schwester bekommen soll, macht Gundula unheimlich neidisch. Deshalb erzähle ich begeistert davon, wie schön es sei, ein kleines Geschwisterchen zu haben. Was ich damit alles anstellen könne. Es auf den Arm nehmen, es anziehen, es spazierenfahren. So ein Baby sei viel schöner als die schönste Puppe.

Später frage ich Gundula dann, ob sie nachmittags mit mir zusammen in die Siedlung geht. Sie wollte immer schon mal mitkommen, muß jetzt aber erst einmal ihre Mutter fragen. Ich hoffe inständig, daß die es erlauben wird.

Und tatsächlich, Gundula bittet und bettelt so lange, bis ihre Mutter schließlich zustimmt. »Aber paß auf, daß du dich nicht schmutzig machst!« sagt sie mindestens dreimal, als ich Gundula abhole.

Die Zechensiedlung liegt zum Glück ganz in der Nähe, und wir brauchen keine große Straße zu überqueren, denn sonst hätte Gundulas Mutter es bestimmt nicht erlaubt.

Als wir ankommen, streicht Onkel Heinz gerade seinen Gartenzaun.

Ich sehe ihn bedeutungsvoll mit einem Blick auf Gundula an und sage dann betont: »Das ist meine Freundin Gundula!«

»Ach, du bist die Gundula.« Onkel Heinz dehnt ihren Namen. »Lerne ich dich auch mal kennen. Ich hab ja schon viel von dir gehört. Schönen Rock hast du aber an.« Er schaut bewundernd auf ihren Schottenrock. Und Gundula zeigt ihm auch ihre Lackschuhe. »Willst wohl noch auf eine Hochzeit heute, wa?«

Onkel Heinz legt seinen Pinsel aus der Hand und wischt sich mit einem alten Lappen die Hände sauber. »Na, dann kommt mal mit, ihr beiden Hübschen. Die Kaninchen von Opa Karl haben geworfen.« Auch Opa Karl, der gleich nebenan wohnt, ist natürlich nicht mein richtiger Opa.

»Na, du«, nuschelt Opa Karl, »büsche auch mal wieder da.«

Opa Karl hat einen Taubenschlag, eine Jauchegrube, zwei Schweine, Kaninchen und eine Steinstaublunge. Er hustet immerzu. Seine Hosen gehen ihm fast bis unter die Arme und werden mit breiten grünen Hosenträgern festgehalten. Nach jedem Satz spuckt er auf den Boden. Seitdem Opa Karl Steinstaub hat, raucht er nicht mehr, sondern priemt. Seine Zähne sind schon ganz gelb.

Als er den Priem aus seiner Blechbüchse rausholt und Gundula die *Lakritzstangen*, wie er sie nennt, anbietet, weiß ich Bescheid. Das ist es also! Onkel Heinz hat sich mit ihm abgesprochen. Letztens hat er auch mich damit reingelegt. Jetzt soll Gundula dran glauben.

Die greift auch sofort zu.

»Jaja, Opas Lakritze sind die besten!«

Bis zur Jauchegrube schafft sie es nicht mehr. Gleich zwischen den Möhren übergibt sie sich ohne Ende.

Bleich und mit Seiber am Mund kommt sie zurück.

Oma Martha stürzt aus dem Haus. »Ja, um Gottes Willen, Kind! Was hast du denn?«

Opa Karl und Onkel Heinz grinsen.

»Solche groben Scherze mit dem Kind! Richtige Dösköppe seid ihr!«

Gundula läuft zum Klo.

Ich habe meine Genugtuung. Und Opa Karl meint nur: »Dat dat Gör aber auch allet probieren mutt.«

Als wir an diesem Tag noch draußen im Garten mit ein paar Kindern aus der Siedlung spielen, hören wir plötzlich laute Stimmen von der Straße: »Dem Rosinski ist der Ziegenbock Brenner gegangen!«

Wir nichts wie hin. Und da sehen wir auch schon alle laufen. Vorneweg Ziege Hansi, dicht gefolgt vom keuchenden Herrn Rosinski und etlichen Bewohnern der Siedlung.

»Los! Wir helfen mit!« Auch Gundula fängt Feuer.

Es beginnt ein anstrengendes Wettrennen. Die Ziege schlägt ständig Haken, und als wir sie einmal fast erwischen, bockt sie und bleibt schließlich Sieger.

Als wir keine Luft mehr haben, gehen wir in Opa Karls Garten zurück. Und da bemerkt Oma Martha die Bescherung. »Herrje, Gundula, wie siehst du denn aus!« Gundulas Lackschuhe sind ziemlich mitgenommen, und der neue Schottenrock hat einen Riß. Da nutzen auch Oma Marthas Versuche nichts, die Schuhe zu wienern und das Kleid auszubessern.

Oh Scheiße, denke ich, das gibt Ärger!

Gundula geht ganz bedröppelt nach Hause. Sie weiß wohl, was sie erwartet. Ich auch! Ein bißchen feige bin ich schon. Ich verabschiede mich unten vor ihrer Haustür.

Später erzählt mir Gundula, daß ihre Mutter schwer Theater gemacht hat. Sie erhielt eine Strafpredigt, die sich gewaschen hatte. Und eine Woche Stubenarrest!

An diesem Tag passiert es übrigens das erste und letzte Mal, daß Gundula in der Zechensiedlung gesehen wird.

Am Abend setzt sich Mama zu mir auf die Bettkante. Wir beten das Vaterunser. Als wir fertig sind, beichte ich. Ich erzähle von der Rache an Gundula. Mama ist mir aber nicht böse. Sie schmunzelt sogar ein bißchen.

Das mit der Jagd auf Ziege Hansi und die Folgen für Gundula verschweige ich ihr allerdings. Doch als ich sage, daß ich mich auch an Herrn Wilms rächen wolle, wird ihr Blick wieder ernst. »Das laß mal lieber sein, sonst gibt es wieder Ärger.«

»Aber Mama, der Herr Wilms, der ist doch immer so böse. Kommt der in die Hölle?«

»Sieh mal, Elfi, das entscheidet allein der liebe Gott. Vielleicht hat der Herr Wilms ja ein gutes Herz, und er kann das nicht so ausdrücken. Und vielleicht hat er ja auch nie Kinder gehabt. Der weiß bestimmt gar nicht, wie schön es ist, auf der Wiese zu spielen.«

»Aber er war doch auch mal klein, oder?«

»Sicher, Elfi, aber das ist lange her, und manche Erwachsene vergessen das auch.«

»Kannst du nicht mal mit Herrn Wilms sprechen?«

»Du, ich glaube, das ist nicht mehr nötig. Der Herr Wilms zieht aus, und wir bekommen neue Nachbarn.«

Das ist eine herrliche Neuigkeit, mit der mich Mama da überrascht.

»Dann will ich mich auch nicht mehr an ihm rächen.«

Mama will gerade das Licht ausmachen, aber mir liegt noch etwas auf dem Herzen. »Mama, sag mal, wo kommen denn die Babys wirklich her?«

»Wieso?« Mama guckt überrascht.

»Hanne hat gesagt, Babys wachsen im Bauch.«

Durch Hannes aufklärerische Reden sind meine Vorstellungen, die Babys lägen in großen Seerosen an einem fernen Teich und würden dann vom Storch abgeholt, endgültig ins Wanken geraten.

Mama überlegt einen Moment, und dann entscheidet sie sich für die Wahrheit. »Genau so ist es, Elfi. Babys wachsen im Bauch.«

Sie kann mir ja schlecht ein neues Märchen auftischen, da ich ihren Bauch bald sowieso zu sehen bekommen würde.

»Und unser Baby? Wächst das in *deinem* Bauch?«

»Genau so ist es.«

»Und wie kommt es da raus?«

»Jetzt ist aber Schluß, Elfi! Ist schon spät.« Mama gibt mir einen Kuß und löscht das Licht.

Unsere Proteste gegen ein neues Geschwisterchen nutzen nichts. Sieben Monate später erblickt ein Bruder das Licht der Welt. Papa überrascht uns mit der Nachricht, als wir gerade aus der Schule gekommen sind. »Ein Junge! Ein Junge! Mit allem Drum und Dran!«

»Ein Junge, wirklich ein Stammhalter!« ruft Oma freudig aus, die in diesen Tagen auf uns Kinder aufpaßt und den Haushalt schmeißt. »Ach nee, wie ist dat schön! Endlich hat Marlies es geschafft. Geht es ihr gut?«

»Stramme acht Pfund, ganze 54 Zentimeter! Das ist ein Bursche, sag ich euch! Und Augen hat der, Augen hat der!« Papas Euphorie läßt darauf schließen, daß die Zukunft in unserer Familie dem neuen Sproß gehören soll.

»Sicher hat der Augen. Wär ja auch nicht normal.« Hanne gibt sich desinteressiert.

Papa guckt verwirrt. »Ich meinte doch die Augenfarbe. Er hat himmelblaue Augen und einen dunklen Haarflaum.«

Ich atme tief durch. Zum Glück also hat mein Bruder keine Glatze wie das Baby von Frau Schiller. Ich finde nämlich, daß das ganz häßlich aussieht.

Oma wendet sich an Papa. »Unser Sonnenschein soll also wirklich Kurt heißen, so wie du?«

»Na klar doch, in unserer Familie hießen schließlich alle Kurt. Dabei bleibt es!«

Dabei bleibt es natürlich nicht! Mama setzt Udo durch. Sie will einen modernen Jungennamen. So heißt mein kleiner Bruder auf dem Standesamt und in der Geburtsurkunde Udo.

Etwa vier Wochen hält sich der Name in der Familie. Und dann kommt es, wie es kommen muß, weil Papa auf standesamtliche Namen nicht viel gibt. Er ruft Udo nur Kurtchen. Bald schließt sich Oma an, und so siegt schließlich Papa.

Zunächst liegt Mama zusammen mit Kurtchen aber im Krankenhaus.

Hanne und mich hat sie noch zu Hause entbunden, erzählt uns Oma. Das sei gar nicht so einfach gewesen, weil Papa ja meist auf Schicht war. Schon damals mußte Oma ran und den Laden schmeißen. Sie hat auch bei Hanne und bei mir die Hebamme geholt.

Wenn Oma und Papa abends noch einmal ins Krankenhaus gehen, dürfen Hanne und ich nicht mit. »Wegen der Infektionsgefahr dürfen da Kinder nicht rein«, klärt uns Papa auf, als wir protestieren. Aber schließlich wollen wir uns das neue Familienmitglied wenigstens einmal ansehen. Wir wollen wissen, was da auf uns zukommt.

Frau Sodinski, unsere Nachbarin, paßt auf uns auf. »Ach nee, wie ist dat schön! So ein kleiner Junge. Da werdet ihr aber Spaß haben.« Die Freude um uns herum nimmt einfach kein Ende.

Später kommen Oma und Papa zurück. Wieder müssen wir uns die Seufzer, Ausrufe und Begeisterungsstürme anhören. »Also, die Nase hat er eindeutig von meinem Bruder Heinrich.« Omas Augen leuchten. »Und die hohe Stirn hat er von eurem Vater und den Mund von Tante Anna, meiner verstorbenen Schwester, die die Tante von eurem Papa war. Und die schmalen und zarten Finger! Ach nee, wie ist dat schön!«

Wir sehen den Familienzuwachs zum ersten Male, als Mama aus dem Krankenhaus entlassen wird. Sie sieht irgendwie anders aus und ist noch sehr schwach.

Hanne und ich wollen den Wunderknaben natürlich unbedingt mal aus der Nähe sehen. Auch wenn wir so tun, als ob uns das alles nichts angeht, versuchen wir doch, endlich einmal einen Blick auf unseren Bruder zu werfen, der unser Leben einschneidend zu verändern droht.

Als Kurtchen im Stubenwagen liegt, können Hanne und ich ihn begutachten.

»Sieht aus wie jedes andere Baby auch«, spielt Hanne die Abgeklärte.

»Der hat ja ein Gesicht wie eine schrumpelige Kartoffel«, rufe ich aus.

Mama und Oma gucken böse. »Du hast auch nicht viel besser ausgesehen«, sagt Mama.

»Glaube ja nicht«, meint Oma, »daß du wie ein Engel auf die Welt gekommen bist.« Sie nimmt Kurtchen auf den Arm, als ob sie ihn schützen müsse. »Ist Zeit zum Trockenmachen, Marlies. Ach nee, wie ist dat schön!«

Aber lange sagt Oma nicht mehr »Ach nee, wie ist dat schön!« Kurtchen macht bald mehr Arbeit als Freude.

Alles ist anders mit Kurtchen. Hanne und ich sind zu Hause auf die Welt gekommen, der kleine Kurt im Krankenhaus. Bei ihm mußte Mama geschnitten werden, bei uns nicht. Waren wir kaum krank, kränkelt Kurtchen unentwegt. Besonders Blähungen machen ihm fürchterlich zu schaffen. Bei Hanne und mir hat Papa nicht ein einziges Mal den Kinderwagen geschoben. Bei Kurtchen reißt er sich drum, zumindest dort, wo er glaubt, keinen seiner Kollegen und Bekannten zu treffen.

An uns Mädchen hat Papa kaum etwas interessiert, bei Kurtchen kümmert er sich jetzt sogar um die Babypflege. Keine Creme ist ihm gut genug. Wir wurden in Stoffwindeln gewikkelt, für seinen Liebling schleppt Papa schon vor Mamas Entlassung Berge von den neuen Einwegwindeln an. »Das ist die Erfindung der Neuzeit! Eine Weltrevolution! Soll ich euch mal vorrechnen, was Mama an Zeit spart. Da ist nichts mehr mit Windelnwaschen und Trocknen und so.«

»Ist das auf die Dauer nicht zu teuer?« wagt Oma vorsichtig anzufragen.

»Für Marlies ist mir nichts zu teuer!« Papas Antwort läßt keinen Widerspruch zu. Er meint aber wohl: Für Kurtchen ist mir nichts zu teuer.

Über Kurtchen darf mit Papa nicht gestritten werden. »Dein gesunder Menschenverstand setzt bei Kurtchen aus«, sagt ihm Oma einmal ins Gesicht. Das gibt vielleicht einen Streit.

Ich kann nie ganz das Gefühl überwinden, daß Papa Kurtchen etwas lieber hat als mich, und wenn auch nur ein ganz kleines bißchen.

5. Kapitel

Von Oma Erle, vom Krieg und von der Heimat und von einem Herrn Raddek, der »Titten« verteilt

Meine Oma ist ein Kapitel für sich. Sie ist aus Ostpreußen, eine aus Schrot und Korn. Sie sagt Papa noch kräftig die Meinung, als der schon drei Kinder hat. Oma ist immer zur Stelle, auch dann, wenn sie besser zu Hause geblieben wäre.

Oma wohnt ganz in der Nähe von uns in der alten Zechensiedlung Erles, in der Karlstraße. Dort spielen wir Kinder besonders gerne. Wenn Oma rüberkommt und sagt: »Marlies, komm doch heute und hilf mir etwas beim Bohnenabstribbeln«, dann sind wir Feuer und Flamme. Wir haben freie Bahn und können uns in den Gärten hinter den Häusern austoben.

Papas Mutter wird Oma Erle genannt, allerdings meistens dann, wenn Oma Harz zu Besuch ist. Oma Harz wohnt in dem gleichnamigen Mittelgebirge und wird wie Oma Erle nach ihrem Wohnort gerufen. Diese praktische Unterscheidung hilft, Mißverständnisse zu vermeiden.

Ich übernachte gerne bei Oma Erle, manchmal alleine, oft mit Hanne. Oma hat ein riesengroßes Doppelbett, aber einen Opa Erle, der eigentlich Opa Gustav hieß, gibt es nicht mehr. So ist immer ein Bett frei.

Bei Oma Erle ist es sehr gemütlich. Überall in der Wohnung riecht es nach ihr. In ihren Betten duftet es nach Lavendel-Mottenkugeln. Einmal im Monat legt sie eine neue unter die Matratze.

Hanne und ich schlafen auch aus einem anderen Grund gerne bei Oma. Unter dem Bett steht Omas großer schwarzer, ovaler Brattopf, den sie nur benutzt, wenn eine Feier ansteht. Er ist so groß, daß sie am ersten Weihnachtstag ein ganzes Kaninchen darin braten kann. Wenn nicht gerade ein großer Braten in ihm brutzelt, dient er Oma als Wursttopf. In ihm bewahrt sie ihre ganzen Wurstvorräte auf, denn sie hat keinen Kühlschrank. Im Schlafzimmer steht kein Ofen, hier ist es immer schön kühl.

Wenn wir nicht einschlafen können oder noch Hunger haben, stibitzen wir Oma aus ihrem Wursttopf leckeren Aufschnitt.

Omas Betten werden von ihr nicht gemacht, sie werden von Oma gebaut. Zuerst schüttelt sie die Kopfkissen und Oberbetten gründlich auf. Sie müssen dann bei offenem Fenster eine Zeitlang lüften. Manchmal schleppt sie sie dazu auch in den Garten. Später werden dann Kissen und Betten ordentlich auf die exakt gezogenen Laken gelegt.

Oberbett und Kissen müssen eine einzige Fläche bilden. Der Besenstiel, der hinter einem Vorhang in der Ecke neben dem Schlafzimmerschrank steht,. dient dabei als Hilfsmittel. Und Oma zieht, streicht und zupft, wenn sie die Betten baut. Es geht immer so schnell, daß ich ihren Handgriffen kaum folgen kann.

Nicht selten verführen mich diese Bettenburgen dazu, sie so schnell wie möglich zu zerstören. Wenn Oma nicht aufpaßt, schleiche ich schon mal still und leise ins Schlafzimmer und klettere auf die alte Spiegelkommode. Oft macht sogar Hanne mit. Wir toben dann wie die Irren. Wenn Oma uns erwischt, schimpft sie auf ostpreußisch mit uns und droht mit dem ostpreußischen Würgegeist, der Smorra. Danach holt sie den Besenstiel hervor und richtet wieder die Betten.

Als ich wieder einmal bei Oma übernachten darf, liege ich abends hellwach im Bett. Ich habe aus irgendeinem Grund Angst. Ich sehe finstere Gestalten in der Übergardine und krieche immer wieder unters Oberbett.

Plötzlich höre ich ein Knarren. Ich denke an den toten Opa, den ich nie kennengelernt habe. Ob der wohl in sein Bett will?

Es raschelt. Schubladen werden auf- und zugezogen. Ob Opa seinen Schlafanzug sucht?

Plötzlich rumst es, und dann höre ich ein leises Stöhnen.

»Oma!« schreie ich. »Omaaa!« Meine Stimme ist mir selber fremd, meine Zunge klebt am Gaumen.

Gleißendes Licht erhellt plötzlich das Zimmer.

»Mist, verdammter!«

Die Stimme kenne ich doch.

Ich traue mich, unter dem Oberbett hervorzugucken. Tatsächlich! Da steht doch Oma - im Unterzeug, mit Hüftgürtel und einem schlabberigen beigen Büstenhalter - und reibt sich den großen Zeh.

»Ich dachte, du schläfst schon, Elfi. Ich kann mal wieder nicht aufs Klo. Weißt dù vielleicht, wo ich meine Kacktabletten gelassen hab?«

Oma Erle ist vor allem sparsam. Und das kommt durch den Krieg. Wir maulen zwar immer, wenn wir unter Omas Kriegssparsamkeit zu leiden haben, aber unseren Eltern hilft das sicherlich. Zum Beispiel bei den neuen Kleidern, die Oma uns aus gesammelten und auch aus eigenen abgetragenen Sachen schneidert. Da Oma recht umfangreich ist, reicht es allemal für einen Rock.

Wenn Mama sagt: »Kinder, morgen ist Anprobe bei Oma«, schleichen wir maulend in die Betten. Wir machen uns mit der Taschenlampe Licht und losen mit dem Schnick-Schnack-Schnuck-Spiel aus, wer von uns beiden zuerst in den sauren Apfel beißen muß.

Oma räumt für die Anprobe ihren großen Küchentisch frei, der zwei Kriege überstanden hat, wie sie immer stolz bemerkt. »Aber ihr kriegt den noch kaputt, wenn ihr so weiterhampelt«, mosert sie. Wir müssen nämlich auf das kostbare Stück draufsteigen, damit sie besser an uns herumwerkeln kann.

Sie zieht uns ihre Entwürfe über den Kopf, die mit vielen Nadeln vollgespickt sind.

»Auaaaah! Oma, du hast mich schon wieder gestochen«, beschwere ich mich.

»Stell dich nicht so an«, nuschelt Oma, denn sie hat den Mund voller Stecknadeln. »Im Krieg konnten wir nie tolle Sachen tragen. Da ribbelte die Uroma noch Kartoffelsäcke auf, damit deine Mutter für den Winter einen Pullover hatte.«

Hanne lacht sich halb kaputt. »Warum habt ihr nicht gleich Kartoffelsäcke angezogen?«

Oma schüttelt nur den Kopf. »Kind, sei froh, daß du keinen Krieg mitgemacht hast!«

Meine Schwester ist nicht nur fünf Jahre älter als ich, sondern auch viel dreister. Trotz des Kleiderstoffes setzt sie stets irgendeinen modischen Pep durch. Mal ist es ein weißer Mozartschlips, mal ein Kleid mit einer Weste. Mir wird immer der gedeckte Stoff zugedacht, gelte ich doch als Ferkel der Familie.

Wenn Oma Erle zu Besuch kommt, denn redet sie oft und gerne von früher. »Kinders«, sagt sie, als wir mal wieder stürmisch über Papas Hasenbrote herfallen, »als der Opa noch auf dem Pütt war, da gab es noch keine gutbelegten Arbeitsbrote. Wurst war knapp, und wer Verwandtschaft auf dem Lande hatte, der verwahrte diverse Freßpakete für ganz besondere Anlässe.«

»Und was haben die Männer gegessen?« fragt Hanne.

»Als Wurstersatz bekamen sie in Scheiben geschnittene Pellkartoffeln aufs Brot. Wir nannten das früher scherzhaft Bergmannssalami. Oft machten die Frauen auch selber Rübenkraut aus Zuckerrüben, und weil das klebrige braune Zeug beim Essen so langsam und ohne Ende an den Ärmeln von den Arbeitsjacken runterlief, da nannten die Bergleute es Jo-Jo-Wurst.«

Rübenkraut kennen wir auch. In jedem Laden können wir diesen ekeligen süßen Brotaufstrich fertig in bunten Pappdosen kaufen. Warum soll Mama ihn selber machen? Wir müssen nie hungern. Allerdings gibt es gelben Sprudel nur einmal in der Woche. Wir achten genau darauf, daß keine mehr als die andere erhält. Irgendwann steht dann allerdings bei uns im Keller ein ganzer Kasten des leckeren Gesöffs. Ist der leer, wird ein neuer geholt.

Unserer Familie geht es nicht schlecht. Was Mangel oder richtige Armut ist, erfahren Hanne und ich nie. Im Gegenteil, es geht immer mehr aufwärts mit uns, zumindest in den nächsten Jahren.

Der Wirtschaftswunderminister, dieser kugelrunde Mann mit den fetten Hängebacken und der dicken Zigarre, dem man den Wohlstand schon aus drei Meilen Entfernung ansieht, wird

1963 Bundeskanzler. Es ist das gleiche Jahr, in dem wir unseren ersten richtigen Kühlschrank bekommen.

»Ein echter Bosch! Übermorgen wird geliefert!« Papa steht in der Tür und wedelt stolz mit dem Kaufvertrag vom Elektro-Fritzen auf der Cranger Straße.

Wir sitzen gerade beim Abendessen und löffeln unsere Klunkersuppe.

»Damit unser Mutter es leichter hat«, sagt Papa und erklärt Mama, wie günstig der Kauf war. Anzahlung und sechs Raten.

Mama bleiben fast die Mehlklunker im Halse stecken. Sie hat sich noch gar keine Gedanken darüber gemacht, wo der Kühlschrank seinen Platz finden soll.

Für Papa ist das kein Problem. »Wenn der erst mal da ist, findet das Ding auch einen Platz.«

Unsere Eltern haben schon länger überlegt, sich einen Kühlschrank zuzulegen. Frau Sodinski hat auch schon einen. Mama war ein bißchen neidisch auf die Sodinski. »Praktisch ist so ein Kühlschrank wirklich«, meinte sie und versuchte Papa zu überzeugen. »Da kann ich viel besser mit wirtschaften. Da hält sich vieles viel länger.« Aber erst als Papa die Erleuchtung kam, daß er im Sommer sein Glückauf-Helles damit kühlen kann, hat Mama gewonnen.

Dennoch ist sie an diesem Abend ein bißchen enttäuscht, daß Papa mal wieder einen wichtigen Kauf im Alleingang getätigt hat. »Hättest du mich nicht mitnehmen können?«

»Marlies, war Zufall, ehrlich! Stell dir vor, ich sag dir Bescheid, und dann ist das Angebot weg.«

Mama muß wohl oder übel klein beigeben.

Doch der Kühlschrank kommt nicht übermorgen und auch nicht überübermorgen. Er kommt erst nach sechs Wochen. Dabei hat Papa die dicke Anzahlung schon beim Kauf gemacht. Er will den Kauf schon rückgängig machen, als das stolze Teil endlich geliefert wird.

Wir stellen in der ersten Zeit sogar Mehl und Zucker in den Kühlschrank. Und obwohl Papa ihn gekauft hat, wird unser erster Bosch zehn Jahre halten.

Ein anderes Geschäft, das Papa in diesem Jahr tätigt, ist nicht so erfolgreich.

Anfang November ersteht Papa in einem Radiogeschäft einen kleinen Kofferplattenspieler, und er bringt gleich zwanzig Langspielplatten mit.

»Mensch, Kurt! Jetzt, so kurz vor Weihnachten! Ich glaube, du spinnst«, sagt Mama.

»War äußerst preiswert! Was sage ich, nachgeschmissen!« meint Papa, als Mama die Hände über dem Kopf zusammenschlägt. »Da hab ich sofort zugegriffen! Oma Erle hat was dazugegeben.«

Die Platten sind tatsächlich sehr billig gewesen, aber dafür haben sie auch zwei entscheidende Fehler: Der Verkäufer hat sie ausrangiert, denn kleine Kratzer stören das Hörvergnügen, und außer Opern- und Operettenmelodien sind ihnen keine Töne zu entlocken.

Trotzdem sind Hanne und ich begeistert. Wir nehmen den praktischen Kofferplattenspieler sogar mit nach Oma Erle, die sich die Arien und Chöre ebenfalls gerne anhört.

Eine Zeitlang spielen wir fast jeden Tag mit Mama und Papa Melodienraten und werden zu absoluten Opernkennern.

Als wir uns eines Tages mit Papa den Gefangenen-Chor aus Nabucco anhören, kommt Mama, die in der Küche das Abendbrot vorbereitet und Radio gehört hat, angerannt. Sie stellt den Schallplattenspieler ab und sagt: »Kennedy ist erschossen worden.«

Und ich erfahre, daß John F. Kennedy der junge, nette amerikanische Präsident ist, den alle Leute auf der Welt mögen und der noch vor wenigen Monaten gesagt hat: »Ich bin ein Berliner.«

Mama und Papa sind von dem Mord an Kennedy sehr betroffen, wenn ich auch nicht ganz verstehe, warum. Schließlich ist Amerika weit weg. Ich kann mir gar nicht vorstellen, wie weit. Es fallen die Worte Mauer, Russen, Chruschtschow, Krieg und sogar Atombombe.

Kennedy muß der wichtigste Mann der Welt gewesen sein, denke ich.

Der Kofferplattenspieler ist übrigens bereits nach zweieinhalb Jahren hinüber. Kurtchen bricht, als er drei Jahre alt ist, bei einer seiner *Untersuchungen* den Abnahmearm ab. Da lohnt sich keine Reparatur mehr.

Uns und unseren Nachbarn, Verwandten und Bekannten geht es trotz solcher kleinen Mißgeschicke immer besser, wenn wir uns auch nicht alles leisten können. Armut kennen Hanne und ich überhaupt nicht. Not und Mangel, das war der Krieg, das war die Nachkriegszeit, das sind die Erzählungen der Erwachsenen über eine Zeit, die tausend Jahre her sein muß. Vielleicht zieht uns deshalb alles an, was mit Krieg zu tun hat.

Krieg ist auch in Omas altem Vertiko.

Als Oma einmal in den Garten geht, um Gemüse zu holen, kommt Hanne auf die Idee, im Vertiko herumzukramen. Ich krame auch, allerdings in Omas Bonbondose.

Plötzlich gibt es einen Rums. Der Inhalt verschiedener Pappschachteln liegt verstreut auf dem Linoleum. Hanne hat aus Versehen den Zwischenboden rausgehoben.

»Was machst du denn da für einen Mist?« Oma kommt aus dem Garten zurück und geht aufgeregt auf Hanne zu. Möhren und Kohlrabi purzeln aus ihrer Schürze heraus und über den Boden.

Wir sammeln gemeinsam die alten Fotos und Briefe ein, die Feldpost von Opa, wie sich herausstellt.

»Oma, wer war das denn?« frage ich. Das Foto zeigt einen stattlichen Mann in Uniform.

Oma nestelt ihre Brille aus dem Etui und setzt sie umständlich auf. »Das war Heinrich, mein Bruder. Der ist als Flieger ums Leben gekommen.«

»Ist er abgestürzt?« frage ich.

»Nee, der ist abgeschossen worden, im Krieg. Irgendwo muß noch das Ritterkreuz rumliegen. Das hat er nach seinem Tod bekommen. Aber das hat ihm dann ja auch nichts mehr genutzt.«

»Wer hat ihn denn abgeschossen?«

»Die Russen, Kleines. Aber das verstehst du noch nicht.«

Hanne mischt sich ein. »Omas Bruder hat Bomben abgeworfen. Da haben sie ihn abgeschossen.«

Was Hanne schon alles weiß! Ich tue so, als ob ich nicht gehört hätte, was sie sagte. »Und was ist das hier?« nehme ich fragend ein neues Bild in die Hand. Auf dem Foto sind neben Häusern, in denen die Scheiben kaputt sind, Ruinen und Trümmer zu sehen. Vor den Ruinen kann ich Zäune und Gärten entdecken. Die Menschen, die zu sehen sind, räumen offenbar den Schutt beiseite und stapeln die Steine, die noch zu gebrauchen sind, in den Gärten zu großen Steinhaufen auf. Ich glaube, Oma Erle zu erkennen, und frage: »Oma, bist du das?«

»Ja, das war 1944. War ein fürchterlicher Bombenangriff. Die Nachbarhäuser sind völlig ausgebrannt. Wir waren eine der wenigen Familien, die nicht ausgebombt wurden. Aber wir haben geholfen. Das Nachbarhaus wurde aus diesen Steinen wieder aufgebaut.« Oma zeigt auf die Steinhaufen. »Meistens fielen die Bomben aber auf Fabriken und Zechen. Consol wurde auch getroffen.«

»Oma, hat denn dein Bruder Heinrich auch auf unsere Häuser Bomben abgeworfen?« frage ich.

Ärgerlich schiebt Oma die restlichen Fotos zusammen und wird sehr ernst. »Elfi, wenn du mal größer bist, dann wirst du das alles verstehen, dann lernst du das auch in der Schule.«

Hanne erwischt noch ein anderes Bild. »Wer war denn das hier, Oma?« Das Bild zeigt einen Mann mit gezwirbeltem Schnurrbart.

»Tja, das war euer Großvater, der Opa Gustav. Er kam von der Front nicht zurück. Er ist in Rußland gefallen.«

Oma schaut lange auf das Bild und nimmt es Hanne dann energisch aus der Hand. Sie legt alles wieder in die Pappkartons. Aber sie stellt diese nicht wieder an ihren alten Platz im Vertiko, sondern geht ins Schlafzimmer, öffnet den Kleiderschrank, steckt die Schachteln irgendwo weit hinter die Unterwäsche und schließt den Schrank ab.

Dann dreht sie sich um und sagt: »Nun hört mal gut zu!« Sie erzählt uns davon, wie das war, wenn die Bomber kamen und die Sirenen heulten und alle in den Bunker an der Marktstraße liefen. Und sie erzählt auch, wie sie nach dem Krieg ins Oldenburgische hamstern fuhr und wie sie immer Angst hatte, erwischt zu werden.

Einige Wochen später feiert Oma ihren 65. Geburtstag. Wir Kinder freuen uns schon lange darauf, denn Geburtstage in dieser Größenordnung sind etwas Besonderes.

Mama und wir Kinder sind schon am Tag vorher bei Oma, um bei den Vorbereitungen mitzuhelfen. Das heißt, Hanne darf bei ein paar Kleinigkeiten mithelfen, ich werde mit Kurtchen in den Garten geschickt.

Als alle Kuchen gebacken, alle Salate angemacht sind, wird noch die ganze Wohnung geputzt. Mama widmet sich insbesondere den alten Kacheln über der Spüle in der Wohnküche. Als wir gehen, sieht die Wohnung aus wie aus dem Ei gepellt. Der Geburtstag kann beginnen.

Mama hat sich schön gemacht, Papa hat sich in Schale geworfen, auch Hanne und ich haben unsere feinsten Kleider angezogen. Kurtchen hat extra einen neuen Strampler bekommen.

Wir sind die ersten bei Oma. Doch kaum, daß wir ihr gratulieren und sie unsere Geschenke auspacken kann, stehen schon Gratulanten aus der Nachbarschaft vor der Tür. Sie werden mit belegten Brötchen, Bier und Schnaps bewirtet. Einige haben schnell die Kanüle voll, weil Papa immer wieder nachschenkt. Andere halten länger durch.

Überall stehen Blumen herum, so daß ich und ein paar andere Kinder auf die Idee kommen, Blumenladen zu spielen. Aber als die ersten Blumen geknickt werden, ist Oma schnell dazwischen.

Mittags kehrt etwas Ruhe ein, bis dann die liebe Verwandtschaft und die engsten Freunde eintreffen. Die Woche zuvor hat ein Nachbar extra ein Schwein geschlachtet. Es wird an diesem Tag ganz verspeist, denn es kommen wirklich alle, die Oma erwartet hat, aber auch die, mit denen sie nicht gerechnet hat, oder die, mit denen Oma nicht so gut kann.

Lediglich ein entfernter Cousin aus der Nachbarstadt Bottrop kommt nicht. Er ist, wie jemand erzählt, gestern gestorben. Leberkrebs! Aber den konnte Oma überhaupt nicht leiden. »Daß der bald abkratzt, hab ich den ollen Suffkopp schon im letzten Jahr vorausgesagt.«

Jeder hat etwas zu erzählen, alte Dönekes werden aufgetischt und lange Feindschaften mit einem Lächeln überspielt. Als Kaffeeduft durch die Wohnung zieht, sind bereits alle alten Geschichten erzählt. Als der Kuchen binnen kürzester Zeit vertilgt ist, sind mehrere neue Gerüchte in die Welt gesetzt und die Verhältnisse der nicht anwesenden Bekannten oder der Toten durchgehechelt.

Die Erwachsenen sitzen im Wohnzimmer, das aus allen Nähten platzt. Wir Kinder hocken in der Küche am Kindertisch. Da sind Cousins und Cousinen dabei, die ich nur vom Namen her kenne. Nur Hanne darf, weil sie die Älteste ist, bei den Großen sitzen.

Wenn ich auch noch so die Ohren spitze, um zu hören, was da drüben alles erzählt wird, ich bekomme fast nichts mit, weil das Geschnatter meiner Cousine Ulla alles übertönt. Immerhin höre ich, daß irgend jemand sagt, wahrscheinlich ist es Onkel Heinz, daß Graf Bismarck vielleicht auch bald geschlossen wird. Niemand glaubt es ihm. Alle lachen.

Abends spülen dann die Frauen ab, und die Männer trinken ihr Bier. Und plötzlich ist wieder vom Krieg die Rede.

Ich höre Tante Grete sagen, daß der Adolf zwar den Krieg angezettelt, aber auch viel Gutes bewirkt habe. »Damals konnte jede Frau abends sicher über die Straße gehen. Ne, Friedrich!«

Die Stimme ihres Mannes ist sofort zu vernehmen. »Jahaa! Der hat ja auch die erste Autobahn in Deutschland gebaut.«

»Und die Arbeitslosen hat der auch von der Straße geholt«, fügt Tante Grete noch hinzu.

Neugierig drücke ich mich an den Türrahmen zum Wohnzimmer, tue aber so, als sei ich mit meinem Jo-Jo beschäftigt, das mir Tante Anna, die eigentlich gar nicht meine Tante ist, mitgebracht hat.

Von einem Adolf habe ich schon einmal gehört. Der muß etwas mit dem Krieg zu tun haben.

»Was sabbelt ihr doch für einen Scheiß!« Onkel Heinz fährt plötzlich Tante Grete und Onkel Friedrich ärgerlich an. »Was sabbelt ihr doch für einen Scheiß!« sagt er noch einmal, holt tief Luft und sucht nach passenden Worten.

Jetzt wird es interessant! Und lauter! Die Frauen werden aufmerksam, stellen sich mit den Spültüchern in der Hand in den Türrahmen und drängen mich weg.

Weil ich nichts mehr sehen kann, knie ich mich hin und luge an Mamas Strumpfnaht vorbei ins Wohnzimmer. Mamas Trokkentuch hängt mir genau ins Gesicht und kitzelt meine Nase. Ich schiebe es beiseite, damit ich den Auftritt von Onkel Heinz nicht verpasse, der jetzt sogar aufsteht und mit seinem Stock herumfuchtelt.

»Für was haben wir denn die Knochen damals hingehalten? Für was war denn der ganze Krieg gut? Ja seid ihr denn bekloppt?« Drohend schwingt Onkel Heinz seine Krücke.

»Heinz, denk bitte an dein schwaches Herz«, versucht Tante Irmchen ihn zu beruhigen.

Oma höre ich etwas brummeln wie: »Wenn die Männer ein Bier und einen Schnaps trinken, ist sofort der Teufel los.«

Onkel Heinz ist nicht mehr zu bremsen. Er wendet sich an seinen Cousin Bernhard. »Du brauchst gar nicht so zu grinsen. Du hast damals doch auch laut ja gerufen, als der Goebbels fragte: Wollt ihr den totalen Krieg?«

»Heinz!« fährt Tante Irmchen dazwischen. »Heinz!«

»Mensch, ist doch wahr!« Umständlich legt Onkel Heinz die Krücke neben den Sessel und steckt sich fahrig eine Zigarette an. »Von was hab ich denn heute das steife Bein? Nur von diesem sinnlosen Krieg, den dein Herr Hitler angezettelt hat. Habt ihr denn das alles wirklich schon vergessen? Und uns Arbeiter hat der doch im Krieg verheizt. Total! Total verheizt!« Aufgebracht kippt er einen Klaren runter, greift zur Flasche und schenkt sich einen weiteren Schnaps ein.

»Heinz, nun wollen wir nicht streiten«, versucht Tante Anna zu schlichten, doch da ist sie an den Falschen geraten.

»Verdammt noch mal, gerade du mußt doch die Klappe halten! Bei dir gingen doch damals die braunen Tüten ein und aus. Meinst du vielleicht, wir haben nicht gemerkt, daß du mit einem Sturmbandführer rumgemacht hast? Und als der jüdische Kaufmann von um die Ecke nach der Kristallnacht plötzlich verschwunden war, mit der ganzen Familie, da hast du doch auch gesagt: Gut, daß die Kummelbrüder endlich die Platte geputzt haben. Du wolltest doch gar nicht wissen, was mit denen passiert ist!«

Tante Anna springt auf und geht beleidigt aufs Klo.

»Nee, Heinz, jetzt bist du einen Schritt zu weit gegangen!« Onkel Werner verteidigt seine Frau. »Heute ist heute, und nun wollen wir alles vergessen.«

Onkel Heinz sieht seinen Cousin fassungslos an und will gerade wieder loslegen, als Kurtchen durch die Beine der Frauen, die immer noch mit den Geschirrtüchern in der Tür stehen, hindurchkrabbelt.

Ich nutze den Moment und frage, was ich schon lange wissen will: »Wer war denn der Hitler? Warum hat der denn die Bomben abwerfen lassen?« Ich muß doch dahinterkommen, warum sich die Erwachsenen streiten.

In diesem Moment schießt Oma Erle wie eine Furie in die gute Stube. Sie packt Kurtchen, mich und noch fünf weitere Kinder und schickt uns alle nach oben. »Schluß! Aus! Feierabend!« Sie blickt in die Runde und duldet keinen Widerspruch. »Ihr macht ja die Kinder ganz verrückt. Streiten könnt ihr euch zu Hause, aber nicht heute auf meinem Geburtstag.«

Damit ist wirklich Schluß mit dem Krieg. Die Frauen spülen weiter ab und sitzen nachher im Wohnzimmer und klönen. Die Männer dreschen am Küchentisch einen Skat.

Kurtchen, Hanne und ich dürfen heute bei Oma schlafen, weil Mama ihr später noch beim Aufräumen helfen will.

An diesem Abend liege ich noch lange wach.

»Schläfst du noch nicht?« Oma kommt noch einmal zu uns ins Schlafzimmer, wo wir unter den dicken Federbetten kaum zu erkennen sind. Hanne schläft schon und schnarcht.

»Oma, ich hab solche Angst.«

Oma setzt sich zu mir aufs Bett und schüttelt das Oberbett auf.

»Oma, ich hab solche Angst, daß wir noch mal Krieg bekommen.«

»Hör auf mit dem Quatsch! Krieg ist aus. Hitler ist tot.«

»Wirklich, Oma?«

»Ja, wirklich! Mausetot! Schlaf jetzt!«

Oma beugt sich zu mir herunter, gibt mir einen Kuß, löscht das kleine Licht auf dem Nachtschränkchen und schließt hinter sich leise die Tür.

Die alte Zeit begegnet mir in Erle auch bei anderen Gelegenheiten. Denn viele Menschen sind im ostpreußischen Arbeiterverein organisiert. Unsere Oma auch. Regelmäßig geht sie zu den Vereinstreffs, zu denen ich sie öfters begleiten darf.

Dieses Jahr darf ich mit zur Weihnachtsfeier. Die beiden letzten Jahre durfte Hanne mit. Das fand ich ungerecht. Ich habe lange gebittet und gebettelt, und schließlich hat Oma ja gesagt.

Als Hanne davon hörte, lachte sie mich aus. »Das ist ja stinklangweilig da.«

Na klar! Hanne ist ja auch schon zweimal mitgewesen. Sie kann gut lachen.

Zur Feier des Tages schneidert mir Oma mal wieder ein Kleid. Es ist gelbgrün kariert und hat vorne eine leuchtend rote Schleife. Das Kleid kratzt wahnsinnig, und ich muß mich ständig schubbeln. Aber ich muß es schön finden. Schließlich hat es Oma genäht.

Im Vereinslokal herrscht schon lautes Stimmengewirr, als wir ankommen. Wir finden jedoch noch in der Nähe der Bühne zwei schöne Plätze, die uns Bekannte von Oma freigehalten haben.

»Sag mal den Tanten guten Tag«, fordert mich Oma auf.

Weil ich ein braves Kind bin, tue ich, wie mir befohlen wird. Ich mache sogar einen Knicks, was bei den Tanten gut ankommt.

Viele der Anwesenden haben sich lange nicht gesehen. Mir scheint, als ob alle mit allen reden und alle durcheinander.

Ich verstehe jedenfalls nicht viel. Es wird ostpreußisch gesprochen. Einige von Omas Bekannten sprechen zwar unser Ruhrplatt, aber auch bei ihnen ist der breite ostpreußische Akzent nicht zu überhören.

Oma ist ganz aufgeregt. Sie soll zusammen mit einigen anderen Frauen einen ostpreußischen Reigen aufführen. Doch vorher werden erst einmal Weihnachtslieder gesungen. Bei denen spielt der Akzent keine Rolle, und ich singe laut mit.

Dann steigt der Vorsitzende des ostpreußischen Arbeitervereins, Herr Raddek, auf die Bühne und bittet um Ruhe. Er hält eine lange Rede ohne Punkt und Komma.

Als ich zum x-ten Male in die genau vor mir plazierte Gebäckschüssel greife, haut mir Oma eins auf die Finger. »Bescheedenheet ist eene Zier!« Tadelnd blickt sie mich über den Rand ihrer Brille an.

Die anderen Tanten am Tisch nicken beifällig.

... doch weeter kommt man ohne ihr, denke ich beleidigt und lehne mich auf meinen Stuhl zurück.

Während der Herr Raddek noch immer redet und kein Ende in Sicht ist, blicke ich mich ein wenig im Saal um. Es sind viele Menschen gekommen, mindestens hundert, wenn nicht sogar noch mehr.

Es riecht angenehm nach Tanne und Räuchermännchen. Auf den Tischen stehen rote Stumpenkerzen, von denen der Wachs auf die blütenweißen Tischtücher fließt. Vorsichtig knibbele ich mit den Fingern in dem weichen Wachs rum und denke mir dabei immer neue Figuren aus.

Oma mag wohl keine Wachsfiguren, denn als sie mein Tun entdeckt, knufft sie mich in die Seite. »Nimmst du wohl die Pfoten da weg!«

Die Tanten nicken schon wieder beifällig.

»Oma, ich hab keine Lust mehr, ich will nach Hause.«

»Und du bleibst sitzen, bis die Feier zu Ende ist! Du wolltest doch unbedingt mit.«

Die Tanten nicken und nicken.

Ich finde, sie sehen aus wie die blöden Kühe, die ich im Sommer auf einer Weide bei Schloß Lembeck gesehen habe. Die haben auch immer genickt.

»Ist denn nicht schön hier, Elfi?« fragt eine der Tanten zukkersüß.

Ich sage nichts und rutsche nur auf meinem Stuhl hin und her.

Eine andere sagt: »Ist aber ein zappeliges Kind!«

Ich strecke ihr die Zunge raus. Natürlich nur im Geiste.

»Ich will jetzt nach Hause, Oma«, versuche ich es noch einmal und stehe auf.

Resolut zieht mich Oma auf meinen Stuhl zurück.

Ich denke an Hanne, die mich gewarnt hat. Sie hatte recht, es ist wirklich stinklangweilig.

Zum Glück kommen jetzt Oma und ihre Freundinnen mit ihrem ostpreußischen Tanz an die Reihe.

Oma macht ihre Sache wirklich gut. Während der Probe ist sie einmal hingefallen, das passiert ihr jetzt nicht. Dafür stolpert diesmal die Tante, die mich zappelig genannt hat. Sie landet auf ihrem Hintern, und das Gelächter im Saal ist groß.

Die Frauen bekommen trotzdem sehr viel Beifall, und als Oma zu ihrem Platz zurückkommt, sehe ich, wie sie sich mit einem Tuch erst einmal den Schweiß abwischt.

»Bist auch nicht mehr die jüngste«, sagt eine der Tanten.

Vorne auf der Bühne hebt Herr Raddek jetzt seine Arme und stimmt ein Lied an. Und alle Ostpreußen im Saal singen mit: »Jeesus kam uns zu erleesen, preeset den Heern. Trat mit Macht den Beesen, preeset den Herrn ...«

Ich amüsiere mich köstlich und stimme ein: »... und ritt auf einen Beesen.«

Die Tanten gucken mich böse an.

Als das Lied fertig ist, ruft Herr Raddek: »Und jetzt die Tittenverteelung!!»

Jetzt ist der Moment da, auf den ich gewartet habe.

»Los, du kannst dir meine holen«, stößt mich Oma an.

Das lasse ich mir nicht zweimal sagen. Aber so einfach ist es gar nicht. Obwohl ich ziemlich schnell an der Bühne stehe, sind die Tanten eher da als ich. Sie drängen und schubsen, und eine von ihnen tritt mir auf den Fuß. Eine Frau sagt: »Ist ja schlimmer als im Krieg.«

Doch schließlich komme ich auch an eine Tüte.

Jetzt habe ich etwas zu tun. Während ich in der prallgefüllten Tüte herumkrame, unterhält sich Oma mit alten Bekannten, die sie entdeckt hat.

Endlich ist die Feier zu Ende. Als wir dann auf dem Heimweg sind, frage ich Oma nach dem Wort *Heimat*, das ich an diesem Abend so oft gehört habe.

»Elfi, weißt du«, antwortet Oma seufzend, als wir in unsere Straße einbiegen, »Heimat ist etwas ganz Besonderes. Denn die gibt es nur einmal auf der Welt, für jeden. Opa und ich sind ja damals schon sehr früh aus Ostpreußen weg, noch vor dem ersten Krieg, aber viele von den Leuten mußten im letzten Krieg aus Ostpreußen flüchten und ihr Dorf oder ihre Stadt ganz plötzlich verlassen. Sie sehnen sich zurück. Deshalb sprechen sie soviel davon. Auch wenn sie hier Wohnung und Arbeit haben, sie denken immer wieder an ihre Heimat, die sie noch einmal wiedersehen möchten.«

6. Kapitel

Von Kuschelstunden, Casinosprüchen und von einem traurigen Kinderfest, auf dem ein Kavalier mit Rotzfahne nicht gut ankommt

Fast jeden Abend gibt es für Hanne und mich eine Gutenachtgeschichte von Mama. Doch einmal im Monat fällt die Geschichte ganz sicher aus. Wir müssen zeitig in die Betten. Da dürfen wir nicht rufen: »Mama! Mama! Bringst du uns noch was zu trinken?«

Mama hat ihren Abend. Dabei handelt es sich jedoch nicht um einen Rommé-, Mau-Mau- oder Halmatreff, zu dem sie sich schon mal mit einigen Nachbarsfrauen trifft. Es ist auch nicht ihr Fernsehabend bei den Krahwinkels, zwei Häuser weiter um die Ecke, wo Mama immer dann am Wochenende hingeht, wenn die Spielshows mit Peter Frankenfeld, dem Mann mit der karierten Jacke, oder *Sing mit mir, spiel mit mir* mit Onkel Lou, dem holländischen Showmaster, laufen, von denen sie danach mit Begeisterung erzählt.

Fast immer geht auch Frau Malenki von obendrüber mit zu den Krahwinkels. Die Malenkis haben auch noch keinen Fernseher. Frau Malenki scheint bei den Krahwinkels Stammgast zu sein, denn sie kennt fast alle Sendungen und alle Fernsehansagerinnen: »Irene Koss, Dagmar Bergmeister, Anette von Aretin sind gut, aber die beste Frisur hat die Hilde Nocker«, sagt sie immer. Doch besonders hat es Frau Malenki Heinz Maegerlein angetan, der die Quizsendung *Hätten Sie's gewußt?* präsentiert. Sie schwärmt regelrecht von ihm und verpaßt keine Sendung.

Aber um all das handelt es sich bei Mamas Abend nicht. Nein, es ist Mamas *Emscherlandabend.* Sie sitzt dann immer im Wohnzimmer unter der dreiröhrigen Stehlampe und sortiert Rabattmarken. Und niemand darf sie dabei stören.

Es gibt diese Marken fast in allen Geschäften, und sie müssen in ein passendes Heftchen geklebt werden. Manche Hausfrau hamstert sich damit ihr Taschengeld zusammen.

Mama sammelt die Marken in der alten Sammeltasse mit dem großen Sprung und klebt dann stets ganze Heftchenstapel voll.

Die Sammeltasse mit den Emscherlandmarken steht in der untersten Küchenschublade. Mama wacht über sie mit Argusaugen. Die Marken sind grünweiß und sehen wie Minibriefmarken aus. Auf ihnen sind rauchende Schornsteine zu sehen.

Mama sitzt immer mit gebeugtem Rücken am Tisch und klebt. Sie leckt an der Markenrückseite und klebt und leckt und klebt. Ohne Pause. Morgens danach hat sie immer Ränder unter den Augen, wenn sie am Frühstückstisch stolz das Ergebnis präsentiert. »Nur noch zwei Monate, und ich hab meine neuen Schuhe!«

Papa sieht ihrem Eifer nie kommentarlos zu. »Das sind doch Gauner, deine Geschäftsleute. In deinem Markenrausch übersiehst du glatt, daß der neue Konsum auf der Cranger Straße viel billiger ist.«

Doch Mama läßt sich nicht beirren. Für sie sind die Marken eine nützliche Reserve. Sie klebt unbekümmert weiter.

Wenn es Mama nicht geben würde! Sie hält bei uns den Laden zusammen.

Wenn sie Waschtag hat, dürfen wir Kinder überhaupt keine Ansprüche stellen. Es gibt Reste-Essen vom Tag vorher, und Mama kommt von morgens bis abends nicht aus der Waschküche.

Mit den schwarzen Gummistiefeln von Papa, ihrem ältesten Kittel und dem nach vorne geknoteten bunten Kopftuch sieht Mama aus wie die Fischfrau vom Wochenmarkt.

In der rechten Ecke der Waschküche steht ein riesengroßer Kessel mit heißer Lauge, in der die Kochwäsche schwimmt. Mit einem überdimensionalen Kochlöffel muß zwischendurch umgerührt werden.

Unter dem Kessel ist der Ofen, der, wenn man ihn gut hochgestochert hat, die Laugentemperatur hält. In zwei großen Steinbecken werden die gewaschenen Sachen gründlich gespült.

Waschen ist Knochenarbeit! Die Bettwäsche schafft Mama nicht alleine. Sie muß durch den Wringer. Hanne hilft ihr. Ich stehe nur dabei und staune. An der Kurbel schaffe ich immer nur Millimeter.

»Wenn du mal so alt bist wie ich, dann schaffst du das vielleicht auch«, spielt Hanne wieder einmal die Große.

Fürs Helfen gibt Mama Hanne ab und zu einen Fuchs. Wenn ich nicht zuviel Unsinn gemacht habe, bekomme ich auch einen. Wir laufen damit meist zur Selterbude an der Ecke, um Klümmeks zu kaufen: eine große Papiertüte Veilchen-Pastillen zum Beispiel, Unmengen Silberlinge oder Knöterich. Manchmal legen Hanne und ich auch zusammen und kaufen eine Tüte Schleckmuscheln. Das sind mit einer harten, süßen Dauerlutschmasse gefüllte Plastikmuscheln. Oder wir holen uns eine Flasche Waldmeistersprudel, denn bei uns steht immer nur der langweilige Hagebuttentee auf dem Ofen.

Der Milchbauer hat sein Geschäft direkt um die Ecke. Da ich dafür nicht über die Straße muß, schickt mich Mama dort öfters Milch holen, die es lose gibt. Mittels einer Pumpe wird die Milch in die blecherne Milchkanne gefüllt, und ich muß auf dem Rückweg aufpassen, daß nichts überschwappt. An heißen Sommertagen schüttet Mama die Milch in eine große Glasschüssel, deckt sie ab und läßt sie einen Tag stehen. Die so gewonnene dicke Milch wird dann mit viel Zucker bestreut und mit Brotwürfeln gestippt. Bei uns verkommt nichts. Oft gibt es dieses Gericht kurz vor dem Geldtag. Aber es schmeckt toll.

Einmal in der Woche, wenn Papa auf Schicht ist, ist Kuschelstundenzeit. Hanne sitzt rechts, ich links von Mama. Mama fragt nach unseren Sorgen, ab und zu liest sie uns auch eine Geschichte vor. Aber am schönsten ist es, wenn sie von früher erzählt.

»Mama, wie hast du Papa eigentlich kennengelernt?« Ich rückte noch ein Stück näher an Mama heran. Ich kenne diese Geschichte schon in- und auswendig, aber ich höre sie immer wieder gerne.

Mamas Augen strahlen, wenn sie davon erzählen kann.

»Also, das war so ...«

Und dann erzählt sie. Wie Oma Harz sie mit auf ein Schrebergartenfest nehmen wollte, wie es dann zum Glück nachmittags aufgehört hatte zu regnen, so daß der Tanz in den Morgen nicht ausfallen mußte. Sie erzählt von der Kapelle und von den bunten Lampions. Ja, und dann habe sie ein stiller, blasser Jüngling mit dunklen Haaren aufgefordert. Der latschte ihr beim Tanzen immer auf die Füße. Und das war der Mann, der unser Papa werden sollte.

»Ach, was war euer Papa schüchtern! Zu später Stunde versuchten wir uns am Walzer. Ganz verschämt legte er seinen Arm um meine Taille. Tja, und dann passierte es. Die Tanzfläche war nicht ganz eben, ich stolperte mit meinen Stöckelschuhen und landete genau in den Armen von Papa. Ja, so war das mit uns.«

»Habt ihr euch geküßt?« frage ich.

»Du Dummerchen«, sagt Mama, »natürlich haben wir uns dann irgendwann geküßt.«

»Wie im Fernsehen, ja?« meint Hanne. Wir haben davon gehört, daß sich in den Filmen am Schluß die Liebespaare immer küssen.

»Wie im Fernsehen«, bestätigt Mama. »Aber so schnell ging das nicht. Erst hat mich euer Papa zum Eis eingeladen. Immer dann, wenn er keine Wochenendschichten gefahren hat.«

»Habt ihr euch denn nicht jeden Tag gesehen? Ihr wart doch bestimmt richtig verliebt?« fragt Hanne.

»Verliebt? So sagt man wohl. Zeitweise ging ich schon wie auf Wolken. Aber gesehen haben wir uns gar nicht so oft, wie ihr vielleicht denkt. So einfach war das damals nicht, Hanne. Manchmal haben wir uns ein paar Wochen nicht zu Gesicht bekommen. Ich hab ja damals noch im Büro gearbeitet. Und wenn Papa Mittag- oder Sechs-Uhr-Schicht hatte, dann gab es gar keine Gelegenheit, sich zu treffen. Manchmal bin ich vom Büro direkt zu Oma Erle zum Kaffeetrinken und hab Papa dann nur ganz kurz gesehen, zwischen Tür und Angel.«

»Und wann hat er dich zum ersten Mal geküßt?« läßt Hanne nicht locker. »Mama, sag doch mal!«

»Er mich? Ich wohl eher ihn. Euer Papa war schüchtern damals, das könnt ihr euch überhaupt nicht vorstellen.«

»Ja, und?«

»Das war im Kino. Auf der Straße war das nur nachts, im Dunkeln, möglich. Oder im Hausflur, wenn keiner was sah.«

Mama blickt sich um und betrachtet etwas wehmütig das Hochzeitsbild, das über der Couch hängt. Das Bild zeigt eine zierliche glückliche Braut mit langen blonden Haaren neben einem dunkelhaarigen Mann mit einem Küchenpottrundumschnitt, der knapp über den Segelohren endet. Die Braut trägt einen schmalen Myrtenkranz, der den halblangen Schleier festhält, und zwei kleine Myrtenkränzchen, die an langen weißen Bändern im Brautstrauß eingebunden sind. Es scheint mir, als ob diese Hochzeit Ewigkeiten her sein müsse.

Mama dreht sich wieder zu uns. »Es war damals gar nicht so leicht, eine Familie zu gründen.«

Viel später erfahre ich, daß sie und Papa noch gar nicht heiraten wollten. Aber Hanne hat ihnen einen Strich durch die Rechnung gemacht. Sie war schon unterwegs. Ich frage mich später auch oft, wie Mama und Papa *das* wohl gemacht haben, wenn es schon schwierig war, einen Ort für den ersten Kuß zu finden. Und dann auch noch Papas Schüchternheit!

Mama geht in die Küche, um sich Kaffee nachzuschenken. Ich betrachte derweilen das Hochzeitsbild. Wenn ich die elfenhafte Frau auf dem Bild mit meiner Mama in ihrem bunten Kittel und dem Hüfthalter Marke Halt-die-Luft-an vergleiche, kann ich mir schlecht vorstellen, daß beide ein und dieselbe Person sein sollen. Dabei ist es wohl erst zehn oder elf Jahre her.

Mama kommt zurück. Ich kuschele mich an sie. Heute ist heute, und an Mamas großen Busen fühle ich mich sicher und geborgen.

Wenn Mama so von früher erzählt, kommt sie regelrecht ins Schwärmen. Sie habe ihre Haare mit Wasserstoff blondieren lassen, um wie Marilyn Monroe auszusehen. Und ihre Kleider hätten die gleichen Schnitte gehabt wie die ihres geliebten Filmstars. Sie habe Papa später sogar Rock 'n' Roll beigebracht und sei ganz wild hinter Elvis hergewesen.

»Mama, hat Papa dich auch durch die Luft gewirbelt?«

»Na ja, ganz so wild haben wir es nicht getrieben.«

Das ging ja wohl auch nicht, denke ich bei mir. Mir fallen Mamas Strumpfprobleme ein. Wie sie sich ab und zu in eine Toreinfahrt drückt und verstohlen ihre Strümpfe hochzieht. Sie trägt Seidenstrümpfe mit Hüftgürtel. Oft reißen die kleinen Nippel ab, die die Strümpfe halten. Mama nimmt daher auch schon mal Klopapier zu Hilfe. Daraus werden Kügelchen gerollt, die zwischen Strumpf und Halterung geschoben werden. Daß diese Klokugeln öfters verrutschen und in einer Einfahrt oder einem Gebüsch neu plaziert werden müssen, ist klar. Bei den weiten Röcken klappte das ja noch einigermaßen, aber als dann die engen Röcke Mode werden!

Ich sehe auf meine Beine, über die eine braune geriffelte Strumpfhose gezogen ist, die mich und meine Blase schützen soll. »Mama, wann darf ich endlich mal Seidenstrumpfhosen tragen?«

»Schätzchen, wenn du zur Konfirmation gehst. Ganz bestimmt.« Sie zwinkert mir zu.

Zum Glück muß Hanne auch noch einige Jahre darauf warten. Das tröstet mich.

»Mama, dann will ich aber auch Schuhe mit Stöckelabsätzen.«

»Ach, Elfi, warte erst mal ab, was dann Mode ist. Und sei froh, daß es die flachen Absätze jetzt gibt. Wir mußten uns immer gegenseitig aus den Gitterrosten ziehen. Bequem waren die gar nicht. Und außerdem ...«

Jetzt kommt wieder die Geschichte von Mamas Hühnerauge, das sie den Stöckelschuhen zu verdanken hat. Das Hühnerauge kennen wir nur zu gut. Es juckt bei Regen, zwickt bei jedem Wetterumschwung, und es ist Mamas liebstes Orakel. Abends hockt sie oft mit hochgeschobenem Rock und heruntergelassenen Strümpfen auf der Couch und puhlt stundenlang an ihrem Hühnerauge herum. Und für alles muß es herhalten.

Wenn irgend etwas schiefläuft, in der Schule, im Haushalt, oder wenn sie Knies mit Papa hat - immer warnt das Hühnerauge vor. »Das wußte ich! Seit Tagen piesackt mich mein Hühnerauge!«

Mama steht auf. Das Teewasser kocht, und sie will Abendbrot machen. »Elfi, du gehst und holst Papa! Aber mach hin! Ich mach schon mal die Grützwurst heiß.«

Mama gehört zu den Frauen, die ihre Männer gelegentlich aus dem Zechen-Kasino holen. Ab und zu müssen auch Hanne oder ich das übernehmen.

Der Zechenlohn wird nicht aufs Konto überwiesen, sondern bar auf die Hand gezahlt. Und in der Lohnhalle trifft man immer einen Kumpel, der einen mit ins Kasino schleppt.

Solange es das Geld noch auf die Hand gibt, heißt es für die Bergmannsfrauen: Lohnauszahlung! Habt acht! Denn im Kasino bleiben die meisten Schichtarbeiter auf ein Bierchen oder auch zwei oder auch noch mehr hängen.

Ich bin in drei Minuten im Kasino. Der Raum ist nicht besonders groß. Die lappigen Gardinen sind vom ständigen Zigarettenqualm quittegelb. Die riesigen Aschenbecher auf den einfachen Holztischen sind bis an den Rand mit Kippen gefüllt.

Hinter der Theke steht der Wirt, den alle nur Willem nennen. Er hat ein großes weißes Spültuch um seinen dicken Bauch gebunden und zapft ohne Pause die Pilsgläser voll.

»Papa! Mama sagt, du sollst nach Hause kommen.«

Papa sitzt auf seinem Hocker an der Theke. Er zieht mich auf seinen Schoß und drückt mich. »Ich trink in Ruhe mein Pils aus, und dann komm ich. Willst du warten oder gehst du schon mal vor?«

»Papa! Mama hat gesagt, wir sollen uns beeilen. Die Grützwurst ist gleich fertig.«

Papa hört schon gar nicht mehr hin.

Ich warte natürlich, denn wenn ich ohne Papa nach Hause gehe, kommt der wohl nie, Mama müßte selbst gehen, und das gibt meistens Krach.

Draußen vor der Kasinotür stehen öfters Bergmannsfrauen und warten darauf, daß der Mann aus der Kneipe kommt. In Gedanken rechnen die Frauen aus, ob vom restlichen Lohn noch genug zum Wirtschaften übrigbleiben würde. Einige zumeist jüngere, couragierte Frauen trauen sich auch schon mal mutig ins Kasino hinein.

Die Kumpel begleiten solche Auftritte mit dröhnendem Gelächter. »Eh, Mutter, schieb ab! Geh nach Hause den Ofen putzen!« Andere rufen: »Martha, was willst du denn hier? Putz die Platte und mach dich schon mal für nachher ein bißchen nett zurecht!«

Pütt und Kasino sind nun mal reine Männerdomänen. Ein Bergmann muß stark sein, und das in jeder Hinsicht. Und sie lassen es hier ihre Frauen spüren. Denn wie sieht das denn aus, wenn einer, der eben noch unter Tage das große Sagen hatte, seiner Frau treuherzig nach Hause folgt? Die älteren Frauen stehen sowieso nicht mehr vor der Tür, die haben das längst aufgegeben.

Von dem, was die Männer jetzt sprechen, verstehe ich nicht viel. Dem einen paßt die Nase des Steigers nicht, der andere ist sauer, daß er die Wochenendschicht sausenlassen muß, weil seine Frau unbedingt ihre Eltern im Sauerland besuchen wolle. Und von Italienern und Türken, die jetzt immer mehr würden, sprechen sie auch.

»Ich sag dir, Kurt«, wendet sich jetzt ein Schnauzbärtiger an Papa, »mit den Kalle Kowallek ist nicht mehr viel los. Der hat uns schon wieder die Schicht vermasselt. Hat einen Bock falsch reingedreht.«

Böcke, Strebe, Stempel, Wannen - ich interessiere mich mehr für den Erdnußkasten in der Ecke.

»Na, Elfi«, spricht mich jemand von hinten an, »heiratest du auch mal einen Bergmann?«

»Klar doch«, antwortet Papa für mich. Er drückt mich an sich und schmust mit mir. »Aber unterm Obersteiger geb ich die Elfi nicht ab.«

Alles lacht. Dabei will ich doch einen Straßenbahnfahrer heiraten. Auch Kindermund ist hier nicht gefragt.

»Kurtchen, der wird auch mal auf dem Pütt anfangen. In ein paar Wochen ist Taufe«, sagt Papa und trinkt sein Pils aus. »Für heute ist Feierabend. Schönen Gruß an die Hilde, Kalle.«

Papa zieht mir noch eine Handvoll Erdnüsse. Dann gehen wir heim.

Irgendwie kommen eben doch alle Bergmänner nach Hause - die einen früher, die anderen später, so mancher allerdings auf der hauseigenen Schubkarre.

Zu Hause gibt Papa dann Mama das Haushaltsgeld für die nächste Woche.

»Nicht schlecht«, stellt Mama heute zufrieden fest. Und sie ist nicht leicht zufriedenzustellen.

»Die Wochenenden haben es wieder gebracht.« In den letzten Monaten ist Papa oft samstags, manchmal gar am Sonntag zur Schicht gegangen.

»Das können wir auch gebrauchen«, meint Mama. »Kurtchens Taufe ist nicht mehr lang hin. Hier in der Wohnung können wir unmöglich fünfundzwanzig Leute unterbringen. Außerdem haben wir nicht genug Geschirr.«

»Kannst du dir nicht was von Oma leihen oder von Frau Sodinski?«

»Du hast vielleicht Vorstellungen!« Mama hat die Pfanne in der Hand und knallt Papa die Grützwurst auf den Teller. »Damit ist es doch nicht getan. Kannst du mir mal verraten, wo wir die ganze Korona hinsetzen sollen?«

Ich esse derweil meinen *armen Ritter* - alte Brotscheiben in geschlagenem Ei gewendet. Mama hat ihn mir in der Extrapfanne gebraten hat, denn ich mag keine Grützwurst.

Auch Hanne hört aufmerksam zu.

Kurtchens Taufe soll ein großes Ereignis werden. Über ein Jahr haben unsere Eltern gewartet und den Termin immer wieder verschoben.

»Dann feiern wir eben bei Lutchen«, sagt Papa. Lutchen heißt eigentlich Ludwig und ist ein ehemaliger Arbeitskollege von Papa. Er hat vor wenigen Monaten seinen Bergmannsberuf an den Nagel gehängt und eine Wirtschaft übernommen.

Für Papa scheint das Thema erledigt. Er blättert geräuschvoll in der Zeitung und sucht den Sportteil. »Hört euch das an! Die wollen die Oberligen abschaffen und eine Bundesliga gründen. Da kommen jedes Jahr Hamburg und München 1860 in die Glückauf-Kampfbahn, und Kaiserslautern und Frankfurt. Ist ja irre!«

»Du hast vielleicht ein sonniges Gemüt. Feiern wir eben bei Lutchen«, äfft Mama Papa nach. Sie interessiert sich nicht für Fußball. »Lutchen will auch bezahlt sein. Der Ludwig muß auch von was leben. Und du brauchst einen neuen Anzug. Der von der Hochzeit paßt nicht mehr. Und Hanne braucht für die Taufe ein neues Kleid und Elfi neue Schuhe. Und, und, und. Und ich will mal wieder richtig zum Friseur.«

»Wieso? Mir gefällst du, wie du bist.«

Mama braust auf. »Hör mal, jetzt ist aber Schluß! Und lege die Zeitung weg! Ich schinde mich hier ab, mache mir meine Gedanken, wie wir das alles schaffen können, und du machst dumme Witze.«

Mama nimmt die leere Flasche vom Tisch und stellt Papa ein neues Bier hin.

Doch Papa reitet der Teufel. Er gibt keine Ruhe. »Ist ja gut, Marlies, können wir alles haben. Vielleicht gewinnst du ja im Lotto bis dahin.«

Das ist ein Tiefschlag. Mama läuft hinaus und kommt nicht wieder.

Papa hat bei Mama einen wunden Punkt getroffen. Sie hält zwar bei uns den Laden zusammen, hat aber einen Lotto-Tick, der überhaupt nicht zu ihrer sonstigen Art paßt. »Man darf ja wohl noch ein paar Träume haben«, sagt sie immer.

Aber vor einiger Zeit ist sie damit kräftig auf die Nase gefallen. Sie ist zur Systemtipperin geworden. Sie überzeugte drei Nachbarinnen, daß sie damit endlich richtig gewinnen würden. Die drei setzten jeweils fünfzig Mark ein, und Mama opferte ihren Emscherlandgewinn. Sie hatten dreimal drei und einmal vier Richtige. Jede bekam zehn Mark heraus. Es dauerte vier Wochen, bis Frau Sodinski wieder mit Mama sprach.

Papa merkt schließlich, daß er wohl zu weit gegangen ist. Er steht auf und geht hinaus, wahrscheinlich ins Schlafzimmer.

Nach einiger Zeit kommen beide zurück.

Ich sehe, daß Mama geweint hat. Papa setzt sich neben sie auf die Eckbank. »Bring mal einen Tee«, fordert er Hanne auf. »Wir müssen Mama mal wieder ein bißchen aufmöbeln.« Er legt einen Arm um sie und drückt sie. Mama wehrt sich zwar noch etwas, aber dann kuschelt sie sich ganz ein. Hanne und ich sind froh, daß sich die beiden wieder vertragen.

Nachdem wir den Tisch abgeräumt haben, steht Papa auf und geht ins Wohnzimmer. In der obersten Schrankschublade liegt die Stahlkassette mit dem Familienstammbuch, Versicherungsurkunden, alten Zeugnissen und den Sparbüchern.

»Hör mal, Marlies«, kommt er zurück und blättert in einem Sparbuch, »die Taufe ist in zwei Monaten, und noch mal zwei Monate später werden die 1.000 Mark vom Sparbuch fällig. Das ist doch unser Notgroschen für besondere Gelegenheiten, oder? Und ist die Taufe etwa nicht eine besondere Gelegenheit?«

Mama nickt.

»Siehst du! Wir müssen die Zeit finanziell nur was strekken. Laß mal den Kopp nicht hängen, das packen wir schon.«

Papa sagt das betont optimistisch, aber irgendwie merken auch wir Kinder, daß er selbst nicht so recht weiß, wie das mit dem Strecken tatsächlich funktionieren soll.

»Vielleicht macht uns Lutchen einen guten Preis, und wir können wenigstens Tante Hilde und Onkel Friedhelm und die Harzer im Gasthof unterbringen«, meint nun Mama, schon wieder etwas aufgemuntert.

»Ich geh gleich morgen früh da vorbei und kümmer mich drum«, sagt Papa, der froh ist, daß Mama ihre Sprache wiedergefunden hat. »Und wenn Hanne und Elfi bei Oma schlafen, können wir ja bei uns noch jemand unterbringen. Und zur Not kann ja auch mal jemand auf der Luftmatratze pennen.«

»Aber die Arbeit bleibt doch wieder an mir hängen«, seufzt Mama.

Und dann schickt sie Hanne und mich ins Bett.

Bevor Papa und Mama sich tatsächlich über Kurtchens Taufe einigen, passiert noch allerhand.

Mama und Papa sitzen an einem Nachmittag im Wohnzimmer, als es klingelt.

Oma steht vor der Tür. Sie hat prima Nachrichten: Nächste Woche soll es wieder soweit sein. Das Kinderfest in der Zechensiedlung findet statt.

Bei uns im Neubaugebiet gibt es keine Kinderfeste mehr. Aber weil wir so oft in der Siedlung spielen, dürfen Hanne und ich dort mitmachen. Die Mütter spenden Essen und Trinken und organisieren Spiele. Die Väter basteln zusammen mit den Kindern bunte Girlanden, mit denen Holzbögen geschmückt werden. Sogar der Rosinski macht mit. Er spannt Ziegenbock Hansi vor ein kleines Wägelchen, in dem wir Kinder durch die Hinterhöfe kutschiert werden.

Schon Tage vor dem Fest kann ich nicht richtig schlafen. Ich habe mir eine tolle Verkleidung einfallen lassen. Denn ich will Festkönigin werden und unterm Girlandenbogen zusammen mit dem König den Zug anführen. Die mit dem schönsten Kostüm werden nämlich zur Königin und zum König gewählt. So ist es wenigstens bei Oma in der Siedlung.

Letztes Jahr hat es nicht geklappt, angeblich weil ich noch zu klein gewesen bin. Dieses Jahr muß ich es schaffen! Unbedingt! Meine Ideen würden alle anderen Mädchen in den Schatten stellen.

In Mamas Gardinentüte finde ich weißen Tüll, den ich als Schleier verwenden kann. Von Oma bekomme ich ein altes, ausrangiertes Kleid, das vorne mit Glassteinen verziert ist. Ein echter Schatz! Dann noch ein bißchen Lippenstift aus Mamas Schminktasche, ein paar Schmuck-Klunker vom letzten Karneval, und ich mustere mich zufrieden vor dem Spiegel. »Klar, wie eine Königin siehst du aus!« lobe ich mich selber.

Am Festtag gehe ich aufgeregt zur Zechensiedlung. Hanne hat sich ein Indianerkostüm ausgedacht. Königin findet sie blöd. Mama schiebt Kurtchen im Kinderwagen vor sich her, Papa hat sich auch fein gemacht. Das blütenweiße Oberhemd ist frisch gestärkt. Er trägt einen Anzug mit einem Schlips, den er nur bei besonderen Gelegenheiten anlegt. Mama hat ihn wieder binden müssen.

Als wir ankommen, stehen die meisten Kinder schon in Reih und Glied. Ich stelle mich dazu und meine, alle Augen seien ab sofort nur auf mich gerichtet.

Die Jury besteht aus einigen Erwachsenen und den ehemaligen Majestäten. Der spannende Augenblick beginnt.

Der Kinderkönig ist schnell gefunden. Fritz, auch Fritzchen genannt, ein zwölfjähriger Junge aus der Nachbarschaft von Oma Erle, wird einstimmig gewählt. Er trägt ein tolles spanisches Matadorenkostüm. Seine Mutter hat ihm alles geschneidert. Nur der Hut paßt nicht ganz dazu, aber trotzdem gibt er einen wunderbaren König ab.

Als ich mit Gundula und Heike, einem älteren, etwa zehnjährigen Mädchen, das ich nicht kenne, von der Jury in die engere Wahl genommen werde, sehe ich mich schon neben dem schönen Matador durch Erle marschieren. In meinen Augen können Gundula und Heike mit ihren Kleidern natürlich nicht mithalten. Mein Kleid ist einfach zu schön.

Auch Gundula streicht sich übers Kleid. Zwischen uns steht Heike. Gundula und ich blicken uns an und sind einer Meinung: Heike wird niemals gewinnen! Aber Gundulas selbstsicherer Blick sagt mir auch: Ich, Gundula, gewinne!

Der König hat dieses Jahr die letzte Wahl. Er betrachtet uns alle drei ganz genau. Vor mir bleibt Fritzchen gleich dreimal stehen und sieht mir sogar in die Augen. Gundula und Heike streift er, so scheint es mir, nur mit wenigen Blicken. Ich lächele Fritzchen an. Gundula stellt sich in Positur und blickt wieder selbstsicher zu mir herüber.

Und dann kommt der alles entscheidende Moment. Fritzchen sieht mich ganz lange an, und ich will schon vortreten, als ihm seine Mutter etwas ins Ohr flüstert. Fritzchen ergreift plötzlich die Hand von Heike und zieht sie aus unserer Reihe vor.

»Da hast du aber eine sehr schöne Wahl getroffen«, höre ich eine Stimme aus der Jury. »Und altersmäßig paßt Heike auch gut zu ihm«, sagt Fritzchens Mutter.

Gundula und ich werden damit getröstet, daß wir zusammen mit zwei Jungen den Hofstaat der beiden Majestäten bilden dürfen. Was für ein Trost! Eine Schande ist das, zumal ich mit Helmut Karpinski Arm in Arm hinter dem Matador gehen muß. Dabei mag ich den Helmut überhaupt nicht leiden. Aus seiner Rotznase läuft ständig gelber Eiter. Ich ekele mich.

Meine Enttäuschung ist riesig. Nur daß Gundula Hering-Kleinschmidt, diese eingebildete Gans, ebenfalls nicht Königin geworden ist, erleichtert es mir ein wenig.

Aber was geht mich das Fest eigentlich noch an? Ich bin stocksauer und will nach Hause.

Oma fängt mich ab: »Wie? Willst du etwa schon gehen? Der Umzug beginnt doch jetzt.«

Ich versuche, mich zu beherrschen. Aber dann kommen die Tränen wie von alleine. Vor lauter Schluchzen bekomme ich überhaupt keinen Ton mehr raus.

Oma legt tröstend einen Arm um mich und wartet, bis ich mich ein wenig beruhige. »Ach, Schätzchen, mußt doch nicht weinen. Ist doch nur ein Spiel. Ich bin auch nie Königin geworden. Hat nie geklappt.«

Erstaunt blicke ich auf. Daß Oma auch mal Kind gewesen sein soll, fällt mir schwer zu glauben.

Dann kommt Mama, sieht, was los ist, und nimmt mich auf den Arm. »Für mich bist du die Königin.«

Die Erwachsenen haben manchmal wirklich komische Sprüche drauf, und ich glaube, so richtig können Oma und Mama gar nicht verstehen, daß für mich an diesem Tage eine Welt untergeht.

Aber schließlich kann ich nicht ewig heulen, und ich reihe mich dann doch in den Zug ein. Von Helmut lasse ich mich allerdings nicht in den Arm nehmen, wie es üblich ist.

Ich wehre alle seine Versuche ab, bis er schließlich merkt, daß er bei mir keinen Blumentopf gewinnen kann. Stocksteif gehe ich neben ihm her und sehe ihn nicht einmal an. Nur ab und zu bemerke ich aus den Augenwinkeln, wie er ständig seine Rotzfahne aus der Tasche zieht, sich die Nase schnaubt und dann das feuchte Tuch wieder in seine schwarze Anzugtasche steckt, um es wenig später wieder hervorzuholen. Einfach eke-lig!

Vorneweg zieht Ziegenbock Hansi den geschmückten Fest-wagen, dahinter tragen zwei Mütter den Majestätenbogen, un-ter dem Heike und Fritzchen gemeinsam stolzieren. Hinter ih-nen gehen ich und Helmut, dahinter folgt Gundula mit ihrem Freier. Hinter uns reihen sich die buntverkleideten Kinder ein, und am Schluß gehen die Großen. Überall liegen die Leute in den Fenstern und winken uns zu.

Als wir zurück sind, haben einige Mütter in einem beson-ders großen Garten Tische gedeckt. Es gibt Kuchen und Ka-kao. Auch Mama und Oma haben Selbstgebackenes mitge-bracht. Danach gibt es Sackhüpfen, Wettrennen, Eierlaufen und Kreisspiele. Die Sieger bekommen einen Preis, die Ver-lierer ein paar Klümmeks aus Onkel Wasinskis Hosentasche.

Im Sackhüpfen bin ich die Beste. Das tröstet mich ein we-nig. So ganz habe ich es aber noch nicht überwunden, daß ich keine Königin geworden bin.

Abends werden Lampions angezündet. Einer der Männer holt sein Akkordeon heraus und spielt zum Tanz auf. *»Junge, komm bald wieder ...«*, singt er mit einer Stimme, die fast ge-nauso wie die von Freddy klingt. Es ist das erste Mal, daß ich Mama und Papa tanzen sehe.

Schließlich bin ich völlig groggy.

Papa trägt mich halb schlafend nach Hause, und in der Nacht träume ich davon, daß ich im nächsten Jahr zur Königin ge-wählt werde.

Ich werde aber nie Königin. Ich schaffe es einfach nicht. Doch allzulange bin ich nicht traurig. Ich habe gar keine Zeit dazu.

7. Kapitel

Von Blähungen und Streitereien, von einem neuen Bollerwagen und einer sprachlosen Oma, die einmal nicht mehr weiß, was sie sagen soll

In den Sommermonaten dreht sich alles nur noch um den Nachzügler Kurtchen. Die gemütlichen Kuschelstunden mit Mama werden immer weniger und schließlich ganz gestrichen. Es gibt auch keine Gutenachtgeschichten mehr.

Zunächst bin ich nicht böse auf Mama, als sie sich kaum mehr um mich kümmert. Papa hat mir erklärt, daß Mama mit Kurtchen jetzt sehr viel Arbeit habe. »Sie kann sich nicht um alles kümmern und braucht Schonung. Ihr Mädchen müßt das doch verstehen, oder? Ich selbst muß auch zurückstecken.« Tatsächlich macht er sich jetzt manchmal, wenn er von Schicht kommt, sein Essen selbst warm.

Kurtchen kommt offensichtlich ohne Schlaf aus. Nächtelang trägt Mama ihn durch die Wohnung, den Kopf auf die Schulter gelegt. Leise singt sie Schlaflieder und klopft ihm dabei leicht auf den Rücken.

Wenn Papa irgendwie kann, löst er Mama ab. Aber Papa braucht schließlich auch seinen Schlaf, weil er auf dem Pütt schwere Arbeit verrichten muß.

Als Kurtchen auch noch Blähungen bekommt und nach den Mahlzeiten im Vierstundentakt kotzt, ist es mit dem Frieden in der Familie ganz vorbei.

Mama ist endgültig mit den Nerven herunter, und bei dem kleinsten Anlaß meckert sie mich und Hanne an.

Glauben wir anfangs noch den Worten Mamas, daß bald alles besser würde, werden wir nach und nach ungeduldiger. Uns Mädchen scheint es nicht mehr zu geben. Wir sind nur dafür da, Mama beim Breikochen, beim Spülen und beim Einkaufen zu helfen. Und ihren Ärger läßt sie an uns ab.

So vergehen einige Wochen, und Kurtchens Schlaflosigkeit, seine Blähungen und sonstigen Wehwehchen tragen nicht dazu bei, daß wir uns mit dem Nachwuchs anfreunden, wie Mama gehofft hat. Im Gegenteil, ich hasse ihn manchmal, wenn Mama keine Zeit hat, mich in den Arm zu nehmen, und wünsche den schreienden und kotzenden Balg weit weg.

Einmal sage ich zu Hanne: »Ich möchte, daß Kurtchen tot ist.« Abends bitte ich dann den lieben Gott, mir diesen bösen Wunsch zu verzeihen, und sage dafür das Vaterunser gleich dreimal hintereinander auf. Und dann bitte ich ihn noch, daß es Mama bald bessergeht.

Eines Abends höre ich, wie Oma Erle zu Mama sagt: »Siehst du, Marlies, ich hab euch doch gesagt, daß das nicht einfach wird.«

Mama zuckt nur mit den Schultern.

Auch bei Papa finden wir keinen Trost. Zunächst hilft er Mama noch, doch als es immer schlimmer wird, macht er eine Doppelschicht nach der anderen. Schließlich nimmt er auch noch jede Wochenendschicht mit. Abends schläft er sofort auf dem Sofa ein. Wenn wir ihn morgens einmal wach sehen, müssen wir in die Schule. Niemand in der Familie sagt mehr: »Ach nee, wie ist dat schön!«

Wenn Mama mit Kurtchen einkaufen fährt oder an die frische Luft geht, nimmt sie sich Zeit und staffiert ihren Sohn mit allem Drum und Dran aus. Stolz kutschiert sie den nagelneuen Kinderwagen herum. Er ist es wohl, dem wir Papas Doppelschichten zu verdanken haben.

Der Wagen ist der absolute Hit unter den neuen Modellen. Wenn man sein variables Verdeck umklappt, wird aus dem Bollerwagen eine Art Sportkarre.

Mama wollte diesen Kinderwagen unbedingt haben, obwohl sie sonst so sparsam ist. »Bei meinem dritten Kind möchte ich endlich auch einmal einen neuen Wagen.«

Papa legte eines morgens das Geld auf den Küchentisch.

Für Oma ist das die reinste Verschwendung. »Was man für das Geld nicht alles hätte kaufen können, Marlies«, schüttelt sie jedesmal den Kopf, wenn sie den Kinderwagen sieht.

Auch heute sagt sie es wieder, als sie mit Mama den Wagen aus dem Keller auf die Straße trägt. Nach einer kleinen Pause murmelt sie noch leise: »Und Kurt müßte sich nicht kaputtmalochen.«

Mama, die Omas Worte dennoch mitbekommen hat, geht daraufhin an die Decke. »Darf ich vielleicht in dieser Familie auch einmal einen Wunsch haben! Einen einzigen!« schreit sie und verläßt Türe schlagend den Raum.

Bald sind die Nerven aller Familienmitglieder hinüber. Nur Kurtchen geht es nach und nach besser. Er bekommt schließlich auch alles, was gut sein soll.

Für mich und Hanne hat Mama noch den Brei selbst gekocht, und das Obst wurde von ihr mit der Gabel zu Mus zerdrückt. Für Kurtchen gibt es Honigbrei aus der Packung, den Mama nur noch etwas mit Wasser und Milch vermischen muß. Und er bekommt die neuen Obstgläschen und andere Fertigkost, die jetzt überall angeboten werden.

Bald darauf bessert sich die Lage jedoch erheblich. Kurtchen schläft jetzt durch. Nur als sein erstes Zähnchen kommt, gibt es wieder Probleme.

Mittlerweile akzeptieren wir Mädchen den Stammhalter einigermaßen. Erst machen wir das »Hattata« und das »Wo ist denn das Männeken« nur zögernd und heimlich nach. Dann aber zeigen wir ungeniert auch öffentlich, daß uns der neue Kurt nicht mehr gleichgültig ist, und schieben sonntags abwechselnd den Kinderwagen durch den Stadtwald.

Wenn Oma bei solchen Ausflügen mitkommt, übernimmt sie das Kommando. Sie drängt sogar Mama beiseite.

»Marlies, der Junge hat Schorf! Hast du das noch nicht bemerkt?«

Natürlich hat Mama das bemerkt, aber sie kommt nicht dazu, eine Antwort zu geben.

»Du muß das Köppken reichlich mit Öl einreiben und dann vorsichtig mit einer Postkarte abschaben. So haben wir das früher auch immer gemacht. Sag mal, verdünnst du die Milch auch richtig?«

Mama hat wie Papa ordentlichen Respekt vor Oma. »Ich bereite das alles so zu, wie es auf der Packung steht«, beeilt sie sich dieses Mal mit einer Antwort.

»Packung! Fertigzeugs!« Oma rümpft die Nase. »Kauf dem Kind lieber eine Handvoll frischer Möhren auf dem Markt! Koch die mit einem Stich gute Butter ab!«

Mama sagt nichts darauf.

»Und außerdem«, fällt Oma noch etwas ein, »der Junge war die Tage wieder wund. Dagegen mußt du was machen!«

»Das weiß ich auch, Mutter, aber ich krieg es einfach nicht weg. Der Kinderarzt ist mit seinem Latein auch am Ende.«

»Marlies, das liegt an den neumodischen Windeln, glaub mir! Die taugen nichts. Nimm Stoffwindeln! Ist zwar mehr Arbeit, aber gesünder.«

Mama verspricht, es zu versuchen.

»Wann ist eigentlich endlich die Taufe, Marlies?« will Oma jetzt wissen.

»Herrje«, wird Mama nun doch ein bißchen ärgerlich, »du weißt doch genau, Mutter, daß wir das zur Zeit finanziell einfach nicht packen können. Wenn ich jetzt auch noch mit Stoffwindeln anfange, brauche ich einfach eine elektrische Waschmaschine. Die ist mir wichtiger als die Taufe. Du weißt genau, was die kosten wird. Bei den Verwandten, die wir haben.«

»Willst du was gegen unsere Sippschaft sagen?«

»Mutter, eure Sippschaft ist mir lieb, aber im Moment für die Taufe eben zu teuer.«

»Mama«, mische ich mich ein, »Gundula meint, ihre Mutter meint, es würde bald Zeit, daß Kurtchen getauft wird. Sonst bleibt er womöglich immer ein Heidenkind.«

»So, sagt das Gundulas Mutter? Dann bestell ihr mal einen schönen Gruß«, erregt sich Mama. »Ob getauft oder nicht, alle Kinder sind Kinder Gottes. Und wenn einer meint, daß das nicht so ist, dann lügt eben die Bibel.«

»Damals, als ich den Kurt bekam«, sagt jetzt Oma, »war vieles anders. Da durfte man mit einem Kind erst an die frische Luft, wenn die Kirche dem Kind seinen Segen gegeben hat. Da ist schon was dran, was die Mutter von der Gundula sagt.«

»Mutter, willst du mir wirklich in den Rücken fallen. Du gibst doch sonst nichts auf das, was die Leute reden.« Sie streicht die Decke vom Kinderwagen glatt, als ob sie Kurt und Wagen vor irgend etwas schützen wolle. »Ihr konntet damals eure Kinder in der Krankenhauskapelle taufen lassen. Selbst das Taufkleid wurde euch gegen eine kleine Spende zur Verfügung gestellt. Und bei Hanne und Elfi haben wir das ja im Prinzip auch so gemacht. Aber Kurt will jetzt eben partout zum ersten Male eine richtige Taufe. Und ehrlich, wenn schon eine richtige Taufe, dann möchte ich auch für Udo ein neues Taufkleid, das er mal seinen Kindern weitergeben kann. Das braucht seine Zeit, bis das alles zu machen ist. Kurt hat immer noch seinen Krankenschein und wartet auf die Nachzahlung von der Knappschaft. Meinst du, wir haben einen Goldesel im Keller, so einen, der von Eierkohle Geld scheißt?«

Mamas Ausbruch ist überwältigend und Oma sprachlos. Beleidigt läßt sie den Wagen los und zockelt nur noch langsam hinterher.

Mama dagegen schiebt den Kinderwagen so energisch vor sich her, als ob sie den altersschwachen Rasenmäher von Onkel Karl bediene.

Seit diesem Vorfall mischt sich Oma nicht mehr in Erziehungsfragen ein.

8. Kapitel

Von einem gebrochenen Arm, einem Knappschaftsopi und von einem Unglück, das sehr traurig macht

Die Taufe und ihre Finanzierung sind in unserer Familie weiter Anlaß für Streitereien. Mama muß wirklich jeden Groschen dreimal umdrehen. Sie kann im Moment das Geld für eine standesgemäße Taufe, die Papa seinem Stammhalter ausrichten will, einfach nicht aufbringen.

Zu allem Überfluß kommt noch hinzu, daß sich Papa den rechten Arm gebrochen hat. Ein Stempel ist auf seinen Arm gefallen. Seit zwei Wochen trägt er einen Gipsverband. Jetzt ist Papa zwar den ganzen Tag zu Hause, auch an den Wochenenden, doch der Mehrverdienst ist futsch. Zum Glück bekommt Papa bei seinem Unfall nicht die üblichen drei Karenztage angerechnet und damit drei Tage Lohnausfall.

»Wer von uns Bergleuten krank wird, bekommt während der ersten drei Tage weder Lohn noch Krankengeld. Nur bei einem Unfall oder bei mehr als zwei Wochen Feiern werden die ersten Tage auch ausgezahlt. Das ist eine ganz alte Bestimmung«, erklärt mir Papa.

Ich finde das aber ungerecht, denn man kann doch auch fünf Tage lang schwer krank sein und nicht arbeiten gehen. Ich hatte einmal eine schwere Grippe und lag fünf Tage im Bett. Da hätte ich nie arbeiten gehen können.

»Du bist ja auch kein Bergmann«, sagt Papa, als ich ihm das Beispiel nenne.

Wenn Papa krank geschrieben ist, darf er nur zu bestimmten, von der Knappschaft vorgeschriebenen Zeiten ausgehen und das Haus verlassen. Vormittags und nachmittags je zwei Stunden. Manchmal kommen eigens bestellte Kontrolleure, um nachzuprüfen, ob die Vorschriften auch eingehalten werden. Wenn nicht, kann das Krankengeld gestrichen werden. So hart sind die Sitten.

Trotzdem will Papa rausgehen, um Mama ein Geschenk zu besorgen. Außerhalb der vorgeschriebenen Zeit natürlich!

Mama hat übermorgen Geburtstag, und Papa hat es völlig vergessen. »Herrje«, schlägt er sich mit der flachen Hand vor den Kopf, als ich Mamas Geburtstag nebenbei erwähne, »bin ich ein Rindviech!« und fällt beinahe vom Sofa. Zu Mama sagt er: »Mir fällt die Bude auf den Kopf. Ich muß mal raus.«

Die ersten Tage mit ihm und seinem gebrochenen Arm waren ja ganz schön, aber mittlerweile kann Papa mit uns, mit Mama und vor allem mit sich selbst wieder einmal nichts mehr anfangen.

Jeden Tag verspricht er, daß er jetzt endlich mal den Wohnzimmerschrank aufräumen wolle. Immer verschiebt er es auf den nächsten. Und als er endlich einmal anfängt, hört er nach fünf Minuten wieder auf. »Es geht nicht, Marlies, wirklich beim besten Willen nicht. Mit nur einem gesunden Arm bin ich ein Krüppel.«

Was sich Papa zu Beginn seiner Feierzeit nicht alles vorgenommen hat! Welche Bücher er alle lesen will! In einen der neuen Buchklubs will er eintreten, damit endlich vernünftige Bücher und Lexika ins Haus kämen und seine Töchter was lernen könnten.

Nichts von alledem geschieht. Papa liegt den ganzen Tag auf dem Sofa und döst.

Doch jetzt kramt er im Wohnzimmerschrank herum. Papa sucht die Sparbücher, weil er nicht flüssig ist. Er will Mama wieder einmal eine Halskette schenken. Papa schenkt Mama jedes Jahr eine Halskette. Auf eine andere Idee würde er nie kommen.

»Was machst du denn da eigentlich?« fragt Mama und wird aufmerksam. »Ich dachte, du wolltest nur mal kurz an die frische Luft.«

»Quatsch, ich muß zur Kasse, was mit den Sparbüchern klären. Endlich mal die Zinsen nachtragen.«

»Unrasiert?«

Tatsächlich, Mama hat recht! Papa hat einen dunklen Stoppelbart. Er rasiert sich noch naß, und nur mit dem linken Arm geht das schlecht, so daß Papa im Moment nur alle paar Tage eine Rasur vornimmt.

»Also, so kannst du unmöglich unter die Leute.«

»Die Leute, die Leute! Die Leute können mich mal! Ich hab was Wichtiges vor.« Er kramt weiter im Wohnzimmerschrank herum. »Wo ist denn die Kassette wieder? Nichts ist aber auch da, wo es hingehört.«

»Was willst du denn mit den Sparbüchern. Die Zinsen hast du doch schon Anfang des Jahres nachtragen lassen.« Mama kommt argwöhnisch näher. »Die Sparbücher sind nicht hier. Die liegen in der Kassette im Schlafzimmerschrank, da, wo sie immer liegen. Hinter deinen langen Unterhosen.«

»Wo sie immer liegen? Seit Jahren liegen sie im Wohnzimmerschrank. Nur heute nicht.«

»Falls du es vergessen haben solltest: Vor einem halben Jahr hast du selbst vorgeschlagen, die Kassette doch besser im Schlafzimmer unterzubringen.«

Das stimmt, aber Papa kann das natürlich nicht eingestehen. »Marlies, ehrlich, du machst mich aber auch ganz nervös. Kann ich denn nicht einmal was unternehmen, ohne daß du mir nachspionierst?« Papa geht ins Schlafzimmer.

Mama geht ihm nach. »Ich spionier dir nach? Ich glaub, du hast nicht den Arm gebrochen, sondern eine Schraube locker, hier oben!«

»Ach, Marlies, laß mich doch einmal in Ruhe!« Papa greift, die Schulter vorgestreckt und den gebrochenen Gipsarm steif vor sich her schiebend, in den Schrank. Da er ganz tief hineingreifen muß, sieht das komisch aus.

Prompt verliert er das Gleichgewicht, wackelt hin und her und sitzt einen Moment später zwischen Hemden und Anzügen.

Jeder wartet auf einen Wutausbruch. Aber Papa bleibt ganz ruhig, atmet tief durch und sagt dann: »Siehst du, Marlies, das kommt davon, wenn du mir nachspionierst.«

Mama sagt nichts mehr, zieht erst Papa, dann Bettlaken, Bettbezüge und lange Unterhosen hervor und präsentiert Papa die alte Familienkassette, in der das Familienbuch, Versicherungspolicen und anderer wertvoller Familienbesitz liegen. »Da hast du, was du suchst.«

Papa nimmt wortlos die Sparbücher heraus.

Aber Mama läßt nicht locker. »Was willst du denn mit den Sparbüchern? Kannst du mir das vielleicht mal sagen!«

Papa schaut sie ernst an. »Marlies, mal ehrlich! Es ist nicht immer gut, wenn du alles weißt. Ich werde dir das ein andermal verklickern.«

Jetzt scheint Mama zu dämmern, worum es geht. Dennoch hat sie Angst, Papa könnte erwischt werden. »Kurt, mach, was du willst. Aber ich sag dir, wenn der Teufel es will, kommt gerade heute einer von der Knappschaft zur Kontrolle. Kannst du das nicht morgen erledigen? Morgen früh darfst du doch zwei Stunden raus.«

»Was du heute kannst besorgen, das verschiebe nicht auf Morgen!« Papa läßt sich von Mama in die Jacke helfen. Da der gebrochene Arm in der Schlinge hängt, kann er nur in einen Ärmel schlüpfen.

»Kurt, nimm das mit der Knappschaft nicht auf die leichte Schulter!«

»Ach was! Wenn ich mal krank war, ist noch nie jemand gekommen.«

»Und wie oft warst du krank?«

Papa überlegt.

Mamas Frage ist berechtigt. Sein Armbruch ist bis auf so ein, zwei Karenztage wegen Magen-Darm-Geschichten und schnapsreichen Geburtstagen die erste ernste Krankschreibung in seinem Bergmannsleben.

»Siehst du! Was ich dir sage!«

»Ach, mal doch nicht immer den Teufel an die Wand!«

Es klingelt.

»Siehst du! Das ist er!«

Doch draußen steht nur Papas Freund, den wir Onkel Klaus nennen.

»Was macht denn dein Arm, Kurt? Kannst du die Karten auch mit links halten? Dann besorge ich noch einen Kumpel für den Skat.«

»Nee, laß mal Klaus! Vielleicht, wenn ich wiederkomm. Ich muß was Wichtiges erledigen. Hast du einen Moment Zeit, mich solange auf dem Sofa zu vertreten? Könnte ja sein, daß der Knappschaftsopi kommt.«

Onkel Klaus nimmt Mama die Kaffeekanne ab und schüttet sich Kaffee in eine Tasse, die schon auf dem Tisch steht. Er fühlt sich wie zu Hause und zieht schon die Schuhe aus.

»Ist doch Ehrensache!« sagt Onkel Klaus und liegt bereits auf dem Sofa.

»Meinst du wirklich, das geht gut, Kurt?«

Onkel Klaus zieht sich die Decke über den Kopf. »Laß den mal kommen, ich markier Kurt schon original.« Er gibt ein paar Schnarcher von sich, daß wir alle lachen müssen.

»Ist doch kein Risiko dabei, Marlies.«

»Ihr beide habt doch einen Knall«, will Mama den Wortwechsel beenden.

Doch Papa ist schon zur Tür hinaus.

Ein halbe Stunde später steht, wie kann es anders sein, der Knappschaftsälteste vor der Tür. Es ist zwar nicht der gefürchtete Kontrolleur, doch schlimm genug ist es allemal.

Der Knappschaftsälteste ist eine Art Verbindungsglied zwischen Bergleuten und Knappschaft. Immer dann, wenn es Probleme gibt, Fragen zu lösen sind oder sonstige Dinge anstehen, hilft er durch Beratung.

Unser Knappschaftsälteste heißt Herbert Danilowski. Papa und er kennen sich schon viele Jahre. Sie spielen zusammen bei Erle 19 in der Altherrenmannschaft Fußball.

Hanne und ich sehen samstags oft bei Spielen von Papa zu. In der Pause geben uns die Spieler etwas von ihrem Tee oder Mineralwasser ab.

Zu Hause mögen wir den nach gar nichts schmeckenden Sprudel nicht, hier auf dem Fußballfeld sehen wir das aber ganz anders. Der Schluck aus der Gemeinschaftspulle ist eine Ehre für uns Mädchen.

Wir sind richtig stolz auf Papa, der trotz Hämorrhoiden und Rückenbeschwerden wie Uwe Seeler kämpft. Er läuft und schwitzt und schwitzt und läuft, doch so sehr er sich auch bemüht, ihm gelingt niemals ein Tor.

Nach jedem Spiel treffen sich die Männer im Vereinslokal. Es liegt genau neben dem Sportplatz an der Oststraße. Ob gewonnen oder verloren, einen Grund für ein paar Runden Blonde, wie die Männer ihre Biere nennen, gibt es immer. Manchmal nimmt Papa Hanne und mich mit ins Lokal.

Einmal hilft Mama Oma Erle beim Einmachen von Holunderbeersaft. Da dürfen wir auch mit Papa in die Kneipe, weil Mama uns dabei nicht gebrauchen kann.

Holunderbeersaft gilt seit mehreren Generationen in unserer Familie als Wundermittel gegen jede Art von Krankheit. Ob Zahnweh, Bauchweh, Husten, Schnupfen, ob Läuse oder Haarausfall: Bei uns gibt es Holunderbeersaft zu jeder nur erdenklichen Gelegenheit!

Auch wenn Papa es später nie mehr zugeben will: Ich schwöre hoch und heilig, ihn einmal im Wohnzimmer mit einer dikken Schicht gelierter Holunderbeeren auf der Halbglatze sitzen gesehen zu haben!

Jedenfalls ist das Einkochen der Grund dafür, daß wir mit ins Vereinslokal dürfen und ich Herbert Danilowski kennenlerne.

Die Männer feiern an diesem Tag einen Sieg. Papa spendiert uns einen kalten Kaffee - gelben Sprudel mit Coca-Cola. Das ist für uns der Hit. Papa braucht gar nicht sagen, daß wir nichts Mama verraten sollen. Wir wissen selber, daß es Mama nicht gerne sieht, wenn wir Kinder Cola trinken.

Hanne darf sogar einmal am Stiefel nippen, den die Männer herumgehen lassen. Stolz nimmt sie den Stiefel, hebt ihn mit Papas Hilfe an den Mund.

Es gelingt ihr tatsächlich, einen Schluck aus dem unhandlichen Gerät zu nehmen.

Plötzlich knallt sie den Stiefel mit lautem Schreien auf den Tisch.

»Was hast du denn, Mädchen?« fragt jemand aus der Runde, die ganz still geworden ist.

»Da liegt was drin und grinst mich an«, quetscht Hanne heraus.

Jemand nimmt den Stiefel und sieht kritisch hinein.

Plötzlich lacht er und hört nicht mehr auf. Zwischendurch greift er hinein und präsentiert den Gegenstand, der Hanne so einen Schreck eingejagt hat. Alle anderen stimmen in das Gelächter ein, das gar nicht mehr aufhören will.

»Da ist es ja«, meldet sich Herbert Danilowski erfreut. »Ich hab schon die ganze Zeit gedacht, daß mir irgendwas fehlt.«

Er greift seine dritten Zähne, nimmt ein Taschentuch heraus, putzt sie trocken und steckt sie wieder in den Mund. »Was hätte das wohl wieder die Knappschaft gekostet, wenn das weg gewesen wär.«

Nun steht Herr Danilowski vor der Haustür und fragt nach Papa.

Mama ist erschrocken, reißt sich aber zusammen. »Tut mir leid, Kurt schläft. Kann ich ihm was ausrichten?«

Herr Danilowski druckst etwas herum. »Wenn ich mal kurz eintreten dürfte. Ich muß ihm ein paar Unterlagen hierlassen. Die soll er sich durchlesen und dann unterschreiben.«

Mama führt den Knappschaftsältesten geschickt am Wohnzimmer vorbei in die Küche.

Herr Danilowski holt die Papiere heraus und legt sie auf den Küchentisch, den Mama vorher noch kurz mit einem nassen Lappen abwischt.

»Ich sag Kurt Bescheid.«

In diesem Moment fällt Onkel Klaus im Wohnzimmer vom Sofa. Er ist eingeschlafen und plumpst zwischen Couchtisch und Sofa auf den Teppich, als er sich auf die andere Seite wälzen will. Dabei schlägt er mit dem Arm Mamas sorgsam gepflegten Gummibaum samt Übertopf vom kleinen Blumentisch, der neben der Couch steht, herunter.

Onkel Klaus kommt erschrocken und verschlafen zugleich in die Küche. Wie üblich hat Onkel Klaus Jacke und Pullover ausgezogen und steht nun in Unterhemd und mit gelockerter Hose da.

Herr Danilowski sieht Onkel Klaus an, als ob er ein achtes Weltwunder erblicken würde. »Kurt hat sich aber verwandelt. Ist der Arm wieder in Ordnung?«

»Bester Herr Danilowski«, sagt Mama, »ich hol mal die eiserne Reserve, damit wir die Sachlage klären können.« Sie holt den Korn, drei Gläser und gießt ein.

Spätestens nach dem dritten Klaren ist Herbert Danilowski im Bilde.

Als Papa nach Hause kommt, droht Herr Danilowski mit der Knappschaft, wenn Papa zum Klaren nicht noch ein Bier besorgen würde. Das ist leicht getan.

Schließlich wird Skat gespielt. Und als Onkel Klaus und Herbert Danilowski viel später gehen, sagt der Knappschaftsälteste noch: »Ich glaub, so einen hatte ich lange nicht mehr in der Düse.«

Ich behalte Herrn Danilowski von der Knappschaft als den Mann mit dem schwimmenden Gebiß in Erinnerung, der nicht petzt.

Einige Tage später geschieht ein echtes Unglück. Kollege Kalle kommt vorbei und bringt die Nachricht.

Papa wird leichenblaß. Mama setzt sich erschrocken auf den nächsten Stuhl.

Ein Grubenbrand ist in dem Streb, in dem Papa normalerweise arbeitet, ausgebrochen. Und es wäre Papas Schicht gewesen, wenn er nicht den Krankenschein hätte.

Hektisch läuft Papa in der Küche hin und her. Schließlich setzt er sich auf die Eckbank, legt den Kopf auf den Tisch und weint.

Ich habe ihn noch nie weinen sehen.

Mama setzt sich zu ihm und streichelt seinen Rücken. Ganz vorsichtig.

»Zuerst nahmen die den Qualm gar nicht ernst, glaubten, daß man das noch in den Griff kriegen könnte. Sie versuchten noch, Löcher in die Stöße zu blasen. Aber das nützte dann doch nichts«, erzählt Kollege Kalle.

Papa schluchzt weiter.

»Kurt, geh doch mit Kalle zum Tor. Vielleicht erfahrt ihr ja mehr. Ob da noch welche unten sind. Ich stell dir das Essen warm.«

Papa und Kollege Kalle gehen.

Mama setzt uns wenig später das Essen vor, in dem wir gemeinsam herumstochern. Wir wissen alle, daß Papa viel Glück gehabt hat.

Papa kommt erst spät in der Nacht heim.

Am nächsten Morgen sitzt er immer noch am Küchentisch. Er ist völlig fertig. Mama muß wohl auch die Nacht durchwacht haben, denn sie hat schwarze Ringe unter den Augen.

Vier Kollegen sind tot.

Papa gießt sich zwar öfters bei diversen fröhlichen Anlässen einen hinter die Binde, wie er das nennt, aber am Tag nach dem Unglück betrinkt er sich zum ersten Male aus Verzweiflung. Alles, was er an Alkohol finden kann, schüttet er wahllos in sich hinein.

Die Beerdigung von Papas Kollegen findet genau auf Mamas Geburtstag statt. Mama läßt ihn daher ausfallen. Das ist selbstverständlich, denn niemand hat Lust zu feiern.

Dafür gehen wir alle mit zur Beerdigung. Der Friedhof ist schwarz von Menschen.

Nach der Beerdigung gehen Hanne und ich mit Mama nach Hause. Papa geht noch mit auf die große Beerdigungsfeier.

Er kommt an diesem Tag erst spät abends nach Hause. Er war noch bei Lutchen in der Wirtschaft. Dort geht er auch die nächsten Tage jeden Abend seinen Kummer ertränken.

Mama ist schon ganz traurig, daß Papa nur trinkt. Aber Oma sagt: »Laß mal, Marlies! Der Kurt fängt sich schon wieder. Das braucht seine Zeit.«

Oma behält recht. Am vierten Tag geht Papa wieder weg, und Mama sieht ihm kopfschüttelnd hinterher.

Als Papa wiederkommt, sagt er: »Ich war beim Pfarrer und hab Kurtchens Tauftermin festgemacht.«

9. Kapitel

Von Straßenbahnfahrten, bei denen man etwas lernen kann, von Einkaufsabenteuern und von einem Tag, an dem es blutig zugeht

Die Taufe steht vor der Tür, und wenige Wochen vor dem großen Tag fährt Mama mit Papa, Hanne und mir in die Stadt. Oma Erle kommt diesmal nicht mit. Sie bleibt beim Täufling.

Mama will uns neu einkleiden. Schließlich hat die Familie zur Taufe ordentlich auszusehen. Auf so etwas achtet Mama penibel. Außerdem, sagt sie, sei es sowieso mal wieder nötig, den Kleiderschrank aufzufüllen.

Ich freue mich auf diesen Einkauf. Denn schließlich muß ich meistens die alten Sachen von Hanne auftragen. Alle halbe Jahre holt Mama den großen Karton vom Boden und sieht nach, ob mir bald ein paar der eingemotteten Stücke passen. Hanne bekommt viel mehr neue Sachen als ich, nur weil sie die ältere ist. Mir paßt das schon lange nicht mehr. Als mittleres Kind zwischen zwei Geschwistern bin ich stets die Benachteiligte.

Solche Einkäufe in der Stadt sind etwas Besonderes. Natürlich brauchen wir dafür nicht in eine andere Stadt zu fahren. Wir wohnen zwar in Erle, aber Erle ist nur ein Stadtteil, und der gehört zu Gelsenkirchen, und Gelsenkirchen ist eine Stadt, aber eben nicht die Stadt, in die wir fahren, wenn wir zum Einkaufen in die Stadt wollen.

Zuerst verstehe ich diesen Wirrwarr auch nicht, bis ihn mir Oma einmal erklärt: Wenn es heißt, wir fahren in *die Stadt,* dann ist damit die Stadtmitte von Gelsenkirchen gemeint, eben der Ort, wo der Bahnhof und die Kinos sind, wo die vielen großen Kaufhäuser locken und die Würstchenbuden stehen.

Auf der Cranger Straße in Erle gibt es zwar viele Geschäfte, aber *die Stadt* ist für mich der Himmel auf Erden. Hier gibt es alles, was ich mir in meinen Träumen wünsche, und noch viel mehr. Aber das meiste ist auch teuer. Doch ich freue mich schon, wenn ich mir all das Schöne nur ansehen kann.

Papa hat extra eine Freischicht genommen. Als wir aus der Schule kommen, wird gegessen, dann geht es los.

Wir laufen bis zur Cranger Straße und steigen dort in die Straßenbahn. Wir nehmen die Linie 1, die von Essen nach Gelsenkirchen Hauptbahnhof führt. Straßenbahnfahren macht mir immer viel Spaß, besonders wenn es Richtung Stadt geht, über die Emscher und den Kanal hinweg, am Ruhrzoo vorbei, unter der großen Unterführung am Bahnhof Zoo her und dann die lange Bismarckstraße hoch an der Zeche Consol vorbei bis zur Emschertalbahn.

Wie immer hoffe ich, daß an diesem großen Bahnübergang die Schranken geschlossen sind. Das ist nicht selten der Fall, weil über diese Straße Güterzüge aus Herne und Dortmund ins Industriegebiet nach Schalke oder Schalke-Nord fahren, dort ihre Ladung absetzen und neue aufnehmen. Meist bilden sich lange Schlangen vor den Schranken.

Wenn die Straßenbahn direkt vor den rotweißen Gittern stehenbleibt, kann ich die scheinbar unendlich langen Züge gut beobachten, die nicht nur Kohle, sondern alles mögliche zu transportieren scheinen. Besonders mag ich die Wagen mit den alten Metallteilen und die Kühlwaggons.

Einmal erlebe ich, wie ein Stück Eisen von einem Wagen direkt vor ein Auto geschleudert wird. Zum Glück verletzt sich niemand. Aber eine kleine Schramme hat der neue Wagen wohl doch davongetragen.

Der Fahrer steigt aus, besieht sich den Schaden und flucht laut dem Zug hinterher. So erlebe ich zum ersten Male, was ein Volksauflauf ist. Fahrer und Wagen sind schon bald im Getümmel der wild gestikulierenden Menschen nicht mehr zu sehen.

Ich höre auch gerne den Geräuschen in den Bahnen zu. Bei den alten Vorkriegswagen gibt es noch Klingelleinen, schwarze Schnüre, die durch die ganze Bahn führen und an denen der Schaffner reißt, um die nächste Haltestelle anzuzeigen. Ja, es gibt sogar noch Straßenbahnschaffner, die mit einem Geldkasten um den Hals durch die Bahn gehen und immer laut rufen: »Noch jemand ohne Fahrschein?«

Ich fahre aber lieber in den langen, großen, neuen Triebwagen, die so leise summen und die automatisch die Tür öffnen, wenn man einen Knopf drückt. Hier sitzt der Kartenschaffner auf einem erhöhten Bock am Wagenende. Ich finde es besser, daß die Schaffner jetzt nicht mehr den ganzen Tag durch die Straßenbahn laufen müssen. Besonders wenn die Bahnen proppenvoll sind, und das ist nicht selten der Fall, muß sich der Schaffner regelrecht durch die Bahn schieben.

Wenn die Bahnen so voll sind, ist das für mich ziemlich schlimm. Als mich einmal eine Frau vom Sitz herunterkomplimentieren will, greift Mama ein. Sie sagt, es gäbe manchmal auch Kinder, die einen Platz nötig hätten. Das finde ich sehr gut und vergesse es Mama nie. Denn ich bekomme häufig Wadenkrämpfe, wenn ich lange stehen muß. Deshalb sind mir Straßenbahnen viel lieber, wenn sie leer sind. Papa meint zu diesem Thema immer: »Seid froh, daß es volle Straßenbahnen gibt. Da könnt ihr lernen, daß die andern Menschen genauso stinken wie ihr selbst.«

Wir stehen vor einer Umkleidekabine im großen Westfalen-Kaufhaus, das alle nur WEKA nennen. Papa und Hanne haben bereits ihre Sachen bekommen und sind mit Tüten beladen.

Papa macht beim Einkleiden keine großen Umstände und ist schnell zufriedenzustellen. »Steht mir doch gut, nicht!« Er dreht sich schon beim ersten anprobierten Anzug stolz wie ein Hahn vor dem Spiegel. Mama will ihm noch ein paar andere, flottere Modelle anbieten, aber Papa bleibt bei dem ersten konservativen Stück.

Hanne ist die Tochter ihres Vaters, wenigstens in diesem Punkt. Auch sie braucht nicht lange, um etwas zu finden.

Ich dagegen suche bereits seit über drei Stunden nach dem Kleid, das meinen Vorstellungen entspricht. Was aber meine Vorstellungen sind, weiß ich nicht so recht. Ich sage immer: »Das will ich nicht. Das gefällt mir nicht. Mama, der Stoff kratzt. Nee, die Farbe ist blöd.«

Aber ich bin vom vielen Gehen, Stehen und Suchen schon müde. Außerdem bin ich hungrig. Ich habe immer noch nicht das versprochene Würstchen vom Stand am neuen Theater erhalten. Dort schmecken die Würstchen am besten. Außerdem kann ich von dort in aller Ruhe mein geliebtes Theater betrachten, das ganz aus Glas zu bestehen scheint. Ich kann mich einfach nicht sattsehen daran.

Einmal bin ich schon drinnen gewesen, in einem Weihnachtsmärchen. Danach wollte ich drei Wochen lang Schauspielerin werden und übte fleißig. Ich verkleidete mich mit allen möglichen Schals, Tüchern, Kleidern und Ketten von Mama. Mein Spaß daran verging erst, als Hanne keine Lust mehr hatte, den Prinzen zu spielen, der mich wachküßte.

»Du bist eine Prinzessin auf der Erbse. Das Kleid nimmst du jetzt! Wir waren schon in fünf Geschäften. Die Bahnhofstraße rauf und runter. Aber meine Tochter ist nicht zufriedenzustellen. Ich steh mir hier noch die Beine im Bauch!«

Papa sieht sich um und entdeckt neben dem großen Spiegel einen Stuhl. Er geht zielstrebig auf ihn zu und will sich gerade erschöpft fallen lassen, als ihm eine alte Dame zuvorkommt und sich blitzschnell vor Papa auf den Stuhl quetscht. Fast hätte sich Papa auf sie gesetzt.

»Bitteschön«, sagt Papa in einem ironischen Tonfall und macht eine ungelenke Handbewegung.

»Dankeschön«, antwortet die alte Dame ungerührt, »es gibt doch noch Kavaliere.«

Ich probiere noch zwei weitere Kleider an. Vom letzten sind alle begeistert, besonders Papa, der endlich fertig werden will. Ich sehe ihm an, daß er lieber eine Doppelschicht fahren würde, als hier noch länger herumzustehen.

Trotzdem stampfe ich mit dem Fuß vor Trotz auf den Boden. »Aber ich will das nicht! Ich will kein Rüschenkleid!«

»Kinder, die was wollen, die kriegen was auf die Bollen!« Wenn Papa nicht mehr weiterweiß, kommt er immer mit solchen Sprüchen.

Ich flenne.

»Komm, zieh das Kleid aus! Das wird gekauft.« Papa sagt das jetzt in einem Ton, den ich ernstnehmen muß.

Mamas Blick duldet ebenfalls keinen Widerspruch mehr. »Es paßt tadellos. Braucht nichts dran geändert zu werden. Sehr schön, Elfi, wirklich, das ist sehr schön.«

»Auf der Taufe kommst du damit ganz groß raus!« Papa, der mich nicht weinen sehen kann, reicht mir sein riesengroßes dunkelbraunes Taschentuch, mit dem ich mir die Nase schniefe. Es stört mich überhaupt nicht, daß er damit gewöhnlich seine Schuhe oder Parkbänke reinigt.

Als Papa hört, was Mama für das teure Kleid an der Kasse bezahlen muß, ist er völlig geschockt. »Vielleicht ist es doch nicht das richtige? Sollen wir noch mal woanders gucken gehen?«

Mama sieht ihn nur kurz an und zieht Papa dann die Scheine aus seinem Portemonnaie, das er schon herausgeholt hat. »Nichts da, jetzt wird bezahlt und basta! Das ist ja zum Mäusemelken mit euch allen!«

Papa legt das Wechselgeld, das die Kassiererin ihm zurückgegeben hat, auf die flache Hand und scheint im Geiste nachzuzählen. Dann sagt er: »Jetzt hauen wir das aber auch noch auf den Kopp. Wir gehen endlich was futtern.«

Darauf haben Hanne und ich schon die ganze Zeit gewartet. Wir sind über Papas Vorschlag hellauf begeistert. Und schon wollen wir Richtung nächste Würstchenbude gehen.

»Nee, nee, so haben wir nicht gewettet«, verdirbt uns Mama sofort unsere Freude, »erst gehen wir noch Lackschuhe für Elfi kaufen.«

»Ich habe aber Hunger«, tue ich elendig. »Ich kann nicht mehr weiter.«

»Da müssen wir ja wieder bis zum Bahnhof laufen«, beschwert sich auch Hanne.

»Papa hat uns das Würstchen versprochen«, quengele ich weiter. Mir stehen schon wieder die Tränen in den Augen.

»Daraus wird nichts. Wir gehen Lackschuhe kaufen und vorher noch ...«

Mama will noch woanders hin? Jetzt fange ich erst richtig an zu heulen. »Nein, nein, ich hab Hunger.« Ich trampele mit den Füßen auf den Boden.

Papa kann meinen Auftritt nicht mehr ertragen und mischt sich ein. »Laßt Mama doch mal ausreden!« Er wirft ihr einen bittenden Blick zu.

Mama sieht Papa irritiert an und weiß nicht, was er meint.

Er klärt uns alle auf. »Mama hat bestimmt gemeint: Würstchenbude vorläufig gestrichen. Wir gehen vorher noch in ein richtiges Restaurant.«

Ich höre sofort auf zu weinen und falle Papa um den Hals.

Hanne meint: »Aber hier? Im WEKA, ja!«

»Genau«, sagt Papa.

Mama guckt empört. Sie ist mit Papas einsamer Entscheidung nicht einverstanden, schließt sich ihr aber dann doch an. »Na ja, eine schöne Kaffeepause haben wir uns verdient.«

Als wir schon auf der Rolltreppe sind, höre ich, wie sie Papa zuflüstert: »Daß die Mädchen aber auch immer ihren Willen kriegen müssen!«

Kuchen und Kakao im WEKA-Café sind das Schönste, was *die Stadt* zu bieten hat. Für mich ist dieses Café der Inbegriff der großen weiten Welt. Der Saal ist riesig und mit Parkett ausgelegt. Überall stehen kleine gediegene Kaffeetische mit schmucken weißen Tischdecken und Blümchen darauf. Die Stühle sind eher Sessel und haben Armlehnen und Sitzkissen aus Leder.

Es ist vier Uhr und der Saal brechend voll. Wir sehen in die Runde, können aber keinen freien Tisch entdecken. Papa und Mama wollen schon zum Rückzug blasen, als Hanne in einer hinteren Ecke einen Tisch entdeckt. Hanne und ich rennen durch den Saal und blockieren den Tisch. Als Mama und Papa endlich kommen, kennen wir Mädchen schon die Kuchen- und Speisekarte auswendig.

In dem riesigen Saal verputzen an den vielen Tischen alle möglichen Herrschaften, besonders Tanten und Omas mit großen Hüten und pelzbesetzten Mänteln, Unmengen von Torten, Kuchen und kleinen Imbissen. Kellner und Kellnerinnen in schwarzen Anzügen und Kleidern wieseln von Tisch zu Tisch. Nur zu uns kommt keiner.

Wir warten und warten. Wohl hundertmal hören wir den Ruf »Komme gleich, meine Herrschaften«, wenn Papa mal wieder dem vorbeihuschenden Kellner ein Zeichen gibt. Aber der kommt erst nach gut zwanzig Minuten. Für uns Mädchen eine endlose Zeit, die wir damit verbringen, die auf dem Tisch liegenden Kuchenreste unserer Vorgänger zu Kugeln zu rollen und hinter dem Rücken von Papa und Mama in den Saal zu schnipsen. Eine dieser Kugeln landet in der Hutkrempe einer schöne Dame, die es zum Glück nicht bemerkt.

Vorne gibt es eine große Bühne, auf der ein Orchester spielt, und eine Tanzfläche, auf der gerade zahlreiche Paare einen Foxtrott tanzen. Ich kann mich nicht genug satt sehen.

Danach macht ein Alleinunterhalter seine Späße, die ich nicht verstehe. Aber wenn alle Leute laut lachen, lache ich mit und habe meinen Spaß daran. Als er einmal einen Witz macht, den ich wieder nicht verstehe, lacht nach kurzer Zeit nur noch einer im Saal, und das ist Papa. Er lacht und lacht und will gar nicht mehr aufhören. Als Mama ihm kräftig in die Rippen stößt und er bemerkt, daß niemand anders mitlacht, hört er urplötzlich auf. Ich sehe, daß es ihm peinlich ist.

Noch peinlicher ist es Mama, als der Alleinunterhalter sich übers Mikrophon bei Papa für seine vergnügliche Solonummer bedankt. »Und nun bitte einen Sonderapplaus für den vergnügten Herrn dort hinten am großen Pfeiler.«Alles klatscht.

War es Papa eben noch peinlich, aufgefallen zu sein, spielt er nun das Spiel mit. Mama will ihn noch daran hindern, aber Papa steht ruhig auf, verneigt sich und nimmt die Huldigungen des Publikums formvollendet entgegen.

Noch als Papa sich setzt, steht Mama auf. »Du blamierst die ganze Innung«, flüstert sie und will gehen, ohne zu zahlen.

Papa kann sie gerade noch daran hindern und winkt dem Kellner, der diesmal sofort kommt.

Schließlich sind wir im Saal eine kleine Attraktion. »Gut, daß wir hier niemanden kennen«, meint Mama, als Papa unsere Rechnung begleicht.

In dem Moment, als sie das sagt, ruft eine Stimme, die ich gut kenne, laut unseren Namen durch den Saal. Es ist Frau

Sodinski, unsere Nachbarin. Sie hat Papa erkannt und kämpft sich vom anderen Ende des Saales durch die Tischreihen, und zwar ohne Rücksicht auf Verluste. Die Leute können gar nicht so schnell mit ihren Stühlen rücken, wie sie sich vorarbeitet. Sie ruft nicht, sie schreit unseren Namen, denn sie muß das Orchester übertönen, das mittlerweile wieder zu spielen begonnen hat. Von der Bühne schallt der alte Heidi Brühl-Schlager *Wir wollen niemals auseinandergeh'n.*

Mama würde am liebsten im Boden versinken. Jetzt weiß wohl jeder im Saal, wie wir heißen.

Frau Sodinski ist nur noch zehn Meter entfernt. Als sie sieht, daß wir sie bemerkt haben, ruft sie noch lauter: »Hallo!« Ihre Stimme überschlägt sich beinahe. »Hallo, das ist ja eine Überraschung, daß ich Sie hier treffe!«

Bevor sie endlich vor uns steht, rempelt bei ihrem Zickzackkurs noch einige Pelzdamen an, die anschließend ihre Hüte sortieren müssen.

»Also jetzt erzählen Sie doch mal, was an dem Witz so lustig war?« Frau Sodinski sieht nur Papa an. Mama beachtet sie gar nicht.

Papa zuckt mit den Schultern. Er weiß wohl gar nicht mehr so genau, warum er so laut gelacht hat.

Doch Frau Sodinski läßt nicht locker. »Jetzt erzählen Sie doch endlich.« Gleichzeitig kramt sie in ihrer Tüte und zieht einen neuen Spitzenbüstenhalter und ein Korsett heraus, die sie gerade erstanden hat. »Gucken Sie mal!« Sie reicht Mama die Unterwäsche. »Sind das nicht Prachtstücke!« Und dann wendet sie sich wieder an Papa. »Nu erzählen Sie doch! Nu erzählen Sie doch!«

»Ja«, sagt Papa und grinst Mama an, die nur den Kopf schüttelt und die Miederwaren schnell zurückreicht, »dann kommen Sie mal her, Frau Sodinski. Warum ich eben so gelacht habe, weiß ich wirklich nicht mehr. Aber ich weiß da was anderes, aber das kann man nicht so laut sagen, wegen der Kinder, wissen Sie.«

Frau Sodinski kommt näher und näher, und ich sehe, wie gespannt sie ist.

Papa nimmt sie ein Stück zur Seite und flüstert ihr ganz leise etwas ins Ohr.

Plötzlich stößt Frau Sodinski einen spitzen Schrei aus. In diesem Moment hört die Musik auf, und der ganze Saal nimmt Anteil an Frau Sodinskis Kommentar.

Mama steht schon im Ausgang, als Frau Sodinski ganz laut zu Papa sagt: »Sie sind mir aber einer!«

Nachdem wir das WEKA verlassen haben, bekomme ich erst meine Lackschuhe und noch zwei Paar weiße Kniestrümpfe. Auch Hanne bekommt noch ein Paar Schuhe. Zum Schluß kauft uns Papa am Stand gegenüber dem neuen großen Glastheater noch eine Bratwurst.

Als wir abends, bepackt wie die Maulesel, wieder in der Straßenbahn sitzen, nimmt mich Mama auf den Schoß. Ich habe schon die Augen zu, schlafe aber noch nicht, was Mama wohl glaubt.

»Was hast du denn der Sodinski ins Ohr geflüstert?« Mama ist nun doch neugierig.

»Ach«, meint Papa nur, »ich hab sie gefragt, wer denn bei ihr das Korsett zuschnürt. Wo sie doch keinen Mann mehr hat. Ob ich heute abend nicht mal vorbeikommen dürfte, bei der Anprobe helfen?«

Jetzt muß sogar Mama lachen, die diese Scherze Papas sonst nicht immer billigt. »Na, ob du nach solch einem Einkaufstag noch die Kraft dafür hast?«

Sie stellt sich bestimmt lebhaft vor, wie sich Frau Sodinski vor ihrem großen Schlafzimmerspiegel ins Korsett zwängt. Frau Sodinski wiegt nämlich bei einer Größe von einem Meter fünfundsechzig etwa neunzig Kilo.

Eine Woche vor der Taufe gehen wir früh am Samstagmorgen zu Onkel Karl zum Schlachten. Papa hat ihm ein Schwein abgekauft. Schließlich soll bei Lutchen groß gefeiert werden.

Ich darf zum ersten Male bei einer Schlachtung dabeisein. Kurtchen wird zu Frau Sodinski in Pflege gegeben, weil auch Oma sich so ein Ereignis nicht entgehen lassen will. Denn sie wurstet gerne und holt zu diesem Zweck alte Rezepte aus Ostpreußen aus ihrer Schublade.

»Das Selbstgemachte schmeckt sowieso am besten«, sagt Mama, als wir auf dem Weg zu Onkel Karl Oma abholen.

Ich muß an das arme Schwein denken, das heute sterben soll. Onkel Karl hat mich oft genug mit in den Stall genommen. Das Schwein hat mir schon viel Spaß bereitet, und nun würde es irgend so ein Mann töten, nur damit wir etwas zu essen hätten.

Ich vertraue mich Hanne an.

»Du muß so was sagen. Du hast doch mindestens schon drei Schweine verputzt.«

Ich gucke sie verwundert an.

»Was glotzt du denn so? Meinst du, die Schnitzel, die du immer in dich reinstopfst, fallen vom Himmel? Die sind genauso vom Schwein wie die Koteletts, die Mama letzten Sonntag in der Pfanne gebraten hat.«

Ich nehme mir vor, keine Koteletts und Schnitzel mehr zu essen.

»Was gibt es denn da zu lachen«, fragt Oma, die trotz der frühen Stunde schon ausgezeichnete Laune hat.

»Elfi hat Mitleid mit dem armen Schwein.«

»Hm«, überlegt Oma, »dann lassen wir es leben, und Elfi kriegt nur noch Salat und Möhren.«

»Nee, lieber nicht, Oma! Dann müssen ja die Kaninchen in der Siedlung verhungern, wenn der Vielfraß ihnen alles wegfrißt.«

Alle amüsieren sich prächtig auf meine Kosten. Selbst Papa meint, unbedingt noch einen Scherz machen zu müssen. »Laßt das mit den Möhren bloß sein, sonst sieht mein liebes Elfilein aus wie ein Hase.«

»Ätsch«, versuche ich mich zu wehren, »Möhren sind gut für die Augen. Oder habt ihr schon mal ein Kaninchen mit einer häßlichen Brille gesehen?«

Das sitzt. Hanne muß seit kurzem eine Brille tragen, die sie gar nicht mag.

Doch sie ist nicht auf den Mund gefallen. »Mit Brille nicht gerade, aber mit Zähnen, wie du sie hast.«

Ich verbeiße mir die Tränen. Meine Vorderzähne sind etwas schief gewachsen, und der Zahnarzt meint, daß ich wohl bald eine Zahnspange tragen müsse. Außerdem sind meine Zähne viel zu groß.

Und Papa legt noch einen drauf. »Vielleicht sollte Elfi nur noch Pferdefleisch essen?«

»Ja, weil sie ein Pferdegebiß hat, Papa!«

Zum Glück kommen wir jetzt bei Onkel Karl an, sonst würde ich Hanne an den Haaren ziehen.

Mein Schwein erkenne ich nicht mehr wieder. Was von ihm übriggeblieben ist, liegt grob zerteilt in verschiedenen Wannen und Eimern.

Heinz Gärtner, ein ehemaliger Fleischergeselle, hat das Schlacht- und Wurstkommando übernommen. Er stammt aus einem kleinen Ort in der Nähe von Dresden und ist nach dem Krieg in den Westen gegangen und wurde Bergmann. Ab und zu hilft er für ein paar gute Stücke Fleisch den Kumpels beim Schlachten.

Es ist heute recht warm und schwül. Der Geruch von frischem Fleisch, Blut und Gewürzen durchzieht die Luft.

Hinterm Haus von Onkel Karl ist viel Betrieb. Alle scheinen wissen, wo sie anzupacken haben. Alle tun, was Heinz ihnen sagt. Selbst Hanne bekommt einige kleine Aufgaben zugeteilt.

Nur ich stehe dumm herum.

Irgend jemand hat ein Radio ins offene Fenster gestellt. Freddy Quinn singt *Junge komm bald wieder*, Manuela trällert *Schuld war nur der Bossa Nova.*

Gerade als es schallt *Wini-Wini, Wana-Wana, die Trommel ruft zum Tanz,* stößt mich jemand unsanft an.

»Geh doch mal an die Seite, Kind!«

Ich suche mir einen anderen Platz.

»Stell dich woanders hin!«

Was soll ich hier eigentlich, denke ich und hoffe verzweifelt mit Peter Alexander: *Wenn erst der Abend kommt.*

»Wer hat denn das Kind mitgebracht?«

»Dich kann ich hier nicht gebrauchen!«

»Laß das Messer liegen! Das ist nichts für kleine Mädchen!«

Ich weiß gar nicht, warum ich hier bin.

Nur Tante Dorchen hat schließlich ein Herz für mich. »Elfi, komm mal her! Ich muß dringend aufs Klo. Immer schön rühren, ja!«

Schon habe ich einen Holzquirl in der Hand, mit dem ich in einer Wanne rühre und rühre.

Tante Dorchen kommt nicht wieder. Margot Eskens singt *Ob in Bombay, ob in Rio*.

Ich rühre immer noch.

Als Peter Alexander fragt *Bist Du einsam heut' Nacht,* werde ich neugierig. Die Wanne steht auf zwei Hockern, so daß ich nicht sehen kann, was ich da eigentlich rühre. Ich stelle mich auf Zehenspitzen, strecke mich und blinzele in die Wanne hinein.

Mir wird speiübel. Ich lasse den Quirl los. Zum Glück wakkelt die Wanne nur ein bißchen. Aber es reicht, meinen Rock mit Blut zu bespritzen.

Ich laufe zu Mama, die an den Flecken sofort bemerkt, was geschehen ist. Mit einem Taschentuch trocknet sie mir die Tränen. Dann reibt sie mit einem Wasserlappen an den Flekken herum.

Heinz Gärtner kommt vorbei. »Muß doch nicht weinen, Kleene! Das wird leckere Blutwurst. Gleich kommt da noch eine Ladung Speck, Herz und Leber dran, und fertig ist es.«

Connie Francis singt *Schöner fremder Mann,* und mir wird wieder übel. Ich denke an die Mengen von Blutwurstschnitten, die ich in meinem Leben schon gegessen habe. Ich habe mir bei dem Namen nie etwas gedacht. Jetzt befürchte ich, daß ich jedes Blutwurstbrot, das ich je verspeist habe, sofort ausbrechen werde.

Mama sieht, was mit mir los ist, und sagt: »Heinz, laß es!«

Doch der greift in seinen Eimer und tut so, als wolle er mir etwas zeigen. »Ja, Kleene, das sind Innereien. Willst du auch mal Hirn sehen? Hirn schmeckt ausgezeichnet.«

Mama schüttelt verständnislos den Kopf.

Gus Backus jubelt im Radio: *Meine Braut, die Edeltraut, die kocht am besten Sauerkraut.*

Als Heinz Gärtner nun tatsächlich mit einem gemeinen Lachen eine weißgraue breiige Masse aus seinem Eimer fischt und sie mir unter die Nase hält, muß ich mich übergeben. Es kommt wie ein Sturzbach. Ich treffe sowohl seine Innereien wie ihn selbst. Danach laufe ich ins Haus und verlasse bis zum Abend nicht mehr das Wohnzimmer von Onkel Karl.

Abends packen Mama und Oma die Taschen voll Wurst und Fleisch. Riesige Kringel Schwartenmagen, Leberwurst und natürlich Blutwurst sind auch dabei. Das Fleisch für die Taufe will Opa Karl morgen direkt bei Lutchen vorbeibringen.

Zum Schluß trinken alle noch einen Schnaps. Irgend jemand fragt, welchen Taufspruch Papa denn für Kurtchen ausgesucht habe. Papa zeigt auf die prallen Taschen und sagt: »Der Herr ist mein Hirte, mir wird nichts mangeln!«

Und dann ist Taufe. Kurtchen macht während des Gottesdienstes und beim Taufakt ein Heidengeschrei. Und ich habe es mir doch noch einmal mit den Schnitzeln überlegt. Schließlich ist schon eine Woche vergangen. Und das Schwein kann ich sowieso nicht mehr zum Leben erwecken. Also lasse ich es mir schmecken.

10. Kapitel

Von verschiedenen Schweinesorten, Schellfischköppen am Wegesrand, von anderen Naturalien und nicht zuletzt von einem Eisbär, der Grusel macht

Bald ist Cranger Kirmes. Da kommt nichts anderes mit. Cranger Kirmes, das ist für uns der Inbegriff für Vergnügen überhaupt. Sie findet immer Anfang August statt, in Crange, einem Stadtteil der Nachbarstadt Wanne-Eickel, der von Erle aus auch zu Fuß zu erreichen ist. Allerdings muß man schon mit einer Stunde Weg rechnen.

Schon ab Juni sparen wir unser Taschengeld auf. Hanne holt freiwillig die Kohlen aus dem Keller, ich helfe mehr beim Spülen als gewöhnlich. Nicht immer springt dabei etwas heraus, aber ab und zu erhalten wir etwas für unsere Spardosen. Normalerweise bekommen wir für unsere Hilfe kein Geld, aber da unsere Eltern wissen, wofür es sein soll, drücken sie beide Augen zu und spornen uns beim Geldhäufeln sogar an.

Einen Tag vor dem geplanten Besuch schlachten wir unsere Sparschweine. Hanne holt den Hammer aus Papas Werkzeugschrank. Wir setzen uns alle an den großen Küchentisch und breiten zwei Handtücher aus. Rums! Macht es einmal. Rums! Macht es ein zweitesmal.

Hanne und ich zählen sorgfältig unser Geld, immer darauf bedacht, daß nicht zufällig ein Groschen in den Haufen der anderen hinüberrutscht.

»Exakt 10 Schleifen und ein Fuchs«, gibt Hanne stolz ihr Ergebnis bekannt.

Ich bin noch nicht so schnell im Zählen und hinke hinterher. »Sieben Mark und dreizehn Pfennig«, sage ich enttäuscht. Ich zähle noch einmal. Das kann doch gar nicht sein! Aber der Betrag wird einfach nicht größer, so oft ich auch zähle.

»Wieso hast du mehr als ich?« frage ich empört.

»Ganz einfach«, meint Hanne, »ich hab den Hund von Schodowskis Gassi geführt und dafür jedesmal einen Fuchs kassiert.«

»Clever, sehr clever!« gibt Papa seinen völlig überflüssigen Kommentar ab.

»Das ist aber auch ungerecht, weil Frau Schodowski mir den Hund nicht gibt.«

»Da hat Elfi auch wieder recht, Hanne. Für den großen Köter ist Elfi noch zu klein. Ich glaub, wir müssen ihren Betrag ein bißchen aufbessern.«

»Aber ich hab doch die Arbeit gehabt! Und wenn Elfi nicht soviel Eis geschleckt hätte, hätte sie jetzt auch mehr«, protestiert Hanne.

»Schon gut, schon gut«, sagt Papa, »wird schon keiner zu kurz kommen.«

Wir erhalten beide noch einmal zwei Mark dazu.

Ich bin trotzdem sauer. Was kann ich dafür, daß Frau Schodowski keinen Rehpinscher, sondern einen halben Bernhardiner hat, dessen Leine ich kaum halten kann?

»So, damit müßt ihr aber auskommen.« Papa steckt seine Patte wieder ein.

»Teilt euch das gut ein«, gibt uns Mama noch einen Rat, »morgen auf Crange gibt es nichts mehr.«

»Ich kann mindestens zehn Runden auf dem Kettenkarussell fahren«, rechnet Hanne, »und mir zwanzigmal Zuckerwatte kaufen oder fünfzig Lose ziehen.«

»Papa, fährst du mit mir auf der Raupe?« frage ich.

»Ich fahr auf dem Autoskooter«, sagt Hanne.

»Aber nicht alleine, Mädchen«, beugt Mama vor.

Unsere Eltern sind immer sehr ängstlich, wenn wir auf die großen Fahrgeräte wollen. Mama hat sogar Angst, auf die Krake zu gehen, geschweige denn auf die Achterbahn. Sie schiebt immer ihren schwachen Kreislauf vor.

»Ob der Fischkarl wieder an der gleiche Ecke steht?« fragt Mama jetzt.

»Klar«, sagt Papa, der auch schon ganz scharf auf den lekkeren dicken Aal ist, den der Fischkarl immer anbietet.

Ich träume von den Losverkäufern mit ihren gelben Plastikeimern und sehe mich mit einem Riesenteddybär mittendrin.

»So, jetzt aber ins Bett! Wir müssen morgen eine ganze

Strecke laufen. Da brauchen wir ausgeschlafene Kinder«, sagt Mama.

»Mensch, Papa, wir wollen aber nicht wieder nach Crange laufen. Laufen ist doof!« In diesem Punkt sind Hanne und ich einer Meinung.

»Ihr seid ein ganz faules Pack!« Jetzt ziehen Papa und Mama an einem Strick. »Als wir damals mit unseren Eltern zur Kirmes wollten, mußten wir immer laufen. Hin und zurück. Da könnt ihr ruhig mal die Oma fragen.«

Endlich ist es soweit.

Mama hat Frau Malenki, gefragt, ob sie auf Kurtchen aufpassen kann, da Oma natürlich wie jedes Jahr auch mitwill. Erst hat sie zugesagt, aber als wir Kurtchen kurz vorher vorbeibringen wollen, meint Frau Malenki: »Wissen Sie, heut kommt doch der Maegerlein im Fernsehen. Das hab ich ganz vergessen. Ist doch so ein schöner Mann. Den kann ich mir doch nicht entgehen lassen. Und den kleinen Schreihals mit nach Krahwinkels nehmen? Das geht doch nicht. Da haben Sie doch Verständnis für, nicht!«

Mama tut so, als ob sie Verständnis hätte, aber ich merke, daß sie stinksauer ist.

So klingelt Mama bei Frau Stasiak im Dachgeschoß. Die mag kein Fernsehen und freut sich, unseren kleinen Bruder auch mal in Obhut nehmen zu dürfen.

Natürlich gehen wir nicht zu Fuß, sondern fahren mit dem Bus. Wir haben den kleinen Günther vorgeschoben, weil der doch das viele Laufen nicht gewöhnt sei. Seine Eltern wohnen seit kurzem in der Wohnung von Herrn Wilms. Günther geht noch in den Kindergarten. Er will unbedingt mit, weil er noch nie auf einer Kirmes gewesen ist.

Oma klärt uns im Bus mal wieder über früher auf: »Sicher, wir gingen immer zu Fuß, keine Frage. Aber als ich noch jung war, standen da noch keine Buden und Karussells, zumindest nicht solche wie heute. Da wurden noch Pferde, Schweine und Fische in Crange verkauft.«

Andere Fahrgäste nicken zustimmend.

»War das nicht langweilig, Oma?«

»Langweilig? Kind, hast du eine Ahnung! Den Weg nach Wanne gingen viele Leute. Und rechts und links der Straße lagen dann die Schellfischköppe rum. Unser damaliger Nachbar Sölthoff kaufte sich in Crange mal ein kleines Ferkel. Mit Handschlag. So wurden damals Geschäfte gemacht. Aber Willi Sölthoff spuckte nicht ins Glas, und mit dem Ferkel im Sack wankte er dann Richtung Erle. Er schwankte so, daß seine Hilde ihn festhalten mußte. Die beiden gingen etwa eine Stunde vor uns heim. Da wunderten wir uns schon, als Oma Martha und ich die Hilde unterwegs trafen. Sie starrte immer durch ihre dicken Brillengläser in das kleine Wäldchen neben der Straße. Meinem Alten ist der Beutel geplatzt, und nun rennt das Schwein im Wald rum, jammerte sie.«

Der ganze Bus lacht laut.

»Oma, wie redest du denn?« Mama blickt vorwurfsvoll zu ihr rüber.

Oma klopft sich selber auf den Mund und unterdrückt ihr Lachen. »Wir ab in den Wald und den Sölthoff und das Ferkel suchen.«

Günther hat die ganze Zeit mit aufgerissenen Augen zugehört. Jetzt sagt er auch etwas: »Habt ihr das Ferkel gefunden?«

»Das Ferkel schon, aber den Sölthoff nicht. Der lag im Graben und schlief seinen Rausch aus, haben wir später gehört.« Oma wischt sich ihre Lachtränen ab. »Ja, das waren noch Zeiten!«

Der Bus hält wenige Meter vor dem Cranger Tor, wo die Kirmes anfängt.

Ich werde langsam unruhig. Ich hoffe, daß er vielleicht nicht da sein wird. Vielleicht ist er plötzlich erkrankt, oder die Polizei hat ihn abgeholt.

»Elfi, bummel doch nicht so!« Mama müßte es eigentlich wissen, warum ich langsamer gehe. Schließlich kommt bald die Stelle, wo er immer steht. Er, vor dem ich so große Angst habe.

»Elfi, jetzt mach aber!«

Ich bleibe stehen, weil ich ihn schon sehe. Er - das ist der riesige Bär mit dem weißen Fell. Ein Ungeheuer! Und ich habe Angst. Da kann Mama jedes Jahr noch so beruhigend auf mich einreden: »Das ist doch nur ein Mann, der in einem Fellkostüm steckt. Stell dich doch nicht so dumm an!«

Ich habe trotzdem Angst.

Ohne Erbarmen schieben Mama, Papa, Oma, Hanne und Günther auf den Eisbären zu, ohne daß jemand meine Angst bedenkt.

Mama nimmt meine Hand und zieht mich weiter. »Was hast du denn, Kind? So kommen wir ja nie vorwärts.«

Günther sieht ihn von den anderen als erster. Er rennt los. »Guck mal, ein Eisbär! Boh, ist der groß!« Er stellt sich neben ihn und streichelt ihm das Fell.

Ich verstecke mich hinter Papas Rücken.

»Elfi, nun komm! Ich hab dir schon hundertmal gesagt, daß in dem Kostüm ein ganz normaler Mensch versteckt ist.«

Es mag ja sein, daß der Eisbär mit seiner Fellpranke freundlich winkt. Mir kommt es jedenfalls vor, als freue er sich auf ein Stück Kinderfleisch.

»Elfi, stell dir doch mal vor, wie sich Oma Harz über so ein Foto freuen würde«, versucht nun Mama einen Trick.

Das kann mir doch egal sein, denke ich. Ich verkrieche mich zwischen Omas Erles Beinen.

»Daß ich so eine feige Tochter hab, hätte ich doch nicht im Traum gedacht.« Papa kratzt an meiner Kinderehre.

Doch mit der Tour kommt er heute bei mir nicht durch. Ich schreie, ja, ich kreische. Die Leute drehen sich schon nach mir um.

»Guck dir mal den Günner an, der ist fast drei Jahre jünger als du, aber der traut sich. Hoffentlich wird Kurtchen mal genauso.« Papa kommt einfach nicht drüber weg, daß seine Elfi so wenig Courage hat. »Scheißt sich vor lauter Angst in die Hose«, murmelt er leise vor sich hin, aber ich höre es trotzdem und heule noch lauter. »Hanne, stell du dich mit Günner doch zu dem Bären. Dann machen wir das Foto eben alleine.«

»Keine Lust«, sagt Hanne, die sich mal wieder groß vorkommt.

»Auch das noch! Da will man einen schönen Tag auf der Kirmes verbringen, und man ist noch gar nicht richtig da, da ist schon alles am Heulen und Murren,« sagt Papa ärgerlich.

Hanne scharrt mit den Plateausohlen ihrer ersten höheren Schuhe im Schottersand. Ich trockne meine Tränen in Omas Schoß.

»Kurt«, macht Oma jetzt dem Streit ein Ende, »laß du die Kinder mal schön in Ruhe.« Sie sieht Papa streng an. »Du solltest damals mal eine ausgestopfte Schlange auf den Arm nehmen. Dein Geschrei hör ich heute noch.«

»Ich?« Papa sieht Oma zweifelnd an.

»Ja, du! Und auf einem Pony wolltest du, bis du neun Jahre alt warst, auch nicht reiten. Sei mal bloß still!«

»Vor den Kindern hättest du das aber nicht sagen brauchen«, murmelt Papa und geht Richtung Kettenkarussell.

»Und was ist mit dem Foto?« fragt Günther enttäuscht.

Oma, Hanne und ich ziehen hinter Papa her, Mama wartet auf Günther, der sein Foto bekommt.

Endlich können wir mit unserem sauer ersparten Geld machen, was sich jeder gewünscht hat: Kettenkarussell fahren, Lose kaufen, chinesische Fäden ziehen, Zuckerwatte und Mandeln essen, in die Raupe steigen.

Günther fährt mit dem Ponywagen und zieht ständig an den vielen Schnüren, mit denen er die Glocken ins Schwingen bringt, die in allen Tonlagen läuten.

Dann geht es zum Kinderkarussell. Ich steige in die Straßenbahn. Hanne spielt die große Schwester und sieht von draußen gelangweilt zu.

Günther will überhaupt nicht mehr vom Moped herunter, bis Mama sagt, daß jetzt Schluß sein müsse. Sie hat Hunger und steuert zielstrebig den nächsten Fischstand an. Schon bald beißt sie in einen goldgelb gebackenen Fisch.

Papa bekommt auch Appetit, kauft sich aber erst an seinem Spezialstand, beim Fischkarl, einen dicken Aal.

Der Eisbär ist schnell vergessen. Auf dem Rückweg schlagen wir einen weiten Bogen um ihn. Auf den Wegen und Straßen liegen allerdings keine Schellfischköppe mehr, sondern zerdellte Blechdosen, fettige Pommesschälchen, leere Eistüten und zerbrochene Schaschlikstäbchen, an denen ab und zu noch ein Stückchen Fleisch hängt. Oma Erle schüttelt den Kopf und sagt: »Guckt euch das mal gut an. Schweine gibt es überall.«

Der Bus ist proppenvoll, und wir müssen stehen. Ich halte meinen Lotteriepreis fest an mich gepreßt. Zu einem großen Teddy hat es zwar nicht gereicht, aber eine kleine Puppe tut es auch. Oma stöhnt, da sie keinen Sitzplatz hat und ihr Rücken schmerzt. »Da hätten wir besser laufen sollen!« meint sie etwas muffelig und lacht dann aber. »Wer weiß, wen wir da am Straßenrand alles aufgegabelt hätten.«

11. Kapitel

Von Tauben, einem leckeren Pflaumenkuchen und einer schönen Schadenfreude

Fast alle Bewohner der Zechensiedlung haben Tauben, und viele Taubenfreunde heißen Jupp. Die Tauben sind ihr ganzer Stolz. Ihnen widmen sie viel Zeit, hegen und pflegen sie, so daß sie auch Taubenväter genannt werden.

Auch Herr Sawatzki, der eigentlich auf den Namen Franz-Friedrich getauft worden ist, heißt Jupp. Alle rufen ihn so, auch wir Kinder. Jupp, der gerade bei Oma in der Küche sitzt, hat die besten Tauben in der Siedlung.

Hanne und ich haben den kleinen Günther mitgenommen.

»Ich kann euch hier eigentlich gar nicht gebrauchen«, sagt Oma. »Ich muß noch auf die Cranger Straße zum Einkaufen und dann zum Friseur.«

Enttäuscht wollen wir wieder gehen.

»Kommt mal mit mir rüber«, sagt da Herr Sawatzki. »Ich muß meine Tauben einpacken. Da könnt ihr zusehen.«

»Daß ihr zum Mittag aber wieder zu Hause seid«, sagt Oma und schiebt uns zur Tür hinaus.

Herr Sawatzki verpackt seine Tauben vorsichtig in Kisten, die so aussehen wie der Wäschekorb, der in unserem Schlafzimmer steht.

Für den kleinen Günther ist das alles neu. »Was macht ihr mit den Tauben, Onkel?«

Jupp kratzt sich das Stoppelkinn, zieht an seiner Piepe und meint schließlich augenzwinkernd: »Die schicken wir jetzt zum Christkind. Vorher legen wir den Tauben die Wunschzettel von den Kindern aus der Siedlung in den Schnabel. Und dann ab die Post.«

Hanne lacht. »Ist das nicht ein bißchen früh, Onkel Jupp?«

»Ach was! Damit kannst du nie früh genug anfangen«, sagt Onkel Jupp. »Das Christkind hat immer viel zu tun.«

Ehrfurchtsvoll kommt der kleine Günther näher. »Onkel, hast du den Tauben auch meinen Wunschzettel mitgegeben?«

»Aber ja doch! Eine knappe Stunde, und die Taube Annchen fliegt damit direkt zur Wunschzettelzentrale.«

Hanne und ich lachen uns schräg, denn uns hat Jupp Sawatzki vor Jahren damit auch schon aufgezogen.

Dann kommt ein großer Lastwagen, der die Taubenkörbe abholt.

Jupp schlurft auf seinen Hof zurück. »Na, wollt ihr euern kleinen Freund mal einen Taubenschlag von innen zeigen?«

Taubenschlag angucken? Klar, da sind wir dabei!

»Na, dann kommt mal mit.«

Nacheinander steigen wir die schmale, enge Treppenstiege zum Dachboden hoch. Es gurrt, trippelt und raschelt über unseren Köpfen. Nicht alle Tauben werden also auf Reisen geschickt.

»Seht ihr«, meint Jupp Sawatzki und zeigt auf eine Luke, »das ist hier so eine Art Haustür für meine Vögel.«

Wir blicken aus der Luke heraus und sehen nichts anderes als Hausdächer.

»Morgen, am Sonntag, werden die Tauben an einem vorher bestimmten Ort aus den Körben gelassen, und dann wart ich hier an diesem Platz, ob die Tauben möglichst schnell zurückkommen.«

»Ja, und was dann?« frage ich.

»Dann zieh ich der Taube blitzschnell den Gummiring mit der Teilnehmernummer vom Fuß und steck den Ring in eine Metallhülse. Damit renn ich dann wie der Deuvel zur Konstatier-Uhr, die beim Egon Sabowski an der Ecke von der Siedlung steht.«

Konstatier-Uhr? Davon habe ich noch nie gehört.

»Die sieht wie ein Holzkasten aus, fast wie eine Kaffeemühle. Da steck ich die Metallhülse mit dem Gummiring in eine Öffnung. Ein Vierkantschlüssel muß umgedreht werden, es macht klack, und dann kann ich an der Uhr die Ankunftzeit ablesen.«

Jupp greift zur Futterdose, schüttet den Tauben noch ein paar Körner in die Futterrinne und meint: »Wenn man Tauben hat, muß man gut aufpassen und alles schön sauber halten.

Taubenscheiße auf dem Futter, das ist nicht gut, nicht gut.« Leise brummelnd kratzt er mit einer Art Schaber auf dem Käfigboden rum.

»Und warum ist das so schlimm?« will ich es genau wissen.

»Wenn die Tiere Körner mit Kot picken, werden sie krank und können nicht mehr fliegen.«

»Was machst du dann mit den kranken Tauben, Onkel?« fragt Günther. Er blickt mitleidig auf eine besonders schöne blaue Taube mit weißem Hals.

»Ja, mein Kleiner, die kommen dann in den Küchenpott.«

Als wir wieder unten auf dem Hof sind, empört sich Günther: »Der Onkel ist aber gemein. Wie können Männer ihre Tauben lieben und sie dann einfach auffressen? Wenn mein Wellensittich mal stirbt, dann wird der begraben.«

Hanne spielt wieder mal das erwachsene Mädchen. Sie legt Günther den Arm um die Schultern. »Hör mal, Günner! Wellensittiche werden sowieso nicht gegessen. An denen ist doch gar nichts dran. Da brauchst du keine Angst zu haben.«

Wir nehmen Günther öfters mit in die Siedlung. Seine Mutter ist froh, daß er unter Kinder kommt. Ein gleichaltriger Spielgefährte ist nicht vorhanden, zumindest nicht in unserer Straße. Aber Günther ist schrecklich neugierig und kann einem ein Loch in den Bauch fragen. Doch er ist auch niedlich, und für ihn ist die Welt der Siedlung etwas vollkommen Neues. Sein Vater ist Lastwagenfahrer und oft unterwegs. Von Bergleuten und Zechen hat er bisher noch nie etwas gehört.

An einem schönen Sommertag spielen wir bei Oma Martha im Garten. Oma Erle ist auch da, und es gibt Pflaumenkuchen und Kaffee und für uns Kinder Kakao.

»Die Pflaumen sind dies Jahr aber wirklich schön«, sagt Oma Erle.

»So gut hat unser Baum lange nicht getragen«, meint Oma Martha. Sie hat Opa Karl schon ein paarmal gerufen, aber der läßt sich bei seiner Arbeit nicht stören.

»Warum arbeitet Opa Karl immer soviel im Garten?« fragt Günther.

»Siehst du, Günner«, erklärt Oma Martha, »wenn die Bergleute aus dem Dunkel von der Grube kommen, sehnen die sich nach viel frische Luft und Sonne. Die freuen sich, wenn sie den ganzen Tag im Garten rumkosern können.« Oma Martha schneidet noch ein Stück Pflaumenkuchen ab und legt es auf Günthers Teller. »Iß mal, mein Jung! Damit du groß und stark wirst. Das macht ja richtig Spaß, dem beim Essen zuzusehen«, wendet sie sich an Oma Erle.

Ich fühle mich beleidigt, nehme mir noch ein Stück und stopfe es in mich hinein.

»Elfi«, weist mich Oma Erle zurecht, »stopf nicht so!«

Komisch, bei dem Vielfraß Günther sagt keiner was.

»Aber Opa Karl ist doch nicht mehr Bergmann«, bemerkt jetzt Günther, schlau wie er ist.

Oma Martha lächelt. »Günner, wenn du einmal Bergmann warst, bleibst du das dein Leben lang. Auch wenn du Rentner wirst, bleibst du Bergmann. Der Opa Karl, der braucht den Garten. Wenn der seine Kartoffeln, Möhren, Salate, Bohnen und seinen Komposthaufen nicht hätt! Karl, jetzt komm doch endlich rüber, der Kaffee wird kalt!«

»Was wär dann?« frage ich. Papa ist schließlich auch Bergmann und hat keinen Garten.

»Was meinst du, Elfi?« Oma Martha hat meine Frage zuerst gar nicht verstanden, schaltet dann aber. »Ach so! Elfi, ich weiß nicht, ob du das verstehst. Aber was soll Opa denn sonst machen?«

»Kauft euch doch einen Fernseher«, sage ich und denke an unseren Graetz.

»Siehst du«, sagt Oma Martha, »das verstehst du wirklich noch nicht.«

»Ich kauf mir so ein Ding nie, Martha«, wirft Oma Erle ein.

Das verstehe ich nun wirklich nicht, denn Oma Erle weiß wohl nicht, was sie da alles verpaßt. Die Augsburger Puppenkiste ist doch so schön.

Oma Martha versteht das auch nicht. Sie geht regelmäßig zu Bekannten zwei Straßen weiter Fernsehen gucken und kennt alle schönen Sendungen: »Also, warum eigentlich nicht? Den

Otto Höpfner vom *Blauen Bock* könnt ich mir jeden Tag angucken. Und der Robert Lembke ist auch ganz lustig. Und die vielen alten Filme. Ich finde, so ein Fernseher ist was Schönes für uns alte Leute.«

»Ist denn in der Grube wirklich alles dunkel? Können die Bergleute bei ihrer Arbeit denn gar nichts sehen?« mischt sich jetzt Günther wieder ein, nachdem er sein drittes Stück Pflaumenkuchen im Nu verputzt hat.

»Ach, laß dir das mal von Opa Karl selber erklären. Ich war doch auch nie unter Tage. Der Junge ißt ja den Kuchen ganz allein auf.«

Günther nimmt noch ein Stück Kuchen in die Hand und läuft zu Opa Karl, der gerade mit dem Dreizack das Möhrenbeet jätet. Ich hinterher.

»Natürlich ist es unter Tage nicht stockdunkel. Die Kumpel haben da elektrisches Licht«, meint Opa Karl zu Günther.

»Gibt es da auch so eine schöne Kerzenlampe wie bei uns im Wohnzimmer?«

Ich lache mich halb kringelig.

»Nein, Günner, so ein Komfort gibt es da nicht. Und richtig hell ist es da auch nicht. Der Staub von der Kohle ist manchmal so stark, daß du da die Hand vor den Augen nicht sehen kannst. Manchmal denkst du, du würdest in einer Gruft arbeiten. Mal heiß, mal kalt und oft stickig. Meinen Husten hab ich auch von da unten. Hör mal!« Opa Karl läßt seine Steinstaublunge husten.

»Gibt es da gar keine richtige Luft?« Günther fragt Opa Karl Löcher in den Bauch.

Bevor er auf Günthers Frage antwortet, hustet Opa Karl noch einmal.

»Ist ja wirklich schlimm«, meint Oma Erle.

Nachdem sich sein Husten beruhigt hat, erzählt Opa Karl weiter: »Vor Ort, das ist da, wo die Kohle gefördert wird, da ist wenig Frischluft. Aber in den Strecken, das sind die Straßen unter Tage, weißt du, da ist ausreichend Luft vorhanden. Also wird die frische Luft aus der Strecke zu den Teilen vor Ort geleitet, wo die Luft gebraucht wird. Verstehst du?«

Günther schüttelt den Kopf. »Opa Karl, fahren denn auf den Straßen da unten auch Autos?«

»Nee, Kleiner, Züge fahren da, aber Autos nicht. Mit den Zügen wird die Kohle abtransportiert.«

»Opa Karl«, sage ich jetzt, denn Papa hat mir das schon mal erklärt, »die Luft geht doch durch die Lutten durch, nicht?«

»Genau, Elfi, das sind die großen Gummirohre, die an den Strebwänden befestigt sind und über viele Kilometer durch die Grube ziehen.«

Günther interessiert unser Fachchinesisch nicht. Er läuft zum Tisch und holt sich noch ein Stück Kuchen. Als er zurückkommt, hat er eine ganz andere Frage: »Was machen denn die Bergleute, wenn sie mal müssen?«

Opa Karl lacht. »Tja, mein Kleiner, ein Klo gibt es unter Tage noch nicht. Wir pinkeln dann eben in die Ecke.« Er steht auf, zieht ein paar Möhren und schabt sie mit seinem Taschenmesser sauber. »Da, knabbert die, das ist gesund.«

»Martha, der Kaffee ist ja kalt«, sagt er vorwurfsvoll.

»Hast du da noch Töne, Erna? Kommt nicht rüber und beschwert sich auch noch. Aber so sind sie, die Männer.«

»Opa Karl«, will ich jetzt noch wissen, »hast du nie Angst gehabt, wenn du in die Grube gefahren bist?«

»Weißt du, Elfi, irgendwie sitzt jedem, der da runtergeht, die Angst immer in den Knochen. Wenn es heute auch nicht mehr so gefährlich ist wie früher. Ganz früher mußten die Bergleute noch mit einer Leiter runter. Aber heute haben wir ja Komfort. Einen richtigen Aufzug haben wir, Günner.«

»So, wie im Kaufhaus?«

»Wie im Kaufhaus. So ähnlich jedenfalls. Das ist ein Käfig mit Metallstäben. Wenn du runterfährst, kannst du die Wände erkennen.«

»Das nennt man doch Seilfahrt, Opa«, demonstriere ich Günther mein Wissen.

»Genau, Elfi!« bestätigt mich Opa Karl und wendet sich dann an Oma Martha. »Sag mal, wo ist denn der ganze Kuchen geblieben?«

Später gibt uns Opa Karl noch von seinem Kohlrabi zu kosten, und auf dem Heimweg kaufen wir uns von den Groschen, die uns Oma Erle zugesteckt hat, beim Italiener ein Eis.

Am anderen Tag spricht Günthers Mutter meine Mama beim Flurputzen an. Günther habe in der Nacht gebrochen. Und Bauchschmerzen habe er auch gehabt. Und Durchfall. Sie könne sich das überhaupt nicht erklären.

Ich höre zu und lache mir heimlich ins Fäustchen. Ich kann also doch mehr vertragen als dieser Vielfraß. Geschieht ihm ganz recht! Meine Ehre ist wiederhergestellt.

12. Kapitel

Von unverläßlichen Kollegen und fernsehsüchtigen Nachbarinnen, von Watbinnich und Heinz Maegerlein

In Opa Karls Garten hat Oma Erle noch gesagt, daß ihr so ein Ding nicht ins Haus käme. Drei Monate später, kurz vor Weihnachten 1963, steht dann doch ein neuer Fernseher in ihrer Wohnküche.

Papa schwatzt ihn ihr auf, weil er ihn so günstig über einen Kollegen bekommen kann. »Ein Fernseher gehört in jede Wohnung«, sagt er und denkt wohl an die ihm in Aussicht gestellte Provision. »Du mußt mit der Zeit gehen!«

Oma wehrt sich zwar. »Wenn ich mal was sehen will, komm ich zu euch rüber wie bisher.«

Doch Papa läßt sich nicht beirren. »Und was machst du, wenn du nicht mehr laufen kannst? Bist ja jetzt schon immer mit deinem Kreuz am jammern. Jünger wirst du auch nicht. Und wenn du mal einen Spätfilm sehen willst? Jetzt, wo Kurtchen da ist, kann dich Marlies nicht mehr nach Hause bringen.«

Papas Kollege liefert an.

Ein paar Monate später sagt Oma zu Papa: »Ist doch wirklich nicht schlecht, so ein Fernseher. Ich weiß gar nicht, was ich früher ohne das Ding gemacht hab.«

Jetzt sitzen auch Opa Karl und Oma Martha öfters bei Oma. Opa Karl guckt am liebsten die Westernserie *Am Fuß der blauen Berge*.

Als ich Oma Martha einmal frage, warum sie sich keinen eigenen Fernseher kaufe, meint sie nur: »Ach, Elfi, das lohnt sich doch nicht mehr. Wir sind doch schon so alt.«

Wenige Monate später besitzen auch Opa Karl und Oma Martha ihren eigenen Fernseher.

Auch unsere Wohnung entwickelt sich, seit wir den Graetz haben, immer mehr zu einem Besucherzentrum.

Aufgeregt haben wir uns vor gut einem Jahr um Papa versammelt, als er den Fernseher auf den Tisch stellte. »So, ab heute haben wir unser eigenes Kino-Programm. Aber zuvor muß noch die Antenne aufs Dach. Der Kalle kommt gleich, hat er mir fest versprochen.«

Wer nicht kommt, ist Kollege Kalle.

»Ohne den geht es nun mal nicht«, sagt Papa.

Wir warten. Hanne und ich blättern in der Fernsehzeitung, die Mama heute morgen vom Einkaufen mitgebracht hat. Da steht es: »*Sport, Spiel, Spannung* - 16.00 Uhr.« Das wollen wir unbedingt sehen, und es ist schon halb drei.

»Papa, wie lange dauert denn so ein Antennenbau?«

»Das weiß ich doch nicht«, mault der und wird zusehends nervöser.

»Kurt, heute abend kommt *Watbinnich,* das will ich aber sehen«, sagt jetzt auch Mama.

»Mensch, Marlies, bis dahin sind wir dreimal fertig. Jetzt habt doch endlich mal ein bißchen Geduld!«

Doch Kalle kommt und kommt nicht. Das Kinderprogramm können wir uns von der Backe putzen.

»Ob ich selber aufs Dach steige?« überlegt Papa laut.

»Das laß mal schön bleiben«, sagt Mama. »Laß das mal einen Fachmann machen.«

»Fachmann, Fachmann«, brummelt Papa. »Selbst ist der Mann.« Aber er steigt trotzdem nicht aufs Dach. Er setzt sich aufs Sofa und denkt sichtlich angestrengt nach.

Plötzlich springt er auf. »Ich hab da eine Idee.«

Wir sehen ihn gespannt an.

»Nee, geht wohl doch nicht«, meint er und setzt sich wieder.

Unsere Enttäuschung wird noch größer.

Wenig später zieht Papa seine Jacke an und geht ohne Erklärung aus dem Haus.

Papa ist keine drei Minuten fort, als Kollege Kalle kommt. »Tut mir leid, aber wir hatten Stromausfall. Schöner Kasten, den ihr da habt.«

Mama zeigt ihm die Antennenteile. »Gut, daß du überhaupt da bist. Heute abend kommt *Watbinnich*, weißt du!« Sie will ihm den Weg aufs Dach zeigen.

Kalle sieht sie entgeistert an. »Marlies, das hat gar keinen Zweck, daß ich anfange. Ohne Kurt läuft da nichts. Ich brauche jemand, der mit auf dem Dach hilft.«

Auch das noch! Wir lassen wieder die Köpfe hängen.

»Der Kurt kommt bestimmt gleich zurück. Er wollte nur was besorgen.« Mama versucht zu retten, was zu retten ist.

Als Kalle nach einer weiteren Viertelstunde gehen will, bietet sie ihm ein Bier an.

»Da spuck ich nicht rein, Marlies!«

Kollege Kalle ist bereits bei der vierten Flasche, als Papa endlich kommt. Er trägt einen großen Karton unter dem Arm. Als Papa Kalle sieht, stellt er den Karton achtlos in die Ecke.

»Tag, Kalle«, begrüßt Papa seinen Kollegen, »hast du die Antenne schon oben?«

Mama klärt Papa auf.

»Ach so! Da dann können wir ja jetzt ran.« Er greift sich auch eine Flasche Bier.

»Nee, Kurt, mit vier Flaschen Glückauf intus geh ich nicht mehr aufs Dach. Das ist zu gefährlich, das mußt du einsehen.«

Hanne und ich sehen uns an. Das ist ja wohl eine Gemeinheit, sich auf unsere Kosten einen zu pitschen und dann den Fernseher nicht mal betriebsbereit zu machen.

»Kinders, beim besten Willen nicht. Die Käthe wartet schon mit dem Essen auf mich. Ich komm morgen wieder, bestimmt!«

Mama zuckt mit den Schultern. »War wohl nichts mit *Watbinnich.*«

»Ist doch so, Marlies«, sagt Kollege Kalle beim Rausgehen, »die Vorfreude ist die schönste Freude. So hast du sie jetzt noch einen Tag länger. Und ehrlich, Marlies, ich weiß nicht, was du an dem Lembke findest. Verpaßt nicht viel. Guck dir am Samstag lieber in Ruhe den Lou van Burg an.«

Als Kalle weg ist, knurrt Mama Papa an: »Auf nichts ist aber auch Verlaß! Immer dasselbe mit deine Komoschken!«

Lou van Burg! Pah! Kollege Kalle hat gut reden. Der kennt sich aus. Aber ich? Ich muß mir von Gundula Hering-Kleinschmidt immer erzählen lassen, was ich verpaßt habe. Ich höre schon ihr Gespött, wenn ich meine Erklärung abgebe: »Na klar, haben wir jetzt einen Fernseher, aber sehen kann ich nichts, weil die Antenne fehlt.«

Papa grinst uns alle an.

»Du hast gut grinsen! Ich hab mich so auf *Watbinnich* gefreut. Und Frau Sodinski hab ich auch eingeladen hochzukommen.« Mama setzt sich resigniert aufs Sofa. »Was soll ich der denn jetzt sagen, wo das Heimkino ausfällt?«

Papa grinst immer noch. »Ist ja gut, laß Papa mal machen!«

»Du willst doch wohl nicht ganz alleine aufs Dach. Kurt, das kommt nicht in Frage! Das ist *Watbinnich* auch nicht wert, wenn du mit einem aufgeschlagenen Kopp in den Rosenrabatten liegst.«

»Jetzt reg dich mal ab, Marlies! Papa hat noch ein As im Ärmel. Hanne, Elfi, holt mal den Karton da her!«

Richtig, Papa hat ja einen Karton mitgebracht. Was damit wohl sein soll?

Wir lassen uns nicht zweimal bitten, schleppen den Karton an und reißen die Verpackung auf. Hervor kommt ein unhandlicher Gegenstand mit mehreren Kabeln und ein paar Metallstäbe.

Hanne und ich sehen uns an.

»Macht mir das bloß nicht kaputt!« Papa nimmt uns die Teile aus der Hand und baut sie zusammen. »In drei Geschäften bin ich gewesen, bis ich so was gekriegt hab. Das ist eine Zimmerantenne.«

Es dauert einen kleinen Moment, bis Hanne und ich verstehen, was Papa meint. Dann jubeln wir.

»Hättest du das nicht gleich sagen können!« Jetzt hellt sich auch Mamas Gesicht auf.

»Vati ist doch der Beste, ne!« Papa fummelt die Stecker in die notwendigen Anschlüsse und dreht vorsichtig an der Zimmerantenne.

Zunächst kommt nur Schnee.

»Du mußt mit dem Knopf da den Kanal suchen, Kurt!«

Papa sieht Mama böse an. »Schlauer Hinweis! Danke!«

Papa fummelt und fummelt, und irgendwann haben wir dann tatsächlich Bild und Ton.

»Guck doch mal auf die Uhr, Marlies! *Watbinnich* muß doch gleich anfangen.«

Richtig, denn es schellt.

Frau Sodinski steht vor der Tür. Sie ist beim Friseur gewesen, und ein gutes Kleid hat sie auch angezogen. »Zur Feier des Tages!« sagt sie und legt eine Schachtel Pralinen auf den Tisch.

»Ach herrje! Wie seh ich eigentlich aus!« Mama zieht sich ihren bunten Kittel aus und geht ins Bad, die Haare kämmen.

Frau Sodinski nutzt die Gunst der Stunde und setzt sich auf den besten Platz. Es ist Papas Stammplatz. »Man soll ja nicht so nah rangehn. Das macht die Augen kaputt. Und zu weit weg ist auch nicht gut, da sieht man kaum was. Wieviel Durchmesser hat er denn?« fragt sie Papa, der immer noch an der Antenne fummelt. »Mein Schwager hat einen, der ist 55 Zentimeter. Überlegen Sie mal, 55 Zentimeter! Der ist wie eine Leinwand.«

Hanne und ich sehen uns an. Die soll froh sein, daß sie bei uns gucken kann.

»Und ich hab gehört, Graetz ist auch nicht mehr das, was es mal war.«

»Frau Sodinski! Frau Sodinski!« hebt Papa an.

Zum Glück kommt gerade Mama zurück, so daß sich Papa beherrschen muß. »Hat schon angefangen?« fragt sie.

Auf dem Bildschirm erscheint eine nette, immer lächelnde Ansagerin.

»Die kenn ich«, sagt Frau Sodinski, »da war letztens eine Geschichte über ihr Leben in der *Revue*. Ich glaub, die ist schon zweimal geschieden.«

»Liebe Zuschauer«, sagt die nette Ansagerin, »ich wünsche Ihnen bei unserem politischen Auslandsmagazin eine gute Unterhaltung!«

»Was quasselt die da?« Wir sehen Mama den Schock an. »Das können die doch nicht machen! Kein *Watbinnich* heute?«

»Sie haben doch gesagt, daß der Lembke heute kommt. Haben Sie nicht in die Zeitung geguckt?« fragt Frau Sodinski.

»Ja sicher, da in die *Funkuhr*.«

»Vielleicht hat Ihr Mann den falschen Knopf gedrückt?«

»Quatsch«, sagt Papa grob, »es gibt ja wohl nur ein Programm!« Vorsichtshalber dreht er aber doch noch mal an den Knöpfen.

»Bald soll es aber ein zweites geben«, sagt Frau Sodinski pikiert. »Vielleicht proben die schon?«

Papa blättert in der *Funkuhr* und faßt sich an den Kopf. »Herr im Himmel, das ist ja die Zeitung von nächste Woche!«

Mama sieht ganz bedröppelt aus. »Ich kann ja auch mal einen Fehler machen«, sagt sie kleinlaut.

»Ist ja auch egal«, sagt Frau Sodinski energisch, »da bilden wir uns heute eben mal in der Politik. Hauptsache Fernsehen!«

Egal, was gesendet wird, Hanne und ich sehen in den folgenden Tagen und Wochen jeden Nachmittag fern. Wir kennen das Programm in- und auswendig. Wenn Papa auf Schicht und Mama bei einer Nachbarin zum Rommé ist, schleichen wir auch schon mal abends ins Wohnzimmer. Wir genießen die Filme mit den angebeteten Stars. Das geht solange gut, bis Mama merkt, daß der Apparat heiß ist, als sie nach Hause kommt. Das gibt vielleicht einen Ärger!

Frau Malenki von obendrüber borgt sich immer dann etwas aus, wenn die Quizsendung mit Heinz Maegerlein läuft. Beim ersten Mal denkt sich Mama nichts dabei, als Frau Malenki um ein Täßchen Zucker bittet.

Als Mama in die Küche geht, um das Gewünschte zu holen, nutzt Frau Malenki blitzschnell die Gunst des Augenblicks und äugelt durch den Spalt Wohnzimmertür zum Fernseher.

»Ach, kommen Sie doch näher, Frau Malenki!« Papa hat sie sofort bemerkt.

»Ist schon was Schönes, so ein eigenes Fernsehen.«

Papa sagt bewußt höflich: »Wollen Sie nicht einen Moment Platz nehmen?«

Und ob die Malenki will! Papa hat den Satz noch nicht ganz zu Ende gesprochen, da sitzt sie bereits zwischen Hanne und mir auf dem Sofa. »Sieht ja wirklich gut aus, ihr Kasten. Machen Sie doch mal an!«

»Von mir aus«, sagt Papa und geht zum Fernseher. »Dauert immer ein paar Sekunden, bis die Bildröhre warm ist.«

»Bei den Krahwinkels dauert das immer unendlich lange. Aber die haben auch so einen ganz alten Kasten«, meint Frau Malenki. »Und das Bild ist so schlecht. Es lohnt sich gar nicht mehr, da hinzugehen.«

Papa blättert in der Fernsehzeitung. »Ist denn jetzt überhaupt was Gescheites drin?«

Frau Malenki zuckt mit den Achseln, als ob sie das nichts anginge.

Langsam wird ein Bild sichtbar.

»Ach, der Maegerlein«, sagt Frau Malenki, »das ist aber eine Überraschung. Daß der gerade jetzt im Fernsehen kommt.«

»Was ist denn das für ein langweiliger Fritze», fragt Papa, der so tut, als wenn er Heinz Maegerlein noch nie gesehen hätte.

»Wie, Sie kennen den wirklich nicht«, fragt Frau Malenki empört. »Das ist doch der berühmte Heinz Maegerlein mit *Hätten Sie's gewußt.*« Frau Malenki ist ganz stolz auf ihre Programmkenntnisse, setzt sich in Positur und starrt mit ernster Miene auf den Fernsehschirm.

»Ach, der Maegerlein, der mit seinen komischen Fragen.« Papa scheint jetzt doch einzufallen, worum es geht. »Also ich halt von der Sendung nichts, also rein gar nichts. Ich find die sogar langweilig. Soll ich nicht lieber ausmachen?« Papa blättert in der Fernsehzeitung. »Sie können ja nachher runterkommen, wenn *Der blaue Bock* kommt.«

Papa geht zum Fernseher und tut so, als ob er ihn abschalten will.

Frau Malenki springt auf. »Nein, nein, bloß nicht! Fängt doch gerade erst an! Da kann man sich doch bilden.«

»Naja, ein bißchen Bildung kann ja niemand schaden«, lenkt Papa jetzt ein. »Wenn Sie unbedingt wollen. Ist doch ein schöner Kasten, nicht! Also, dieses Nußbaumgehäuse! Habe ich doch gut ausgesucht, nicht Frau Malenki?«

Frau Malenki hört gar nicht mehr richtig hin, was Papa sagt und fragt. Als Heinz Maegerlein seine Quizkandidaten gerade in die beiden Ratekabinen mit den großen Fenstern schickt, flüstert sie verträumt vor sich hin: »Ist doch schön die Sendung, nicht!« Sie steht langsam auf, geht ganz nah an den Fernseher heran, als ob sie in ihn und Heinz Maegerlein hineinkriechen wolle.

»Frau Malenki, wir wollen auch was sehen, und ich weiß wirklich nicht, was sie an den ollen Glatzkopf überhaupt finden.« Papa grinst Frau Malenki hämisch an.

Doch Frau Malenki lächelt nur noch liebevoller in den Fernseher und fragt: »Ist es denn eigentlich wahr, daß der Heinz Maegerlein auch Sportreporter ist?«

Papa nickt. »Klar, in der Sportschau ist der oft.«

»Und wann kommt denn heute die Sportschau?« Frau Malenki starrt weiterhin wie gebannt auf die Mattscheibe.

Heinz Maegerlein fasziniert Frau Malenki so, daß sie nicht einmal merkt, wie Mama ins Zimmer kommt und ihr den Zukker vor die Nase stellt. In der Folge redet sie nur von Heinz Maegerlein. Die Sendung scheint sie wenig zu interessieren. Nur einmal, als die Kandidatin in Kabine eins ein Geflügeltes Wort erraten muß, da rutscht ihr heraus: »Das ist aber eine schwere Frage! Das kann doch keiner wissen!«

Hanne sagt, was Maegerlein wissen will. Es ist richtig.

»Schlaue Tochter hab ich. Was, Frau Malenki«, sagt Papa lachend.

Als Heinz Maegerlein der Gewinnerin des Quiz' am Schluß der Sendung eine tolle Heizdecke überreicht, guckt Frau Malenki ganz neidisch. »Da möcht ich auch mal mitmachen«, sagt sie verträumt.

»Was wollen Sie denn mit einer solchen Decke? Soll Ihr Mann den Ofen mal besser stochen, dann brauchen Sie so was nicht«, stichelt Papa.

Auch als Papa den Apparat längst ausgemacht hat, starrt Frau Malenki immer noch gebannt auf den Bildschirm.

»Hallo, Frau Malenki, hallo, ist Schluß!« ruft Papa laut.

Frau Malenki steht auf und geht. Als sie in der Tür steht, sagt sie wie abwesend: »Einmal dem Maegerlein die Hand schütteln, das wär was. Ist doch so ein schöner Mann, nicht!«

Bald macht sich Frau Malenki gar nicht mehr die Mühe, eine Ausrede zu erfinden, wenn sie bei uns Fernsehen will. Immer wenn Heinz Maegerlein mit *Hätten Sie's gewußt* kommt, klingelt es fünf Minuten vorher an unserer Tür. Wir können unsere Uhr danach stellen.

Natürlich geht Frau Malenki längst nicht mehr zu den Krahwinkels, drei Häuser weiter um die Ecke. Nicht nur, daß der Weg kürzer ist, weil wir im gleichen Haus wohnen. Frau Malenki lobt immer unser gutes Bild. Wir hätten so ein wunderschönes Bild. Da kämen die Krahwinkels einfach nicht mit.

Bis zur Sportschau bleibt Frau Malenki dann auf jeden Fall und wartet auf einen weiteren Auftritt von Heinz Maegerlein. Und nicht selten sitzt sie stundenlang wie angenagelt auf unserem Sofa, starrt auf den Fernseher und bewundert nach Programmschluß sogar noch das Testbild.

Einmal, wir sind gerade beim Abendbrot, klingelt es.

Frau Malenki steht vor der Tür. Wer sonst? In den Armen trägt sie Lakritztüten und einen Beutel Pfefferminzbonbons.

»Was, Sie sehen sich nicht *Die Familie Hesselbach* an?« Neben Heinz Maegerlein steht bei Frau Malenki auch die beliebte Familienserie hoch im Kurs.

»Nee«, sagt Papa mürrisch, »das hessische Gebrabbel kann ich nicht leiden. Und heute sowieso nicht.«

Aber Frau Malenki läßt nicht locker. »Na, essen Sie erst mal zu Ende. Ich setz mich schon mal hin.

Jetzt greift Mama ein. »Frau Malenki, *Hesselbach* ist verschoben. Vielleicht kommt es aber auch gar nicht. Und so lange bleiben wir nicht auf. Mein Mann hat Morgenschicht.«

»Ach, ist ja ein Ding! Soll ich mal anmachen. Vielleicht kommt es ja doch?« Sie bewegt sich in Richtung Einschaltknopf.

»Frau Malenki, ich hab Ihnen doch gesagt, *Hesselbach* ist verschoben. Wegen dem großen Grubenunglück. Haben Sie davon noch nicht gehört?«

»Grubenunglück? Nee. Mein Mann ist bei Schwiegers in Berlin und legt denen neue Leitungen.«

Ein paar Momente lang sagt niemand mehr was. Dann wagt Frau Malenki einen neuen Anlauf. »Und Sie sehen sich *Die Familie Hesselbach* wirklich nicht mehr an?«

»Die kommen heute abend doch nicht.« Mama schiebt Frau Malenki zur Tür.

»Aber vielleicht ist so ein Grubenunglück ja auch ganz spannend, oder?« Sie will tatsächlich bleiben. »Warum gucken Sie eigentlich nicht? Man muß doch wissen, was mit den Bergleuten los ist!«

Papa ist es überhaupt nicht recht, daß Frau Malenki bleibt. Wenn irgendwo in einer Grube was passiert, geht es Papa tagelang schlecht.

An diesem Abend spricht Papa schließlich mit Frau Malenki in einem sehr barschen Ton. Ja, er beleidigt sie richtig. Aber sie gibt auch zu dumme Kommentare ab.

Frau Malenki sagt daraufhin nichts mehr und verabschiedet sich bald. Sie kommt in den nächsten Wochen nur noch, wenn Papa auf Schicht ist.

Bald darauf hat sie auch einen eigenen Fernseher. Es dauert nicht lange, und auch Frau Sodinski präsentiert stolz ihren ersten Fernseher, der natürlich die größte Mattscheibe im Haus hat.

Irgendwann bekomme ich spitz, daß Hanne aus dem Zimmer schleicht, um Fernsehen zu gucken, wenn sie glaubt, daß ich schlafe. Da mache ich vielleicht ein Theater. Aber ich ziehe als fünf Jahre jüngere Schwester den kürzeren.

Bald kann Hanne sogar aufbleiben, ohne so gemeine Tricks anwenden zu müssen. Sie darf doch tatsächlich die Folgen von *77 Sunset Strip* sehen.

Ich komme mir vor wie ausgestoßen.

13. Kapitel

Von einer schwachen Blase und Totengedenken, von Novembergerüchten und einer ganz schönen Quasselstrippe

Es ist November 1965. Draußen ist es ungemütlich kalt. Es nieselt schon seit Stunden. Typisches Novemberwetter eben.

»Und zieht euch warm an!« Mama sagt das jetzt schon zum dritten Mal.

Im Radio läuft den ganzen Tag nur Trauer- und Kirchenmusik. Hanne hört sonntags immer die Hitparade. Heute fällt sie aus. Und als sie nach dem Mittagessen eine neue Beatles-Platte gespielt hat, ist Mama ins Kinderzimmer gekommen und hat es ihr verboten. »Das gehört sich heute nicht!«

»Hanne, Elfi! Macht schon! Wir wollen endlich weg«, ruft Mama jetzt aus dem Schlafzimmer, wo sie sich umzieht.

Ich helfe Kurtchen gerade dabei, ein Legohaus zu bauen. Hanne lümmelt sich mit einem spannenden Buch auf der Eckbank.

Mißmutig sehe ich aus dem Küchenfenster. »Ich hab aber keine Lust, zum Friedhof zu gehen.«

»Nu macht schon! Allerheiligen gehen wir jedes Jahr zum Friedhof.« Mama läßt sich auf nichts ein.

Hanne und ich gehen ins Mädchenzimmer, wo Mama unsere guten Kleider bereits über die Stuhllehnen gelegt hat. Auch wenn sie nicht mehr von Oma genäht worden sind, da ihre Augen das Nähen nicht mehr mitmachen, wie sie sagt, gut leiden mögen wir diese Rüschenkleider trotzdem nicht. Ich fühle mich in den Sonntagsklamotten nie wohl, weil ich mich darin nicht dreckig machen darf.

Sogar Kurtchen mault: »Mama, die Hosenträger tun weh. Ich will das nicht anziehen.«

»Nu stell dich nicht so an wie ein Baby! Bist doch Mamas großer Junge, und die Oma wird gleich staunen, wenn sie dich sieht.«

Prompt straffen sich Kurtchens schmale Schultern. Denn ein großer Junge zu sein, das zieht bei ihm mächtig. Nur wenn er sich unbeobachtet fühlt, kratzt er sich ständig an der Flanellhose.

Es schellt.

Mama kramt die Plastikregenhaube aus ihrer schwarzen Handtasche und zieht ihre betagten Gesundheitsschuhe an.

Es schellt nochmals.

»Los, beeilt euch mal ein bißchen!«

Papa geht schon mal runter. Im Anzug sehen wir ihn nur an Sonn- und Feiertagen. Richtig wohl fühlt er sich mit dem steifen Kragen bestimmt nicht, denn sobald sich eine Gelegenheit bietet, lockert er mit zwei Fingern die Krawatte, öffnet den Kragenknopf des Nyltesthemdes und atmet erleichtert auf.

Mama schiebt uns Kinder in den Flur, sieht noch zweimal nach, ob auch alle elektrischen Geräte ausgeschaltet sind, und schließt gewissenhaft die Wohnungstür ab.

Unten warten schon Oma Erle, Onkel Kalle und Tante Klärchen, die Kurtchen wieder einmal heimlich etwas zusteckt. Es muß eine Tafel Schokolade sein, der Form nach zu urteilen.

»Dieser miese kleine Scheißer«, zische ich Hanne zu.

Kurtchen streckt mir die Zunge heraus.

»Der ist doch noch so klein«, sagt Hanne, die mit ihren vierzehn Jahren so tut, als ob sie über den Dingen steht.

»Das ist aber einfach ungerecht«, sage ich wütend und denke daran, was Mama mir einmal erklärt hat. Tante Klärchen wollte immer einen Sohn haben, konnte aber keine Kinder kriegen. Das finde ich zwar traurig, aber es ändert nichts daran, daß ich es blöde finde, wenn sie Kurtchen bevorzugt.

»Mensch, habt ihr den immer so eine lange Leitung«, beschwert sich Oma. Man kann sie kaum sehen, weil sie sich gegen den gemeinen Nieselregen durch einen riesengroßen Schirm schützt.

Uns steht jetzt ein längerer Fußweg bevor. Zum Buerschen Hauptfriedhof müssen wir die lange Cranger Straße hinauflaufen.

Der Regen wird stärker. Als wir einige Minuten unterwegs sind, muß Kurtchen pinkeln. Papa geht mit ihm in die nächste Einfahrt, zieht seine Hose runter, aber es dauert und dauert.

»Der Junge holt sich ja was an der Blase«, sagt Tante Klärchen.

»Der Junge holt sich ja was an der Blase«, äffe ich sie nach, und prompt spüre ich einen leichten Schlag im Nacken. Er ist von Mama, die genau gehört hat, was ich vor mich hin gesagt habe. Sie sieht mich böse an.

Kurtchen kann in der Kälte nicht und will zu Hause pinkeln. Mama gibt Papa die Tüte mit den Kerzen und geht mit Kurtchen zurück. Wir gehen schon mal langsam vor.

Nach einiger Zeit holen uns Mama und Kurtchen ein. Mein kleiner Bruder hängt sich sofort wieder an Tante Klärchen.

»Wie ein fetter Kater, der auf eine Maus hofft«, flüstere ich Hanne zu. Ich komme über die ungerechte Behandlung einfach nicht hinweg.

Papa gesellt sich zu Onkel Kalle. »Na Kalle, was meinst du, machen die Bismarck dicht oder nicht?«

Onkel Kalle zuckt nur mit den Schultern, zieht eine Pakkung Overstolz aus der Manteltasche, stellt sich in eine Hausecke und steckt sich eine Zigarette an. Er schnippt das Streichholz in den Rinnstein, wo es in einer Pfütze sofort verlöscht.

Papa läßt nicht locker. »Du bist doch da oben im Büro an der Quelle. Hast du nicht mal was gehört?«

»Wenn du mich so fragst, dann würde ich sagen: Ja, an dem Gerücht ist was dran.« Onkel Kalle zieht hastig an seinem Schmergel. »Sonderbare Geschichten werden seit Tagen erzählt. Angeblich soll ein Zonensender über eine baldige Stillegung von unserem Pütt berichtet haben. Aber niemand weiß was Genaues.«

»Mensch, ist also doch wahr, was überall erzählt wird!«

»Was wirklich wahr ist, weiß der Teufel.«

»Wieso soll aber unser Familienpütt für die da drüben so interessant sein? Wie kommen die überhaupt an die Informationen?«

»Tja, Kurt, politisch bist du wirklich ein bißchen blind. Unsere Zeche ist eine typische Vorzeige-Schachtanlage. Auf so was sind die da drüben richtig scharf.«

»Sicher haben wir technisch was vorzuweisen. Aber gerade deshalb! Bismarck zumachen? Nee, glaub ich nicht!«

»Kurt, das ist eben keine Glaubensfrage, so kompliziert das sein mag. Das ist eine ökonomische Frage. Das ist ein Stück Kapitalismus.«

»Und deshalb haben die vom Osten ihre Schnüffler hier?«

»Eben! Jetzt ist der Groschen bei dir gefallen.«

»Wie, da schicken die zu uns ihre Spione?«

»Das ist für die doch ein gefundenes Fressen. Millionen in Bismarck noch vor kurzem reingesteckt und jetzt zugemacht, die Kumpel auf der Straße.«

»Nee, nee, Kalle, erst vor ein paar Wochen haben wir neue, teure Maschinen bekommen. Hör mal! Unser Pütt ist technisch voll Zukunft. Wo soll das denn ökonomisch sein, wenn ich teure Maschinen anschaffe, die ich dann nicht nutze?«

»Frag mal die da oben! Die haben auf alles eine Antwort.«

»Na, was habt ihr denn wieder für Probleme?« Tante Klärchen tritt an die Seite ihres Mannes, immer noch Kurtchen an der Hand. »Kohle ist doch krisenfest.«

Onkel Kalle lenkt seine Frau liebevoll um eine Pfütze, hört aber nicht darauf, was sie sagt. Er hört nie auf Tante Klärchen. Früher soll sie ihn oft gedrängt haben, neben der Wechselschicht noch die Steigerschule zu besuchen. Doch Onkel Kalle war nicht ehrgeizig. Er kümmerte sich lieber um die Kollegen, denn er war aktiver Gewerkschafter. Jeder konnte zu ihm kommen. Und dann erlitt er vor drei Jahren einen schweren Arbeitsunfall, der ihn für die Grube untauglich machte. Nun arbeitet er im Lohnbüro, und Tante Klärchen legt großen Wert darauf, daß ihr Mann jetzt Angestellter ist. Doch Onkel Kalle bleibt der prima Kumpel, der für alle Zeit hat.

»Hör mal«, wendet er sich jetzt wieder an Papa, »ich verstehe wirklich nicht, warum du damals aus der Gewerkschaft ausgetreten bist. Warum nur? Gerade jetzt brauchen wir jeden Mann.«

Papa ist das Thema gar nicht recht. »Wenn die Gewerkschaft nur aus Leuten wie dir bestehen würde, tät ich es mir überlegen. Aber so ...«

»Wie, aber so?«

»Was haben denn die Bonzen von eurem Verein außer großen Sprüchen drauf? Und viele Kollegen im Betrieb tragen doch dem Steiger die Klötzkes nach Hause.«

»Sowelche gibt es auch. Aber nicht nur. Glaub mal, wir werden die Gewerkschaft demnächst noch brauchen.«

»Nee, nee, Kalle, ich glaub das einfach nicht, daß die Bismarck schließen. Wo sollen denn die Kumpel alle unterkommen? Das wär ja für Erle, für Gelsenkirchen eine Katastrophe. Nee, ich glaub da nicht dran.«

Wir biegen zum Friedhofstor ab. Es dämmert bereits. Mama grüßt einige von den vielen Leuten, die unterwegs sind. Die Männer gehen jetzt schweigend den Weg zum Ehrenmal. Der Regen hat zum Glück aufgehört.

Am Ehrenmal zünden wir Kerzen an. Eine für Opa Gustav, eine für Omas Bruder Heinrich und eine für Schmiddels ihren Sohn, frühere Nachbarn von Oma, die den Gram um ihren früh an einem unbekannten Ort gefallenen Jungen nie überwunden haben und vor einigen Jahren selbst gestorben sind. »War ein guter Junge, der Hannes Schmiddel«, sagt Oma leise. Und dann stellt sie noch eine vierte Kerze auf, weil sie die im Krieg gefallenen Soldaten ehren will, deren Gräber auch irgendwo in fernen Ländern liegen und die vielleicht niemanden mehr haben, der an sie denkt. »Wenn sie überhaupt ein Grab haben«, sagt Oma und sieht traurig drein. Sie denkt dabei wohl auch an ihren Bruder und Opa Gustav.

Die Stachowiaks kommen vorbei, die früher bei Oma in der Siedlung gewohnt haben, aber kürzlich in ein Neubaugebiet im Berger Feld gezogen sind. Egon Stachowiak ist hinter dem breiten Rücken seiner Frau kaum zu sehen. Mama kann die Klatschtante nicht leiden.

»Ach, wir haben uns aber lange nicht gesehen«, wendet Frau Stachowiak sich an Oma. Sie erzählt wie ein Wasserfall. Von der schönen neuen Wohnung, den geraden Wänden, den herrlichen Kacheln im Bad, die sie sich selber aussuchen durften, dem Wunderwerk Zentralheizung und vor allem von einem wunderschönen Balkon aus, von dem man offensichtlich sämtliche Häuser der neuen Siedlung einsehen kann.

Die Stachowiak erzählt tausend Geschichten über die Nachbarn. Oma gibt sich gar keine Mühe, sie zu unterbrechen. »Und haben Sie auch schon von die Trimborn ihre Sigrid gehört? Wissen Sie, die mit die schönen Locken, die immer so tat, als ob sie nur einen Prinzen heiratet.«

Oma nickt. Sigrid Trimborn ist mit Abschluß ihrer Kaufmannsgehilfenlehre zu Hause ausgezogen.

Tante Klärchen und Mama kommen heran.

Frau Stachowiak spricht noch leiser als sonst auf dem Friedhof üblich und kommt ganz nah an Omas Gesicht, als ob sie ihr ein Staatsgeheimnis anvertrauen wolle.

»Die ist schwanger!«

Langsam zieht sie ihren Kopf wieder zurück, etwas weiter, als er sonst sitzt, und betrachtet so aus der Distanz die Wirkung ihrer Mitteilung.

Mama und Oma sehen sich überrascht an.

Tante Klärchen ruft: »Das ist ja ein Ding!«

Als die Stachowiak merkt, daß sie eine echte Neuigkeit verbreitet hat, schwellt ihre Brust, und ihr Gesicht wird noch wichtiger als vorher. Nochmals beugt sie sich vor und sieht sich nach allen Seiten um, ob sie wohl belauscht würden.

»Die ist schon im fünften Monat.«

Wieder wartet sie die Reaktionen der Frauen ab.

»Ach, was Sie nicht sagen!«

»Jawohl! Soll der Udo Schlosser sein, der Sohn vom alten Schlosser, der in der Bahnstraße wohnt. Wissen Sie, wen ich meine? Ich meine nicht den Schlosser von der Gertraud, der Friseuse von der Cranger Straße, sondern den Schlosser, der die Hilde Holstein damals heiraten mußte, wissen Sie?«

»Wie die Alten, so die Jungen.« Oma gelingt es, auch einmal einen Satz loszuwerden.

»Ja, wissen Sie, ich meine, das ist ja heutzutage wirklich kein Verbrechen mehr. Ich will mal sagen, daß wir ja nicht im Mittelalter leben, will ich mal sagen. Aber was nicht geht, geht nicht! Ist doch richtig, nicht? Wir konnten uns schließlich auch nicht alles erlauben.«

Tante Klärchen nickt still und schaut etwas traurig drein.

Die Stachowiak hält mit ihrem Redeschwall kurz inne.

Mama hat sich bei ihren letzten Worten bewußt abgewendet und kümmert sich jetzt um Kurtchen. Ihr paßt sichtlich das Geschwafel der Stachowiak nicht, weil sie an Hannes Geburtsdatum erinnert wird.

»Wissen Sie«, redet die Stachowiak sogleich mit einem stechenden Seitenblick zu Mama weiter auf Oma und Tante Klärchen ein, »moralisch oder so ist mir das ja wirklich egal, was die Sigrid da mit ihrem Leben macht. Ihre Marlies war ja auch noch nicht getraut, als sich die Hanne anmeldete.«

Sie ist den Hieb tatsächlich losgeworden.

»War doch so ein nettes kleines Mädchen mit Zöpfen damals, die Sigrid. Und die beste in der Schule. Und das nette Kleid mit den Spitzen bei der Konfirmation. War das nicht schön? Nein, wie lange ist das wohl her? '57 oder '58? Da waren doch auch der Rolf Neubauer und der Gerd Bojahr dabei. Der Gerd hat sich wirklich gemacht. Der soll demnächst schon seine Meisterprüfung machen. Hat auch eine wirklich nette Verlobte. So zurückhaltend. Richtig lieb. Übrigens, die Sigrid soll ja auch in der Partei sein. Ich mein, muß denn ein Mädchen Politik machen?«

Oma weiß keine Antwort, und Tante Klärchen braucht zu lange, um Atem zu holen, so daß die Stachowiak ununterbrochen fortfahren kann.

»Ja, sehen Sie mal, der Udo hat ja seine Gesellenprüfung nicht bestanden und will alles hinschmeißen. Der will nicht auf den Pütt. Der will noch mal zur Schule gehen. Weiterbildung! Daß ich nicht lache. Aber von Luft kann er doch keine Familie ernähren. Oder? Mein Egon ist 35 Jahre auf dem Pütt und hat sich seine Knochen kaputtgemacht. Und wissen Sie was! Seine Silikose wird nicht anerkannt. Fehlen ihm ein paar Prozente. Dabei hustet der manchmal die ganze siebte Sohle aus. Egon, huste doch mal! Ich mein, das ist ungerecht. Egon huste doch mal!«

Oma nickt. Tante Klärchen nickt ebenfalls.

»Und wissen Sie was! Ich will ihnen noch was verraten. Ob der Udo die Sigrid heiratet, ist noch gar nicht raus. Das hat die dann davon. Ich sag meiner Ingrid immer, die Männer laufen schon nicht weg. Es gibt genug von der Sorte. Wir haben doch auch nicht jeden rangelassen, oder?« Die Stachowiak lehnt sich in ihr Kreuz und ist mit ihrer Rede sichtlich zufrieden.

»Aber die Sigrid ist doch ein nettes Mädchen«, kommt jetzt Mama zu Wort, die sich wieder dazugesellt hat. »Die Sigrid hat eine gute Lehre gemacht und mit ihrer Stelle bei der AOK ein gutes Auskommen. Die wird sich schon durchschlagen, die weiß, was sie will. Und der Udo ist auch nicht so ein Schlechter. Muß ja nicht jeder auf dem Pütt seine Knochen für die andern zerschlagen lassen. Das ist schon ganz richtig, daß der einen andern Weg geht.«

»Wenn Sie meinen«, zuckt die Stachowiak pikiert mit den Schultern. »Aber wie will denn die Sigrid durchkommen? Mit so einem Balg am Hals. Wie will die denn das machen? Alleinstehend! Und was ist dann? Da kann die doch nicht mehr arbeiten, wo die sich mit ihre Eltern gestritten hat noch dazu. Ich sag ihnen, wenn das stimmt, was die Stolze mir noch erzählt hat, gehen bei ihr die Männer aus und ein. Richtige politische Sitzungen machen die bei ihr. Wer weiß, ob das Kind überhaupt von ihrem Udo ist.«

»Frau Stolze kenne ich nicht. Wer ist das denn?« fragt Oma nach.

»Wissen Sie, Frau Stolze ist eine Bekannte von der Ilse Fleischhauer, mit der wir kegeln. Die weiß einfach alles, kann ich Ihnen sagen. Ich komm da manchmal aus dem Staunen gar nicht raus. Ne, Egon, ist doch so! Die weiß wirklich alles, noch mehr wie ich. Und reden tut die. Da kommt keiner dazwischen. Und die hat einen Schwager in der Karlstraße wohnen. Und als die mal mit zum Kegeln war, mit der Fleischhauer, da sind wir irgendwie auf die Sigrid zu sprechen gekommen. Die Stolze wohnt nämlich in der Nebenstraße von der Sigrid und kennt eine Nachbarin von gegenüber von ihr, und die kennt die Nachbarin von der Sigrid, ich glaube, die heißt Puzicha oder Putzig oder so. Egon, wie heißt noch mal die Bekannte von der Bekannten von der Stolze?«

»Weiß ich auch nicht.«

»Ist ja auch egal. Auf jeden Fall hat die eine Tochter, die schon mal mit die Sigrid verkehrt. Und die hat ihrer Mutter erzählt, daß die Sigrid um die Hüften herum so zugenommen hat. Und deshalb glaubt die, daß die Sigrid mindestens im fünften Monat ist.«

»Ach«, sagt Tante Klärchen. Mama und Oma bleibt der Mund offenstehen.

Oma findet zuerst ihre Sprache wieder. »Wie, das ist alles nur ein Gerücht, was Sie uns da erzählen?«

Jetzt bekommt Frau Stachowiak ihren Mund einen Moment lang nicht auf, weil sie offensichtlich nicht versteht, was Oma meint. »Wie, ein Gerücht? Ich bin doch keine Tratschtante! Egon, nun sag doch mal, das ist doch kein Gerücht, du hast doch selbst gehört, wie die Stolze gesagt hat, daß die Sigrid schwanger ist, ne!«

»Also, ich weiß nicht«, sagt Oma, »wo die Mädchen momentan alle Hängerchen tragen, die die Figur so verschandeln.«

»Mutter, das ist eben heute Mode. Ich finde das gar nicht schlecht. Aber das von der Sigrid glaube ich nicht. Die Sigrid ist ein vernünftiges Mädchen. Das ist nur ein Gerücht«, sagt Mama.

»An jedem Gerücht ist was Wahres dran«, meint Frau Stachowiak. »Und ich weiß noch eins. Egon, komm mal rüber, erzähl du mal! Egon! Komm mal rüber!«

Egon kommt zu den Frauen. Papa und Onkel Kalle kommen mit.

»Erzähl mal, was du gehört hast!«

»Was soll ich erzählen?«

»Was du gehört hast.«

»Ja, was denn? Ich höre viel, wenn der Tag lang ist.«

»Egon, das von der Zeche.«

»Ach ja! Bismarck macht zu.«

»Ach, das ist ja wirklich eine echte Neuigkeit«, mischt sich nun Onkel Kalle ein.

»Mein Mann, mein Bruder, meine halbe Verwandtschaft ist auf Bismarck«, jammert die Stachowiak. »Was soll nur aus uns werden?«

Onkel Kalle antwortet ihr ruhig und ernst: »Wir wollen die Pferde mal nicht scheu machen und abwarten. Gehört haben wir von dem Gerücht auch. Aber die Betriebsleitung hat noch nichts gesagt.«

»Wenn Sie sich darauf verlassen wollen. Die sagen doch sowieso erst was, wenn es zu spät ist«, sagt die Stachowiak.

»Die Gewerkschaften und die Politiker haben da aber auch noch ein Wörtchen mitzureden«, sagt Onkel Kalle.

Papa lacht, es klingt aber traurig. »Na Kalle, du kennst ja meine Meinung. Da bist du wohl ein bißchen optimistisch. Die Politiker verscheißern uns kleine Leute doch seit eh und je.«

»Nee, warte mal ab, Kurt, was wir da noch inszenieren werden. Und wenn wir denen die Kohle vor ihre Häuser schütten. So leicht lassen wir uns nicht kleinkriegen.«

Die Erwachsenen diskutieren noch eine ganze Zeitlang, bis wir das Haupttor des Friedhofs erreichen und die Stachowiaks sich verabschieden. Schon bald schläft Kurtchen auf Onkel Kalles Arm.

Es fängt wieder an, leicht zu nieseln. Papa schlägt aber nicht nur deshalb einen schnellen Schritt an. Die Männer wollen pünktlich zu Hause sein, um die Sportschau nicht zu verpassen. Bald schlagen auch Onkel Kalle und Tante Klärchen einen anderen Weg ein. Wir vier wollen erst Oma nach Hause bringen, was für uns keinen großen Umweg bedeutet.

Als wir vor Omas Haustür stehen, ist aus dem Nieselregen ein Regenschauer geworden. Damit wir nicht klätschnaß werden, schlägt Papa vor, bei Oma zu warten. Mama zögert einen Moment. Sie meint, daß es für uns Mädchen zu spät werden könnte. Schließlich müssen wir früh in die Schule. Ich soll morgen eine wichtige Rechenarbeit schreiben.

Als Oma uns zum Abendessen einlädt, ist Mamas Widerstand fast gebrochen. Und als sie zum Himmel blickt, sagt sie schnell: »In Gottes Namen! Jetzt aber schnell rein, bevor wir nach Hause paddeln müssen.«

Augenblicklich setzt tatsächlich ein richtiger Wolkenbruch ein. Da können wir froh sein, im Trockenen zu sitzen.

Hanne und ich freuen uns, denn so hat der Tag noch einen gemütlichen Abschluß gefunden, den uns auch Kurtchen nicht verderben kann.

Papa hat Kurtchen, der immer noch schläft, aufs Sofa gelegt und ihn mit einer Decke versorgt. Mama hilft Oma bei den Vorbereitungen fürs Abendbrot, und Papa spielt mit Hanne und mir Mau-Mau. Allerdings verliert er jedesmal, weil er weniger auf die Karten, dafür um so mehr auf den Bildschirm guckt, wo irgendein blödes Fußballspiel läuft.

Als Oma den Tisch deckt, zwickt Papa ihr in den Arm. »Ich hab da das Gerücht gehört«, schmunzelt er, »du hättest hier irgendwo so eine schöne kleine Flasche Rum versteckt, und heißes Wasser für einen Grog gebe es bei dir auch.«

»Nee«, sagt Oma, »das ist kein Gerücht. Das ist die Wahrheit.«

14. Kapitel

Von einer merkwürdigen Marktforschung, von Weihnachtsritualen und einer schönen Bescherung

»Heute nachmittag suchen wir einen schönen Tannenbaum aus!« Papa steht auf, holt einen Zollstock aus dem Wandschrank und überprüft wie in jedem Jahr die Zimmerhöhe. Ob unsere Wohnung wohl innerhalb von zwölf Monaten gewachsen oder geschrumpft ist? Aber das ist eben so bei uns und gehört zu Papas Weihnachtsritual.

Wir sind dick in unsere Wintermäntel verpackt und gehen los.

In fast jeder Toreinfahrt der Cranger Straße stehen die Händler und wärmen sich die klammen Finger an einer Tasse dampfenden Glühweins.

Wir sind mal wieder spät dran, und die Auswahl ist nicht mehr groß. Jedes Jahr will Papa schon drei Wochen vorher Ausschau halten, aber immer wird daraus der Morgen an Heiligabend.

»Was soll der kosten?« Papa wendet sich an einen dicken Händler, der sich gerade eine heiße Bratwurst schmecken läßt.

»Fuffzehn Märker«, sagt der nur lakonisch.

Papa winkt ab, obwohl wir Kinder meinen, daß der Baum für unser Wohnzimmer ganz schön sei.

»Zu teuer«, sagt Papa und ruft Kurtchen, der irgendwo zwischen den Bäumen verschwunden ist.

Papa geht weiter, wir trotten hinterher. Es ist immer dasselbe. Mindestens sechs verschiedene Händler fragt Papa, bis er beim siebten schließlich eine Blautanne kauft.

Ich sehe meinen Vater verständnislos an. »Der allererste Baum war doch viel schöner und genauso teuer. Warum haben wir denn den nicht genommen?«

»Weil man zunächst das gesamte Angebot überprüfen muß. Man kauft eben nicht gleich den erstbesten Baum.«

Papas Marktforschung ist irgendwie merkwürdig.

Steht der Tannenbaum am Heiligabend endlich im Wohnzimmer, beginnt die alljährliche Suche nach dem Baumständer.

»Du hast ihn doch im letzten Jahr verpackt, nun such ihn auch«, meckert Papa Oma an.

Die rennt in die Küche, wo Mama den Kartoffelsalat zubereitet. »Gib mal den Baumständer her.«

Erstaunt trocknet sich Mama die Hände an der Schürze ab. »Ich soll den Ständer haben? Nee, ich hab ihn auch nicht. Ich weiß auch nicht, wo der ist.«

»Ja, Herr im Himmel, einer muß doch diesen blöden Ständer im letzten Jahr eingepackt haben!« Papa rennt aufgeregt im Wohnzimmer hin und her.

Meine Schwester und ich bringen uns im Kinderzimmer in Sicherheit. Wir wissen, was jetzt kommt. Mama schiebt uns Kurtchen noch rein, der anfängt zu schreien. Durch die geschlossene Tür hören wir, wie die Erwachsenen im Wohnzimmerschrank wühlen.

»Allen Mist findet man hier, nur nicht, was man sucht.« Wütend wirft Papa Mamas Strickzeug auf den Teppich.

Das kann ja heiter werden. Ihr Strickzeug geht Mama über alles, und daß Papa es durch die Gegend wirft, nimmt sie ihm wirklich übel.

Dann fällt ihr etwas ein: »Hast du den Ständer nicht letztes Jahr nach dem Plündern in den Keller gebracht?«

Papa denkt nach, dann erinnert er sich: »Kannst du da nicht eher drauf kommen? Na klar, ich wollte ihn doch reparieren.«

»Und hast du ihn auch fertig gemacht?«

Papa sagt nichts und geht in den Keller.

Die Luft ist wieder rein, und wir schleichen uns in die Küche.

Es wird drei Uhr, es wird vier Uhr, aber Papa läßt sich nicht blicken. Jeder weiß, was los ist, aber niemand sagt etwas. Oma bringt den fertigen Kartoffelsalat in die Kammer und steckt sich vor dem Spiegel den Dutt neu auf.

Endlich hören wir Papas Schritte auf der Treppe.

Stolz hält er den reparierten Baumständer in seinen Händen. »Was, euer Vater macht das schon!« Beifallheischend trägt er den Ständer zu dem kleinen Tischchen neben dem Sofa.

Es sagt immer noch niemand etwas.

Als der Baum eingestielt ist, holt Papa die Pulle Schnaps aus dem Kühlschrank. »Für jede Kugel einen Klaren.«

Wir kennen diesen Vorgang gut.

Papa beginnt mit der Tannenbaumspitze.

»Die ist schief!« Oma blickt ungnädig über den Rand ihrer Brille.

»Und die ist nicht schief!« Papa schmückt weiter und singt vor sich hin.

Doch Oma gibt eine einmal gefaßte Meinung nicht so schnell auf. »Marlies, komm doch mal gucken«, ruft sie in die Küche, »ist die schief oder nicht?«

»Ist die schief oder nicht?« fragt nun auch Papa und sieht beschwörend in Richtung Küchentür, wo Mama auftaucht.

»Ich glaube«, sagt Mama vorsichtig überlegend, »ich glaube, die Spitze ist nur ein wenig schräg.« Sie verschwindet sofort wieder in ihre sichere Küche.

Papa stellt den Stuhl vor den Baum und steckt die Spitze neu auf. »So endlich gut, Oma?«

Oma sagt er eigentlich nie, nur dann, wenn er sich über seine Mutter ärgert.

Oma zuckt nur mit den Achseln. »Ich darf ja wohl mal meine Meinung sagen, oder?«

Auf jeden Fall ist die Spitze nun wirklich gerade, und wir reichen Papa die Kugeln an: eine goldene, einen Schnaps, eine braune, einen Schnaps, Lametta, einen Schnaps und ein böser Blick von Mama.

Im Radio ertönt *Fröhliche Weihnacht überall*, und Papa schwankt schon ein bißchen. Zum Schluß wirft er die goldenen Lametta-Fäden ganz lässig aus der Hüfte in Richtung Tannenbaum. Voller Stolz legt Papa noch letzte Hand an sein Werk und legt sich dann auf die Couch. Nach wenigen Minuten schläft er fest und selig.

Wir Kinder sehen uns im Fernsehen die Sendung *Warten aufs Christkind* an. Mama und Oma decken den Tisch festlich mit Tannenzweigen.

Plötzlich gibt es einen klirrenden Rums, und der so mühsam geschmückte Tannenbaum liegt quer überm Wohnzimmertisch.

»Um Gottes Willen! Das ist ein schlechtes Omen!« schreit Oma.

Hanne und ich versuchen, den Baum wieder aufzustellen. Vergeblich! Papas reparierte Lötstelle am Ständer ist aufgebrochen, doch der so stolze Handwerker liegt immer noch schnarchend auf der Couch.

»Laß den mal schlafen. Diesmal machen wir das selber.« Resolut holt Oma eine alte Zinkwanne aus dem Keller und füllt sie mit Eierkohle. Dann stellt sie die Wanne auf den kleinen Tisch. »So, nun hat der erst mal Gewicht.«

Gemeinsam stemmen wir die Blautanne in den Eimer und bedecken den Stiel abermals mit Kohle.

In der Zwischenzeit hat Mama Paketband geholt. Damit binden wir den Baum an die Bildernägel in der Wand. Endlich wackelt nichts mehr. Vorsichtig heben wir die Kugelscherben vom Teppich auf und legen das Lametta auf die Zweige zurück.

»Was ein Glück, daß die Wachskerzen noch nicht brannten«, meint Hanne und holt Streichhölzer aus der Küche.

»Halt!« ruft Oma. »Erst mal einen Eimer Wasser holen und eine Decke. Die kommen in die Ecke, wenn es wirklich mal brennen sollte.«

»Ach du meine Güte«, ruft Mama, »wie sehen wir nur aus!«

Wir blicken an uns hinunter. Alle sind von der Eierkohle verschmiert. Kurtchen hat sich sogar das Gesicht angemalt. Wir gehen uns erst mal säubern. Gut, daß wir noch nicht umgezogen waren.

Dann weckt Mama Papa, und Oma zupft nochmals an den Kleidern von meiner Schwester und mir, und Kurtchen mopst sich schon mal einige Pfeffernüsse aus dem Weihnachtsteller.

Jetzt ist auch bei uns Heiligabend.

Oma verteilt kleine Bücher mit Weihnachtsliedern, und dann singen wir alle zusammen *Stille Nacht, Heilige Nacht.* Hanne spielt noch zwei Lieder auf der Flöte vor. Danach dürfen wir endlich unsere Geschenke auspacken.

Hanne bekommt einen silbernen Ring und warme Stiefel, Kurtchen ein Auto mit Aufdrehschlüssel, und ich freue mich wie eine Königin über die langersehnten Bücher *Susanne Barden*. Oma haben wir Kinder eine neue Rührschüssel gekauft. Mama bekommt eine bunte Schürze mit knallroten Kirschen auf der Tasche und Papa ein paar Wollhandschuhe.

»So, und nun packen wir das Paket von Oma und Opa Harz aus!« Mama wuchtet das schwere Ding auf den Tisch.

Wir wickeln Wurstdosen, einen Schinken, getrocknete Pfifferlinge und unzählige Marmeladengläser aus. Ganz unten liegen die Geschenke für uns Kinder: je ein paar derbe Schuhe. Dazu hat Oma Harz einen Brief gelegt: »Die Schuhe haben wir extra etwas größer gekauft. Zum Reinwachsen. Besser etwas größer als zu klein. Das gibt nur Blasen!«

Mit spitzen Fingern nimmt meine Schwester ihre Schnürschuhe entgegen. »Ich hätte doch lieber mal Pumps mit Absatz.«

Ich probiere mein Geschenk gehorsam an und vertiefe mich dann in eines der neuen, so geliebten und ersehnten Bücher.

»Essen!« Oma klopft mit der Gabel an die Keramikschüssel.

Jeder erhält einen Schlag Kartoffelsalat und ein Würstchen. Zum Nachtisch gibt es Vanilleeis mit heißen Kirschen, die Oma aus ihrem Einmachvorrat spendiert hat. Hanne und ich müssen anschließend noch ein paar Lieder flöten, und wir singen alle gemeinsam noch mal Weihnachtslieder.

Als die Weihnachtslichter am Tannenbaum langsam verlöschen, zündet Oma eine mitgebrachte Petroleumlampe an. Das warme Licht wirft unsere Schatten an die Wand und zeichnet die Konturen des Tannenbaums auf den Teppich.

»Für mich wird es Zeit.« Papa steht auf, um seine Arbeitstasche zu packen. Mama richtet die Arbeitsbrote und legt die Teeflasche auf den Schuhschrank.

Morgen Kinder wird's was geben erklingt es aus dem Radio.

Morgen früh muß Papa um 6 Uhr auf dem Pütt sein. Etwas neidisch denke ich daran, daß meine Freundin Susanne am ersten Weihnachtstag immer mit ihren Eltern essen geht.

15. Kapitel

Von einer traurigen Demonstration, von Rutschpartien und von einem stolzen Autobesitzer, der noch einiges lernen muß

Die Gerüchte um die Schließung von Bismarck stellen sich nach und nach als Wahrheiten heraus, als bittere Wahrheiten. Der Kohle geht es 1966 außerordentlich schlecht.

Papa erzählt ständig etwas von dramatisch absackenden Umsatz- und Absatzzahlen. Jeden Tag liest er den Wirtschaftsteil der Zeitung. Überall, wo wir hinkommen, wird nur noch über die Zeche, über die Zukunft der Kohle und unsere Zukunft geredet.

Hanne und ich spüren, daß unsere Eltern Angst haben vor dem, was da kommt. Da interessiert uns nur am Rande, wenn im Fernsehen gesagt wird, daß die sowjetische Raumsonde Luna IX auf dem Mond gelandet ist oder ein amerikanischer Astronaut sich für zwei Stunden im Weltraum aufgehalten hat. Unsere Familie plagen andere Sorgen.

Was es für uns wirklich bedeutet, wenn Papa arbeitslos wird, kann ich nicht ermessen. Ich ahne nur, daß es etwas sehr Schlimmes sein muß, wenn Papa von der Zeche keinen Lohn mehr kriegt.

»Ein bißchen Geld werden wir schon noch haben«, tröstet mich Mama, als sie merkt, wie sehr auch ich mich mit der Zukunft beschäftige. »Papa kriegt dann Stempelgeld vom Arbeitsamt.«

So richtig kann ich mir das nicht vorstellen, warum Papa fürs Stempeln Lohn kriegen soll. Ich tröste mich mit dem Gedanken, daß wir auf keinen Fall verhungern müssen. Allerdings ekele ich mich vor Mamas Plänen für eventuelle Notzeiten, die nach ihrer Ansicht wohl oder übel auf uns zukommen. »Dann kommt eben wieder zweimal die Woche Klunkersuppe auf den Tisch«, sagt Mama. »Die hat früher auch satt gemacht.«

Oma Erle hat auch ein patentes Ersatzessen parat. »Zur Not eßt ihr Steckrüben. Die haben mich durch zwei Kriege gebracht. Ich kenn da ein paar gute Rezepte.«

Doch so schlimm wird es zum Glück nicht, wenngleich Oma und Opa Harz, bevor noch eine Zeche in Gelsenkirchen dichtmacht, glauben, wir seien schon jetzt halb am verhungern.

Zumindest lassen darauf die großen Freßpakete schließen, die sie uns alle zwei Wochen schicken. »In der Not müssen wir zusammenhalten«, schreiben sie uns und laden Hanne und mich ein, unsere Ferien im Harz zu verbringen. Den Zillertal-Urlaub haben unsere Eltern dieses Jahr gestrichen.

Opa und Oma Harz sind besorgt, weil sie im Fernsehen die großen Demonstrationen der Bergleute aus dem ganzen Revier sehen.

Bei der großen Versammlung auf dem Buerschen Marktplatz ist auch Papa dabei. Es nimmt Hanne und mich mit. Es ist seine und unsere allererste politische Demonstration.

Anfang Februar 1966 hat die DEA, die Deutsche Erdöl AG, in Hamburg endgültig die Schließung Bismarcks beschlossen. Am 19. Februar wollen alle Bergleute aus dem Ruhrgebiet zeigen, was sie von diesem Beschluß halten. Nämlich nichts.

Wir haben unsere besten Sachen angezogen, Papa geht im dunklen Anzug und dunklen Mantel wie alle anderen Bergleute auch. Viele erscheinen auch in traditioneller Knappenkluft.

Eine Bergmannskapelle spielt. Die Männer halten Schilder und Transparente in die Höhe, auf die sie ihre Proteste gegen die Politik der Regierung geschrieben haben. Nicht nur die Belegschaften der Bismarck-Zechen treffen sich, sondern auch von auswärts kommen viele Kollegen und Knappenvereine.

Als wir beim Treffpunkt, der Bezirkssportanlage an der Oststraße in Erle, ankommen, sind schon viele tausend Menschen versammelt. Von hier aus geht es zu Fuß die Cranger Straße hoch zum Marktplatz in Buer. Viele Spielmannszüge und Bergmannskapellen begleiten mit Musik den Zug. Kaum jemand redet was.

Der Buersche Marktplatz ist berstend voll. Die schwarz gekleideten Menschen bilden eine dunkle Menge, die immer dichter wird. Ein Meer von schwarzen Fahnen verbreitet ebenfalls Trauerstimmung. Ich komme mir vor wie auf einer großen

Beerdigung. Etwas Ähnliches ist es ja auch. Schließlich sollen Graf Bismarck und Dahlbusch, zwei große Zechen Gelsenkirchens, geschlossen werden. Es ist düster, und selbst der Himmel weint.

Es sind so viele Menschen da, daß ich nicht einmal den Redner sehe, den ich allerdings über den großen Lautsprecher, in dessen Nähe wir Platz gefunden haben, gut verstehen kann. »Das ist Walter Arendt, der erste Vorsitzende der IG Bergbau«, flüstert Papa Hanne zu.

Mir sagt der Name gar nichts. Ich interessiere mich mehr dafür, was um mich herum vorgeht.

Immer wieder klatschen die Leute laut Beifall, manchmal buhen oder pfeifen sie auch. Warum sie das tun, begreife ich kaum, genausowenig wie das, was der Redner da vorne mit manchmal wütender, aufbrausender, manchmal trauriger Stimme vorträgt. Besonders laut empören sich die Bergleute, als der Name des dicken Bundeskanzlers genannt wird. Der Vorsitzende der Gewerkschaft kann kaum weiterreden.

Die Bergleute sind enttäuscht und haben Angst. Aber zum Krawall, wie ein Kollege von Papa noch auf dem Marsch befürchtet hat, kommt es nicht.

Papa hat uns Kinder schon beinahe nach Hause bringen wollen, weil er Angst bekam, daß uns etwas passieren könnte. Aber Hanne und ich wollen dabei sein. Wir spüren, daß es hier um wichtige Dinge geht.

Ganz plötzlich ist die Versammlung zu Ende. Viele bleiben trotzdem noch stehen und sehen sich fragend an. Was jetzt? Was bringt die Zukunft?

Als wir mit Papa und ein paar Kollegen die Cranger Straße zurückgehen, stehen diese Fragen, auf die niemand eine Antwort weiß, in ihren Gesichtern geschrieben. Die Männer sind traurig, verbittert und wütend zugleich. Doch niemand weiß, was zu tun ist. Die Männer fressen ihre Wut in sich hinein.

An der Darler Heide verabschieden sich die Kollegen von Papa. Die Männer geben sich stumm die Hand zum Abschied, dann umarmen und drücken sie sich, und es stehen Tränen in ihren Augen.

Der Wirtschaftswunderkanzler tritt in diesem Jahr zurück. Das Wirtschaftswunder ist zu Ende.

Dahlbusch und Graf Bismarck schließen ein für allemal ihre Pforten. Viele von Papas Bekannten werden arbeitslos, und nicht nur Bergleute, auch Metall- und Stahlarbeiter. Eine Menge Leute ziehen aus Erle und Gelsenkirchen fort und suchen sich, an anderen Orten und in anderen Berufen, neue Arbeit.

Die Zechen sterben, die Kohle hat schlechte Karten, die Politiker gehen, die Sorgen bleiben.

Die Stimmung in unserer Familie ist weiter gedrückt. Was aus Papa werden soll, wissen wir vorläufig nicht.

Alles ist offen: Versetzung, Arbeitslosigkeit, Umschulung. Weil er noch recht jung ist, hofft er, auf einer anderen Zeche Arbeit zu bekommen. Das würde bedeuten, aus Erle wegziehen zu müssen.

An einem Montag kommt Papa nach Hause und hat gute Nachrichten. Er ist nach Herten-Westerholt auf die Schachtanlage *Schlägel & Eisen* versetzt worden.

Endlich ist sein Schicksal geklärt und damit auch das unserer ganzen Familie.

Die Stimmung verbessert sich schlagartig, zumal damit klar ist, daß wir nicht umziehen müssen.

Papa macht sofort Pläne für den nächsten Urlaub. »Ob wir auch mal nach Mallorca fliegen?«

Mama sieht ihn an, als ob er mit uns zum Mond fliegen wolle. »Du hast sie wohl nicht mehr alle beisammen! Jetzt können wir endlich die Küche und Korridor tapezieren. Vier Jahre sind sie nicht gemacht worden. Morgen kannst du Tapeten kaufen gehen.«

Papa legt die Füße auf den Tisch und zündet sich einen Schmergel an. »Weißt du, was ich mal mach, wenn ich Rentner bin, Marlies? Jeden Wunsch les ich dir von den Augen ab. Unsere Wohnung renovier ich dir alle drei Wochen, wenn du willst. Und von den Spaziergängen bring ich dir Wiesenblumen mit.«

»Du spinnst ja! Sei froh, daß du Arbeit hast.« Mama schüttelt den Kopf.

Papa lacht Mama an und nimmt sie in den Arm. »Sollen wir nicht vielleicht doch in Urlaub fahren?«

»Kurt, ich glaub, du hast sie wirklich nicht mehr alle.«

»War ja nur ein Scherz. Aber einen schönen Urlaub können wir doch wirklich mal wieder planen. Schließlich waren wir dieses Jahr nicht weg wegen der Krise. Sollen wir nächstes Jahr wieder nach Österreich, ins schöne Zillertal?«

Und dann spricht Mama ein Machtwort: »Urlaub gibt es erst, wenn wir eine gute Rücklage haben für schlechte Zeiten. Überstanden ist die Krise noch lange nicht. Basta!«

Der gerade erst geplante und schon wieder gestrichene Urlaub tut unserer Aufbruchstimmung keinen Abbruch. Nur als Papa erzählt, wieviele Kollegen in den Ruhestand müssen oder in die Umschulung, da wird es wieder ernster. Und dann fällt Papa ein, daß er ja zu Fuß die neue Zeche kaum erreichen kann, ohne zu lange unterwegs zu sein.

Die meisten Bergleute besitzen keinen Führerschein, geschweige denn ein Auto. Unser Papa auch nicht. Warum auch? Die Zeche lag ja vorher ganz in der Nähe.

Doch was tun? Wir können zwar in Erle wohnen bleiben, aber Papa muß sich etwas einfallen lassen.

»Unser Opa sein Bruder ist damals noch bis nach Oberhausen gelaufen«, meldet sich Oma Erle bei ihrem nächsten Besuch zu Wort.

»Ja, zwangsweise«, meint Papa, »weil er ein Roter war und in Gelsenkirchen auf der Liste stand.«

»Ob Rote oder Schwarze, gelaufen sind sie damals alle, stundenlang, manchmal auf blanken Sohlen.«

»Oma«, sagt Hanne, »die Zeiten sind doch lange her.«

»Na und«, gibt Oma zurück, »ihr seid heute einfach zu bequem. Für jede fünfzig Meter laßt ihr die Straßenbahn vorfahren. Vor dem Krieg ist der Gustav noch mit sein Rad bis nach Duisburg gefahren. Neun Monate lang. Hin und zurück. Seine Arschbacken waren oft genug durchgescheuert.«

»Das ist die Lösung!« ruft Papa.

»Was ist die Lösung«, sagt Mama, »etwa die Arschbacken durchscheuern?«

»Genau«, meint Papa, »das alte Rad muß doch noch im Keller stehen.«

Irgendwann nach einer Entrümpelung bei einem von Papas Komoschken ist das Fahrrad bei uns gelandet. Ein richtiges altes Stahlroß. Eine Zeitlang hat es bei uns im Keller den Zugang zu den Kohlen versperrt, bis es Papa in die hinterste Ecke abschob, wo es seitdem vergammelte.

Als Papa es hinter dem anderen verstaubten Gerümpel hervorholt, ist vom Stahl nicht mehr viel zu sehen.

Papa reinigt das Rad, zieht die Ketten nach und kauft Entroster. Er scheuert auf Deuvel komm raus, bis der Lenker wenigstens ein bißchen glänzt. Fahrradklammern für die Hosenbeine gibt es beim Kaufmann um die Ecke, und auch das breite Gummiband, mit dem die Arbeitstasche hinten auf dem Gepäckträger festgebunden werden kann, ersteht Papa dort.

Er wirkt sportlich, unser Papa. Aber daß er wie der berühmte Radrennfahrer Hennes Junkermann aussähe, das ist wohl eine seiner üblichen Übertreibungen.

Papa fährt nun mit dem Rad jeden Tag zum neuen Arbeitsplatz zur Schicht. Und es klappt eigentlich ganz gut, bis der Winter und sehr viel Schnee kommen. Schon im November sind die Straßen spiegelglatt.

Für uns Kinder ist das ein Riesenspaß. Wir schlindern und rodeln wie lange nicht mehr. Die Jungen in Omas Siedlung schütten einmal sogar nachts ein paar Eimer Wasser auf die Straße, damit sie am nächsten Tag mit den Krückstöcken ihrer Opas besser Eishockey spielen können.

Wenn Papa in dieser Zeit nach Hause kommt, ist er meist völlig durchgefroren. Normalerweise braucht er eine gute halbe Stunde für den Weg. In diesem Winter wird daraus oft das Doppelte oder mehr. Kälte, Eis, überfrorene Straßen, Schnee oder Matsch lassen ihn das Rad nicht nur einmal schieben. Mama wartet dann immer vergeblich mit dem schon dreimal aufgewärmten Essen und macht sich Sorgen.

Schließlich kommt Papa: Eine Acht im Vorderrad, den Lenker verbogen, das Schutzblech liegt zusammen mit der Arbeitstasche auf dem Gepäckträger. Die Jacke ist verdreckt, die Hose zerrissen. Papa hat sich mal wieder auf den Arsch gelegt.

»Mach mir erst mal einen heißen Tee!« sagt er, wenn er sich total fertig auf die Eckbank fallen läßt.

Mama stellt ihm eine heiße Tasse Tee vor die Nase. »Mit Zucker und Milch?«

»Nee, mit einem kräftigen Schuß Rum.«

Mama holt schnell den von Oma aus Österreich mitgebrachten Strohrum aus dem Barfach des Wohnzimmerschrankes, schüttet einen großen Schuß in den Tee und löffelt unserem armen Papa wie einem kleinen Kind das Gesöff in den Mund.

Anfangs sind wir schockiert, wenn Papa so lädiert nach Hause kommt, aber mit der Zeit gewöhnen wir uns an diesen Anblick. Mama holt bald auch nicht mehr den Rum herbei, weil der längst verbraucht ist.

Doch bald ist auch Papa die Geschichte leid. Nicht nur, daß das Rad die Rutschpartien nicht mehr länger mitmacht, Papa hat einfach die Schnauze voll.

Eine Woche später steht ein Moped vor unserer Haustür. Papa hat es einem Kollegen günstig abgekauft.

Stolz bewachen Hanne, Kurtchen und ich den neuen Familienschatz. Neugierige Freunde wimmeln wir ab. »Nur gukken, nicht anfassen!«

»Was hat denn die Mühle drauf?« Otto von schräg gegenüber zieht sein Kaugummi lang.

»Genug, um dein Papa mit sein Klapprad abzuhängen«, meint Hanne. »Und paß mal auf! In drei Jahren, da haben wir ein Auto. Und dann rattert Kurtchen mit der Maschine durch Erle.« Dabei ist Kurtchen erst gut drei Jahre alt.

»Nu mach mal nicht so einen Wind um die Karre!« Papa kommt heraus und poliert liebevoll den Außenspiegel blank. Recht hat er, denn ein Prunkstück ist es wirklich nicht.

Mit jedem Familienmitglied fährt Papa eine Ehrenrunde durch Erle. Nur Oma stellt sich stur, sie will partout nicht aufsteigen.

»Komm Oma, wir helfen dir!« sagt Hanne.

Aber Oma sträubt sich mit Händen und Füßen. »Auf so ein Teufelsgerät setz ich nicht einen Fuß!«

»Sollst du ja auch nicht«, sagt Papa. »Du mußt ja nur mit deinem Hintern draufhopsen.«

Es nutzt nichts. Oma geht ängstlich wieder hinein. Dabei hat sie Papa einen kräftigen Zuschuß zur Neuanschaffung gegeben.

Im Februar 1967 fällt wieder Schnee in Mengen, und Papa rutscht nach Art das Hauses in Richtung Erle. Diesmal mit dem Moped.

Mama wartet wieder mit dem dreimal aufgewärmten Essen, und wieder kommt Papa mit zerrissenen Klamotten heim. Außer den Hasenbroten und der Teeflasche hat er auch noch den Mopedspiegel in der Arbeitstasche.

Als sich Papa im Wohnzimmer die zerschundenen Beine umwickelt, sagt niemand etwas. Mama stellt schweigend den heißen Tee neben das Essen. Wir Kinder spielen emsig mit Legosteinen.

Sonst kriecht Papa oft selbst auf allen vieren auf der Erde herum und zeigt uns, wie man eine optimale Tankstelle baut. Er gibt allen Anweisungen. »Kurtchen, nimm für das Flachdach noch ein paar von den blauen Steinen! Hanne, kümmer dich mal um die Feuerwehrleiter, und nimm dem Jungen nicht immer alle Türen weg!« Das endet in der Regel so, daß Papa alle Steine hamstert und wir untätig auf der Couch sitzen.

Heute spielt Papa weder mit uns, noch trinkt er seinen Tee. Er wirkt wie weggetreten.

Auf einmal springt er, wie von der Tarantel gestochen, hoch. »Jetzt langt es mir! Noch so ein paar Rutschpartien und ich liege im Bergmannsheil! Ich mach endlich einen Führerschein und kauf ein Auto. Schluß! Aus! Feierabend!«

Papa setzt sich langsam wieder.

Niemand sagt etwas.

Mama ist die erste, die sich traut, ganz leise etwas zu sagen: »Willst du wirklich einen Führerschein machen? In deinem Alter?«

»Was soll denn das wieder? Ich bin doch kein klappriger Opa. Und wenn ich mit einem Wagen zum Pütt fahren kann, dann spar ich eine halbe Stunde ein, mindestens.«

Dagegen kann Mama nichts einwenden. Aber da ist ja auch noch ein wunder Punkt. »Und das Geld?«

»Das Geld, das Geld!« Papa springt auf. »Willst du wirklich, daß ich ins Krankenhaus komm?« Papa setzt sich wieder, reibt sich die Beine und stöhnt.

Was soll Mama noch sagen? Papa hat alle Trümpfe in der Hand. Es hat keinen Zweck. Papa hat eine Entscheidung gefällt.

Aber er gibt sich Mühe, Mama zu überzeugen. »Und überleg doch mal, Marlies! Dann können wir doch mit einem eigenen Wagen in Urlaub fahren. Ist doch viel schöner. Und billiger. Weil ich unser eigener Busfahrer bin.«

Mama guckt immer noch skeptisch.

»Marlies, das sagt dir doch dein gesunder Menschenverstand, daß das vernünftig ist. Jeder kauft sich jetzt ein Auto. Sollen wir denn die letzten in der Straße sein? Und deine Eltern im Harz können wir dann auch öfters besuchen.«

Mama sieht sich geschlagen.

Wenn er auch schon eine kleine Halbglatze hat, ein klappriger Opa ist Papa sicherlich noch nicht.

Der alte Opel, der im Mai 1967 vor der Haustür steht, hat diese Bezeichnung schon eher verdient.

Natürlich wagt niemand von uns, so etwas zu sagen, denn Papa strahlt mit der polierten Motorhaube um die Wette. Und eigentlich freuen wir Kinder uns ja auch, daß wir jetzt ein neues Familienmitglied haben.

Der Wagen ist gebraucht und schon einige Jahre alt. Schließlich kann sich auch ein Bergmann, der vergleichsweise gut verdient, so leicht nicht beides gleichzeitig, einen Führerschein und ein neues Auto, leisten. Und in unnötig große Schulden wollen sich meine Eltern wirklich nicht stürzen. Das hat Papa selbst eingesehen, als er zusammengerechnet hat, was ihn der Führerschein gekostet hat.

Viele Fahrstunden hat er zwar nicht gebraucht, dafür hat er aber gleich zweimal in die theoretische Prüfung gemußt. »Das sind aber auch saublöde Fragen«, hat er gemeint, als er für die Prüfung büffelte. Und als er das erste Mal durchgefallen ist, hat er gesagt: »Von denen, die solche Fragen erfinden, soll mal einer einen Tag unter Tage schuften. Mal sehen, wo der dann durchfällt.«

Aber nun hat Papa seinen Führerschein und das gebrauchte Auto - von einem Kollegen abgekauft natürlich.

»Los, kommt! Wir machen eine kleine Probefahrt.« Stolz klimpert Papa mit den Wagenschlüsseln.

Oma setzt sich sorgfältig ihren Hut auf. Sie ist mal wieder gerade rein zufällig vorbeigekommen. »Mach mal ein bißchen dallidalli!« ruft sie Mama in die Küche zu, »die Kinder sitzen schon im Auto.«

Das ist natürlich eine Übertreibung, denn wir warten noch alle im Hausflur.

»Ich kann doch die Kartoffeln nicht alleine lassen.« Mama ist ärgerlich, daß Oma sie drängt.

»Dreh den Ofen ab, Essen ist heute Nebensache!« Jetzt klimpert Papa ärgerlich mit den Autoschlüsseln.

»Zwei Minuten nur!« Mama ist zwar in der Küche fertig, geht aber noch ins Bad.

»Herrgott! Da kann ich den Wagen ja gleich wieder verkaufen, wenn das immer so lange dauert.«

»Soll ich wie eine Mattka durch Erle fahren?« ruft Mama aus dem Bad.

Papa wird zusehends nervöser. »Wir fahren dreimal um die Ecke, und du takelst dich auf wie eine Primadonna.«

»Ich werde mir doch wohl noch mal eben durchs Haar gehen dürfen.«

Papa hat endgültig genug, setzt sich ans Steuer und läßt schon mal kräftig das Gas aufheulen. Dann zeigt er auf das kleine Autoradio, seinen besonderen Stolz, und dreht es an. *Now I'm going back to Massachusetts*, heben die Bee Gees gerade an. »Scheiß englische Fistelstimmen«, brummelt Papa und dreht das Radio sofort wieder ab.

Als Mama endlich kommt, herrscht er sie an: »Die Schürze hättest du dir aber abbinden können! Ist schließlich eine Spazierfahrt.«

Mama, die Kurtchen auf den Schoß nimmt, Hanne und ich sitzen hinten.

Oma sitzt vorne neben Papa. »Ich kann mit meinem Rheuma nicht nach hinten krauchen. Warum hast du dir eigentlich nicht einen Viertürer gekauft?«

»Hättest du ein bißchen mehr Kohle lockergemacht, würdest du jetzt in einem Benz sitzen«, grummelt Papa und fährt los.

Weil Frau Schodowski von nebenan aus dem Fenster guckt und winkt, drückt er kräftig auf die Hupe. Die Stimmung steigt.

Wir biegen zunächst in die Hauptstraße ab. Papa will ausprobieren, so sagt er, wie der Wagen auf blauem Kopfsteinpflaster fährt. Er kurbelt das Seitenfenster herunter und legt den linken Arm lässig auf den Fensterrand. Erblickt er ein bekanntes Gesicht, hebt er den Arm und winkt in Richtung Bürgersteig.

»Oh, Mensch! Das ist doch Familie Rombarski.«

Tatsächlich, auf der anderen Straßenseite gehen Tante Emmi und Onkel Egon mit Sohn Thomas.

Für eine Rheumakranke dreht sich Oma erstaunlich flink auf dem Beifahrersitz um. »Ob die uns wohl erkannt haben? Kurt, dreh mal um und fahr ganz dicht an denen vorbei!«

Papa wendet und fährt ganz langsam an Familie Rombarski heran.

Die Rombarskis haben alles vor uns gehabt: einen Kühlschrank, einen Fernseher und die neumodischen Küchen-Elektrogeräte. Und immer, wenn wir sie treffen, strunzen sie von ihren Mallorca-Urlauben. Einmal im Jahr kommt Tante Emmi bei uns vorbei, und zwar immer dann, wenn sie aus Mallorca zurück ist und die Urlaubsfotos entwickelt sind.

Eines Tages hat Tante Emmi mit ihren Mallorca-Ferien so auf den Putz gehauen, daß Papa das Weite gesucht hat, das heißt, er ist in die Kneipe gegangen. Als er wiederkam, hat er gesagt: »Ich kann das Gequassel dieser Mallorcatussi einfach nicht mehr hören.«

Seitdem hat Tante Emmi ihren Spitznamen weg. Sie heißt bei uns nur noch *die Mallorcatussi.*

Endlich können wir nun auch einmal strunzen! Denn, wie gesagt, die Rombarskis haben uns vieles voraus, nur eins haben sie nicht: ein Auto!

»Nicht hingucken!« sagt Mama, die Frau Rombarski überhaupt nicht leiden kann. Wir tun so, als ob wir die Rombarskis nicht sehen. Aber sie sehen uns!

Nach einiger Zeit befinden wir uns schließlich in Resse. Papa kurvt in aller Seelenruhe Richtung Westerholt. »Weißt du, Mama, hier auf der Landstraße kann ich mal zeigen, was in der Kiste drinsteckt. War ein gutes Geschäft. Man muß eben wissen, von wem man was kauft.« Papa hat mal wieder einen Kollegen gehabt, der ihm den Wagen beschafft hat. Von einem anderen Kollegen, der wieder einen Kollegen kennt.

»Wenn wir den Wagen gut pflegen, kann ihn vielleicht Kurtchen später noch fahren.« An Hanne und mich denkt Papa erst gar nicht.

»Paß mal auf, Kurtchen! Jetzt zeig ich dir mal kurz, was die Mühle draufhat.« Papa drückt das Gaspedal bis zum Anschlag durch.

Auf einmal gibt es einen Ruck, dann ruckt es noch mal, und schließlich rollt das Auto langsam aus.

»Was für eine Kacke!« Papa sitzt still und überlegt. Dann sagt er: »Keine Sorge, ich hab das gleich.«

Er steigt aus und zieht krampfhaft an der Motorhaube.

Nichts bewegt sich.

Mittlerweile ist die ganze Familie ausgestiegen.

»Ist wahrscheinlich verklemmt«, meint Oma. »Hast du kein Werkzeug dabei?«

»Quatsch!« Papa sieht sie an. »Keine Sorge,hab das gleich.«

Ich will ihn auf einen Knopf im Innenraum aufmerksam machen, doch Papa meint nur: »Halt die Klappe! Ich muß mich konzentrieren.«

Papa steht vor der Haube und starrt sie an. Dann zieht er an der Haube, dann noch einmal und zieht und zieht und wird immer nervöser.

»Die geht nicht auf«, sagt er, und niemand widerspricht ihm. »Da muß doch einer dran rumgespielt haben.« Er sieht uns Kinder an.

Aber wann sollen wir das getan haben?

»Papa, hier vorne, guck mal ...!«

»Sei endlich still, sonst hau ich dir eine runter! Wenn man mit euch schon mal eine Fahrt macht!« Papa geht dreimal um den Wagen, setzt sich dann wieder hinters Steuer und meint: »Scheiß Karre!«

Ich wage einen neuen Vorstoß. »Papa, da der Knopf, den mußt du drücken.«

Jetzt entdeckt auch Papa endlich den Knopf und drückt ihn. Es klackt, die Motorhaube springt auf. »Warum hast du das nicht gleich gesagt?«

Papa steigt aus, öffnet die Haube und beugt sich zufrieden über den Motor. »Keine Sorge, ich hab das gleich.«

In der nächsten halben Stunde hören wir nur noch ein Murmeln und Fluchen. »Ja, das könnte es sein! Scheiße, eventuell auch? Hm, was kann denn das nur sein? So ein Mist!«

Wir stehen am Straßenrand einer kleinen Allee Richtung Westerholt. Links und rechts der Straße sind Wiesen und Felder, in der Ferne grasen ein paar buntgescheckte Kühe.

Hanne setzt sich ins Auto und dreht das Radio an. Nancy Sinatra schallert passend zu unserer Lage: *These boots are made for walkin'*.

Oma hat sich mittlerweile an einen kleinen Baum in die Wiese gesetzt und hält ein Nickerchen. Ich höre sie schnarchen.

Oma blickt nur einmal kurz auf, als Martin Lauer von einem Taxi singt, das ihn nach Texas bringen soll. »So etwas brauchen wir jetzt auch«, ruft sie zu uns herüber.

Papa dreht das Radio daraufhin sofort ab. »Wie soll man sich bei so einem Krach denn konzentrieren können.«

Hanne und ich sammeln daraufhin Löwenzahnblüten und Gänseblümchen, und schon bald hat jeder von uns einen ordentlichen Strauß gepflückt.

Mama ist die ganze Zeit nervös um Papa herumgelaufen, hat sich aber im Zaum gehalten. Jetzt wird es ihr zu bunt. »Kurt, was ist denn nun? Sollen wir hier Wurzeln schlagen.«

Papa ist erstaunlich ruhig. »Keine Sorge, Marlies! Ich hab das gleich. Das muß an dem Kabel da liegen.«

Mama wird immer gereizter. »Die Kartoffeln stehen halb gar im Wasser, und wir stehen halb gar in der Sonne.« Sie bindet sich ihre Schürze ab und schmeißt sie in den Wagen.

Tatsächlich ist die Sonne herausgekommen. Es ist Mai, und sie sticht schon recht stark.

Oma ist aufgewacht und hat sich entblättert, das heißt, sie hat sich Jacke und Bluse ausgezogen. Sie lehnt jetzt im fleischfarbenen Unterrock am Baum und wischt sich ständig mit ihrer Bluse den Schweiß aus dem Gesicht.

»Keine Sorge, Marlies! Ich hab das gleich.« Papa ist immer noch optimistisch. Er zieht an den Kabeln, gibt dem Zylinderkopf eins mit der flachen Hand und wischt sich die verschmierten Finger an der Sonntagshose ab, die er zur Feier des Tages angezogen hat.

Jetzt ist Mama nicht mehr zu bremsen. »Bist du verrückt, dir die Hose so zu versauen!«

»Willst du nach Haus oder nicht?« Papa sieht Mama böse an.

»Nach Hause, nach Hause! Wir kommen heute überhaupt nicht mehr nach Hause. Hast du dir doch eine alte Karre andrehen lassen. Ich hab dir extra gesagt, kauf nicht wieder von einem Kumpel, sondern geh zum seriösen Händler.«

»Marlies, sei ruhig!« sagt Papa nur. »Ich hab das gleich.« Er steht kurz vor einem Ausbruch.

Oma rappelt sich auf, kommt langsam angelaufen und stellt sich neben die Beifahrertür. »Habe ich dir nicht gleich gesagt, daß ein gebrauchtes Auto nichts taugt!«

Ihr Kommentar fehlt Papa gerade noch. »Halt die Klappe, Mutter! Ich hab dir eben schon mal gesagt, hättest du mehr Erspartes lockergemacht, hättest du jetzt nichts zu meckern.«

Oma sagt nichts. Sie schaut sich scheinbar unbeteiligt die Gegend an, trommelt aber nervös mit ihren Fingern auf das Wagendach.

Papa sieht auf. »Mutter, mach den Lack nicht kaputt!«

»Ich mach soviel Lack kaputt, wie ich dir Geld geliehen hab!«

Oma trommelt weiter.

Papas neues Heiligtum so zu behandeln, das geht zu weit!

»*Oma*, laß das sein! Ich sag es das letzte Mal!«

Ab jetzt wird es gefährlich!

Aber Oma trommelt und trommelt.

»Oma, du kannst schon mal zu Fuß nach Hause laufen! Und glaub ja nicht, daß du noch einmal einen Fuß in dieses Auto setzt!«

Oma hört auf zu trommeln und sieht Papa an. »Ist sowieso eine Schrottkiste.«

Dann geht sie, ohne noch einen Ton zu sagen, die Landstraße Richtung Resse zurück - ohne Bluse, im Unterrock.

Mama ruft ihr noch hinterher, aber es hilft nichts. Oma hat ihre Ohren auf Durchzug gestellt. Erhobenen Hauptes verschwindet sie am Horizont.

Wir stehen alle da und sind perplex.

Papa knallt die Motorhaube zu.

Dann geht er auch - zur nächsten Werkstatt.

Es dauert etwa eine halbe Stunde. Hanne und ich haben unsere Wiesensträuße schon wieder zerpflückt, als Papa mit einem Monteur angefahren kommt.

Der Schaden ist schnell erkannt. Das Benzin ist alle.

Als wir auf der Rückfahrt Oma aufgabeln wollen, stellt die sich weiter stur. Sie will tatsächlich bis nach Erle zurücklaufen und geht einfach weiter.

»Gib ihr wenigstens ihre Klamotten«, motzt Papa. »Man muß sich ja für seine eigene Mutter schämen.«

Mama reicht Oma, während wir langsam neben ihr herfahren, aus dem Wagen heraus ihre Sachen.

Oma nimmt sie entgegen, ohne uns eines Blickes zu würdigen, geschweige denn danke zu sagen. Dabei marschiert sie unentwegt weiter.

»Als Fußgänger geht man auf der linken Seite, sonst kriegt

man schnell den Hintern abgefahren«, ruft Papa ihr noch zu und braust dann los Richtung Erle.

Er dreht das Radio an. Connie Francis schluchzt: *Good bye Mama.*

Als ich mich umdrehe, sehe ich durch die Scheiben noch, wie Oma ihre Bluse anzieht und sich dann einen Moment an einen Baum lehnt.

Einen Kilometer weiter fragt Mama: »Kurt, meinst du nicht, daß wir es noch einmal mit Oma versuchen sollten? Kehr doch um und nimm sie mit!«

Doch Papa bleibt so stur wie seine Mutter. Er dreht das Radio auf volle Lautstärke, so daß sich sogar die Kühe auf der Weide umdrehen, als Papa an ihnen mit Tempo 80 vorbeibraust.

Papas Laune steigt wieder, als er gemeinsam mit Gus Backus grölen kann: *Ich hab' Bohnen in die Ohren.*

Oma spricht drei Wochen kein Wort mit Papa, und es dauert drei Monate, bis sie sich überreden läßt, endlich wieder ins neue Auto einzusteigen.

16. Kapitel

Von einem dichtenden Papa, einem plattdeutsch singenden Schwalbennest und von einem klumpfüßigen Ungetüm

An einem Samstag im Frühjahr 1967 beschließt Mamas Wekker, nicht mehr zu klingeln. Als sie dann doch noch aufwacht, zieht sie wenig später Hanne und mir hektisch die Bettdecke weg. Heute erlaubt sie uns nicht wie sonst, ein bißchen zu dusseln und zu träumen.

Hanne läßt sich vom Geschrei Mamas nicht stören. Sie ist jetzt zwar schon fünfzehn, schläft aber noch immer mit ihrem alten Teddy. Irgendwie paßt das gar nicht zu ihr, aber ohne Teddy schläft sie nie. Sie drückt den Stoffbär, der nur noch ein Ohr hat, fest an sich.

Wenig später sitzt Hanne mit uns am Frühstückstisch. Mama schmiert in einem Höllentempo die Schulbrote, und ihre bunten Lockenwickler wippen heute besonders schnell hin und her, währenddessen Wenke Myhre im Radio nicht gleich in jeden Apfel beißen will.

Nur Papa hat keine Eile. Er blättert in aller Ruhe in der Tageszeitung. Er hat Mittagsschicht und muß erst um elf Uhr zur Zeche.

Ich schaue noch schnell in meine Schulbücher und versuche, das aufgegebene Gedicht auswendig aufzusagen. Ich flüstere vor mich hin, gerate aber schon nach dem dritten Vers von *Herr von Ribbeck auf Ribbeck* ins Stottern.

»Elfi, Hanne! Ihr müßt los. Die Schule fängt gleich an«, sagt Mama.

»Marlies, was machst du hier für eine Hektik?« Papa schaut auf seine Armbanduhr. »Ist doch erst sieben Uhr.«

Es stellt sich heraus, daß Mamas Wecker nicht nur nicht mehr weckt, sondern auch die falsche Uhrzeit anzeigt.

Papa sagt: »Siehst du, Marlies, ich wußte irgendwie immer schon, daß du nicht richtig tickst.«

Mama kann über diesen Scherz überhaupt nicht lachen.

Hanne und ich haben durch Papas Aufmerksamkeit noch

eine gute halbe Stunde Zeit gewonnen und können in Ruhe frühstücken. Und ich kann mein Gedicht lernen.

Mama meint: »Ab morgen werde ich deine Hausaufgaben wieder genauer kontrollieren. Du willst schließlich auf die Realschule, nicht ich.«

Das hätte sie nicht sagen sollen. Ich weiß genau, daß es jetzt wieder Streit geben wird.

Ich gehe nun in die fünfte Klasse der Volksschule und will, wie viele meiner Freundinnen, bald auf die Realschule wechseln. Meine Noten sind schon im letzten Jahr gut genug für die Realschule gewesen, aber Papa hat gemeint, ich solle noch ein Jahr warten. Weil wir 1966 und 1967 zwei Kurzschuljahre haben - der Schuljahrbeginn wird auf den Tag nach den Sommerferien verlegt -, müssen meine Eltern ihre Entscheidung in diesen Wochen fällen. Aber Papa kann sich nicht durchringen, ja zu sagen. Für ihn ist die Realschule ein Reizthema.

Auch Hanne ist trotz guter Leistungen auf keine höhere Schule gekommen. Sie soll bald eine Lehre beginnen, obwohl sie gerne weiter zur Schule gehen würde, um ihr Fachabitur zu machen. Ihre Noten sind sehr gut.

Papa schaut von seiner Zeitung hoch. »Elfi, bis wann mußt du das Gedicht können?«

»Zur ersten Stunde, Papa.«

»Dann ist natürlich noch viel Zeit, meinst du nicht auch? Ich glaub, dir fehlt für die Realschule die nötige Reife.«

»Papa, ich kann mir das einfach nicht merken. Das Gedicht ist so lang.«

Papa sieht mich ärgerlich an. »Wenn du rechtzeitig geübt hättest, dann könntest du das jetzt.«

»Papa, ich hab wirklich geübt. Gestern konnte ich das, wirklich, fast wenigstens.«

»Kurt«, mischt sich Mama ein, die eigentlich auch will, daß ich zur Realschule gehe, »Elfi hat wirklich feste geübt, zwei Nachmittage lang. Irgendwie stimmt was mit dem Kind nicht.«

»Die hat zuviel Flausen im Kopp. Warum auf die Realschule? Sie ist doch ein Mädchen. Eine schöne Lehre soll sie machen wie Hanne, dann kann sie was fürs Leben.«

»Eine Lehre kann sie auch machen, wenn sie zur Realschule geht.«

»Aber zwei Jahre später. Und du sagst doch selbst, daß sie in letzter Zeit so blaß ist.«

»Früher konnte Elfi immer so gut auswendig lernen.«

»Dann gib ihr doch den Lebertran von Kurtchen. Zur Realschule können wir sie auch noch ein Jahr später schicken, wenn sie dann noch will. Warten wir erst einmal ab.«

»Noch ein Jahr später, nach der sechsten Klasse? Das ist aber nicht üblich.«

»Der Sohn eines Kollegen hat das auch geschafft. Spätstarter mit Sondergenehmigung. Außerdem haben wir jetzt Kurzschuljahre, da macht das nicht soviel aus.«

Mama hört gar nicht mehr richtig zu, was Papa sagt. Sie macht sich mehr und mehr Sorgen um meine Gesundheit. »Ich glaub, daß ich mit Elfi lieber mal zum Arzt gehe. Vielleicht hat sie zu wenig Blut oder so. Oder es ist was anderes.«

Papa blättert wieder in seiner Zeitung. Plötzlich scheint ihm etwas einzufallen. »Ich hab jedenfalls sogar *Die Glocke* von Goethe auswendig gekonnt. An mir kann das nicht liegen, wenn die Elfi Blutmangel hat.«

»Papa, *Die Glocke* ist von Schiller«, sagt Hanne.

»Misch du dich mal nicht ein, du Altkluge. Hauptsache, man kann dieses schöne Gedicht auswendig.«

Papa denkt einen Moment nach, legt dann die Zeitung weg und hebt an: »Fest gemauert in der Erde, steht die Glock aus Lehm ...« Weiter kommt er nicht.

»Steht die Form«, korrigiert ihn Hanne.

»Stör mich nicht! Fest gemauert in der Erde, steht die Glock aus ...«

»Steht die Form, Papa. Die Form!«

»Das ist ja wohl egal, ne! Ist ja schließlich dreißig Jahre her. Man ist ja nicht mehr der Jüngste.«

»Vielleicht hat Papa auch Blutmangel.«

Papa hebt den Arm, als ob er Hanne einen Schlag geben wolle. Doch Hanne erschreckt sich nicht einmal, weil bei uns Schlagen nicht vorkommt.

»Herrgott im Himmel, sei nicht brummig, Kurt! So was kann man doch vergessen«, sagt Mama.

Papa besinnt sich wohl und lächelt. »Trotzdem, ich werde euch jetzt das Gedicht vortragen.«

»Kurt, muß das sein? Die Mädchen müssen in die Schule.«

»Für das deutsche Nationalgedicht muß immer Zeit sein.«

»Seit wann bist du denn fürs Nationale, Kurt? Das ist doch wieder eine deiner Spinnereien.«

Papa tut ganz ernst. »Wir müssen die großen deutschen Kulturgüter an unsere Kinder weitergeben. Das hat schon mein Lehrer auf der Schule gesagt. Und als ich damals *Die Glocke* auswendig gelernt hab, hab ich gedacht, das mußt du deinen Kindern später einmal vortragen, bei Kaffee und Kuchen, bei Kerzenlicht.« Kaffee steht zwar auf dem Tisch, aber Kuchen und Kerzen gibt es bei uns nicht zum Frühstück.

»Kurt, weißt du was! Manchmal glaub ich, du tickst nicht richtig.«

Papa guckt Mama böse an und will ihr eine passende Antwort geben.

»Nun halt hier nicht lange Reden, sondern mach! Die Kinder müssen in die Schule.«

Papa macht ein noch ernsteres Gesicht, steht langsam und bedächtig auf und stellt sich in Positur - unrasiert, mit dicken Stoppeln am Kinn, im Unterhemd, die Kaffeetasse in der linken Hand, ein Butterbrot mit Blutwurst in den rechten.

»*Die Glocke*. Von Friedrich von Wolfgang von Goethe.«

»Oje«, ruft Hanne, »von Friedrich von Schiller.«

»Ach ja! Also: *Die Glocke*. Von Friedrich von Schiller.
Loch in Erde, Eisen drin,
Glocke fertig, bimbimbim.«

Jetzt hat Papa die Lacher auf seiner Seite.

»Nun aber ab in die Schule«, sagt Mama.

Samstags habe ich in der letzten Stunde Handarbeitsunterricht bei Fräulein Södemann.

Fräulein Södemann ist so etwas, was man ein spätes Mädchen nennt. Sie ist etwa vierzig Jahre alt, trägt altmodische

Kleider und sucht immer nach den Haarklämmerchen aus ihrem dicken blonden Dutt. Ich glaube fest daran, daß irgendwann die Schwalben von der Regenrinne unter dem Auladach Frau Södemanns Dutt für ein bequemes Nest halten und ihre Eier drin ablegen werden. Als die Brutzeit vorbei ist, muß ich meiner Banknachbarin Conny drei Schleckmuscheln kaufen, weil ich idiotischerweise darauf auch noch gewettet habe.

Der Handarbeitsraum liegt im Keller unserer Volksschule, direkt neben dem Heizungskeller. Hier unten haben die Jungen auch ihre Werkräume. Ich hasse Handarbeit und würde viel lieber mit den Jungen Holzburgen oder Holzforts sägen und leimen, anstatt diese ewigen Maschen zu knüpfen.

Wir müssen uns zu zweien aufstellen und an den Händen fassen. Fräulein Södemann schreitet wie ein General voran.

Als wir sitzen, nestele ich umständlich die verhaßten Stricknadeln aus meinem Handarbeitskorb. Meine Mitschülerinnen klimpern schon fleißig mit den Nadeln, da suche ich noch immer die Masche, die ich aufnehmen muß.

Frau Södemann stimmt bereits ein fröhliches Lied an, wie es bei ihr üblich ist: »Zum Tanze, da geht ein Mädel mit güldenem Band ...«

Fräulein Södemann singt schon ein neues Lied, und ich bewältige das Wollwirrwarr auf meinem Schoße immer noch nicht. Komisch, daß meine Arbeiten immer so schmuddelig aussehen!

»Elfi, du hältst die Nadeln, als ob du dich damit umbringen willst«, unterbricht mich Fräulein Södemann.

Das nun gerade nicht, denke ich, aber vielleicht jemand anderen, vielleicht Fräulein Södemann.

Ich muß mich neben sie stellen und zuschauen, damit ich den rechten Umgang mit den Nadeln lerne.

»Du willst doch bestimmt einmal eine gute Mutter werden! Da mußt du für deine Kinder stricken können. Hast du es nun begriffen?« Sie reicht mir mein Strickzeug zurück.

Mit gesenktem Kopf gehe ich zu meinem Platz. »Ja, Fräulein Södemann, ich habe verstanden«, antworte ich artig. Dabei habe ich nichts, gar nichts begriffen.

Das Vogelnest stimmt ein neues Lied an: »Wenn da so ein Pott mit Bohnen steht und da so ein Pott mit Brie ...«

Nun kommt sie mir auch noch plattdeutsch.

Die Kuppe meines rechten Zeigefingers, um die sich der Wollfaden schnürt, ist schon ganz rot und wird immer dicker. Gleich platzt er, denke ich, dann läuft ganz viel Blut über die Strickarbeit, und Fräulein Södemann muß den Hausmeister holen, der dann die Feuerwehr anruft, und ich brauche dann nie mehr im Leben stricken, weil ich sonst sterben würde.

Leider geschieht nichts dergleichen.

Ich denke wieder an die Jungen im Werkraum. Bestimmt sitzen sie gerade an schönen Laubsägearbeiten und dürfen ein Märchenmotiv aussägen. Und was muß ich hier machen? Einen Teddybären stricken! So etwas Blödes. Ich habe doch schon drei Stück zu Hause. Warum will Fräulein Södemann dann unbedingt einen Teddybären? Wie soll ein Kind die Erwachsenen jemals verstehen?

Meine Hände schwitzen, meine Arme tun weh, mein Rükken krümmt sich. Ich bin drauf und dran, alles hinzuschmeißen.

»Locker, locker, die Wolle immer locker halten!«

Fräulein Södemann hat gut reden.

»Nun singen wir aber mal alle zusammen, ja! Singen lokkert die Seele und die Hände.«

Ich höre gar nicht mehr hin.

Ich bin am Bärenknie angekommen. Es ist die Stelle, wo die Maschen zusammengezogen werden müssen.

Fräulein Södemann läßt singen und schreitet dabei zackig die Reihen ab. Zwischendurch hebt sie ihre Stricknadel und dirigiert den Chor.

Als sie neben mir stehenbleibt, starrt sie eine Zeitlang auf meine Arbeit und vergißt dabei das Dirigieren. »Das wird kein Bär, das wird ein Ungeheuer!« Sie greift mit spitzen Fingern nach meiner Handarbeit. »Liebe Elfi, wenn man sehr viel Vorstellungsvermögen besitzt, könnte man meinen, dies könnte ein Bär sein. Es könnte! Denn dieses Tier hat Klumpfüße, zwei unterschiedlich dicke Arme und einen Kopf wie eine

Brotscheibe. Nein, so geht das nicht! Wie willst du denn später einmal die Socken deines Mannes stopfen, wenn du nicht einmal in der Lage bist, ein paar Reihen links und rechts vernünftig zu stricken? Du solltest dich schämen!«

Ich schäme mich und lasse für Fräulein Södemann den Kopf hängen. Ich schwöre mir, nie zu heiraten, und wenn, dann nie Socken zu stopfen. Ich werde es wie Mama machen. Sie kauft Papa Socken in der Kaufhalle, drei Paar für fünf Mark.

17. Kapitel

Von ungeliebten Waschtagen, einer häßlichen Verunstaltung und von türkischen Lieben, die nicht jeder teilt

Das Wochenende ist bei uns für die Familie reserviert. An heißen Tagen liegen wir samstags und sonntags fast immer an der Kumpelriviera, wie die Uferböschungen und Wiesen längs des Kanals genannt werden, weil hier viele Bergleute- und Arbeiterfamilien ihre Sommerferien verbringen.

Der Kanal heißt im Volksmund jedoch nicht nur Kumpelriviera, sondern hat auch andere Namen. Manche sagen Klein-Mallorca oder Kanale Grande, andere sprechen vom Frikadellenstrand. Wieder andere nennen das Kanalufer die Grützwurstpromenade. Denn viele Bergleute essen, wenn sie am Kanal ihre Freizeit verbringen, kalte Grützwurst.

Unsere Familie hat einen eigenen Lieblingsnamen. »Für mich ist das der Blutwurststrand«, tauft Papa einmal das Kanalufer. Hier vertilgt er begeistert ganze Stapel der von Mama dick mit Blutwurst belegten Kasslerschnitten.

Hat Papa am Wochenende Nacht- oder Frühschicht, kommt er trotzdem mit. Kann Papa erst nachmittags nachkommen, muß er manchmal eine Zeitlang suchen, weil er uns im Gewühle nicht immer gleich findet.

Nachdem er sich ausgezogen hat, schwimmt Papa erst einmal eine Runde, beißt anschließend in eine Blutwurstkniffte, um sich dann auszuschlafen. Mich wundert immer, wie er bei dem Geplärre und Getöse an unserem Blutwurststrand überhaupt ein Nickerchen machen kann.

Ein paar Stunden später ist er frisch und schwimmt noch einmal eine Runde. Manchmal klettert er auch auf einen vorbeischippernden Kohlenkahn. Das sieht Mama gar nicht gerne. »Du bist doch kein Halbstarker mehr.« Es ist nämlich gefährlich, sich an die Schiffe zu hängen oder draufzuklettern.

Aber Papa stört das nicht. Er ist ein sehr guter Schwimmer. »Früher bin ich auf den Kähnen bis nach Henrichenburg zur Schleuse mitgefahren und dann wieder zurück, manchmal die andere Richtung bis Duisburg und zurück«, sagt er einmal stolz, als wir einen halbwüchsigen Jungen beobachten, der auf einen Lastkahn mit Eisenabfällen klettert und vom Schiffseigner heruntergejagt wird. »Alle haben das gemacht, viele wenigstens. Heute erlauben es nur noch wenige Schiffer. Aber wagt euch nicht, das auch einmal zu tun«, droht er Hanne und mir scherzhaft mit dem Finger.

Ich denke gar nicht daran, denn ich habe viel zu viel Angst.

Wenn wir bei gutem Wetter nicht gerade am vollen Kanal liegen, gehen wir alle zusammen nach Schloß Berge Enten füttern oder in den Ruhrzoo. Zu Fuß natürlich. Manchmal besuchen wir auch Schloß Wittringen in der Nachbarstadt Gladbeck oder die Gruga in Essen. Das ist dann etwas Besonderes, weil wir mit Straßenbahn und Bus unterwegs sind.

Seitdem das neue Auto vor der Tür steht, ist plötzlich alles anders.

Zu Fuß gehen ist verpönt. Wir fahren nun mit einem frisch polierten Auto zu den Ausflugszielen, und wenn es nur eine Eisdiele auf der Cranger Straße ist. Zum Kanal fahren wir auch, und meist brauchen wir länger dazu, einen Parkplatz zu finden, als wenn wir zu Fuß gegangen wären.

Und jeden Samstag wird jetzt das Auto gewaschen und gewienert. Das Autowaschen ist ein Ritual.

Mama weiß genau, was zu tun ist. »Jaja, alles ist vorbereitet! Warmes Wasser ist im gelben Eimer, kaltes im roten. Der Schwamm liegt auf dem Schuhschrank, die Politur im obersten Kellerregal. Die Verlängerungsschnur für den Staubsauger hab ich neben die Haustür gelegt.«

Papa reibt sich genüßlich die Hände. Für ihn kommt Autowaschen direkt nach der Sportschau. »Hanne, du übernimmst die Scheiben!« kommandiert er. »Und vergiß nicht, sie gründlich mit Spiritus abzureiben. Hast du den Spiritus bereitgestellt?« fragt er Mama.

Die nickt, aber Hanne sieht ihn überrascht an. »Ich? Warum denn schon wieder ich?«

»Weil du das letztens so prima gemacht hast.«

»Na bravo, das ist jetzt wohl die Belohnung!« Hanne steht beleidigt auf und knallt ihre Tasse in die Spülschüssel. »Ich hab aber heute wirklich keine Zeit«, versucht sie es auf die freundliche Tour und kuschelt sich bei Papa an.

Doch sie kann schmollen, wie sie will: Beim Autowaschen kennt Papa keine Kompromisse. »Was heißt hier denn keine Zeit? Und wie siehst du überhaupt aus? Seit wann rennst du wie ein Indianer auf Kriegspfad rum?«

Auch mir fällt jetzt auf, daß Hanne sich heute morgen mit viel Make-up angeschmiert hat. Das ist sonst nicht ihre Art.

»Wisch dir den Mist ab und komm! Heute ist Autowaschtag!« Papa drückt ihr ein Stück Seife in die Hand, schnappt sich die Wassereimer und geht ans Werk.

Hanne sitzt mit verheulten Augen auf ihrem Bett. »Kannst du heute nicht mal für mich einspringen?«

»Nee! Wie kommst du denn auf die Idee? Ich hab schon Kinderzimmerdienst. Und außerdem: Wer hat schon Bock auf Autopolieren?«

»Aber ich muß um zehn Uhr unbedingt im Stadtwald sein!« Beschwörend sieht mich Hanne an, während ich schon mal die Betten aufschüttele.

»Was ist denn da los?« Jetzt werde ich neugierig.

Hanne zieht mich auf die Couch. »Du darfst aber nichts verraten, ja! Bestimmt nicht! Ich hab da nämlich eine Verabredung. Aber mehr kann ich nicht sagen.«

»Wenn du mir nicht sagst, was da los ist, helfe ich dir auch nicht.«

Hanne sieht ihre Felle davonschwimmen und rückt mit der Sprache raus. »Na gut, aber Klappe halten! Ich hab einen Freund!«

»Was hast du? Einen richtigen Freund? So einen, mit dem du fast gehst?«

Hanne preßt mir die Hand auf den Mund. »Pst, schrei doch nicht so! Du mußt schwören, daß du nichts verrätst.«

»Leihst du mir nächsten Sonntag den blauen Rock?« Es ist Hannes Lieblingsrock, den sie noch nie verliehen hat.

Sie sieht empört auf, merkt aber schnell, daß sie daran wohl nicht vorbeikommt, und nickt.

»Gut, ich verrate dich nicht. Aber sag mal, warum machst du denn die Sache so spannend? Schließlich bist du schon fünfzehn, da darf man doch einen Freund haben.«

Hanne zerknubbelt ihr Papiertaschentuch. »Schwör bei allem, was dir heilig ist, daß du nichts verrätst!«

»Gut, ich schwör!« Theatralisch lege ich drei Finger auf die linke Brust.

»Mein Freund heißt Ali.«

Es dauert etwas, bis ich raffe, was Hanne da sagt. »Ali? Menschenskind, laß das bloß nicht Papa hören!«

Überflüssiger kann ein Ratschlag wohl nicht sein.

Ich übernehme den Autodienst, Hanne schleicht fort, und ich hoffe mit ihr, daß unsere Eltern keinen Wind von der Romanze bekommen. Noch zu gut erinnere ich mich an den Zoff, den ich zu Hause bekommen habe, als ich mich mit einer türkischen Mitschülerin angefreundet habe.

Es fing alles an einem Freitag an. Am Tag vorher ließ ich mir diese olle, dämliche Zahnspange anpassen. Endlich hat sich ein Doktor meiner erbarmt. Er wollte mein Pferdegebiß in eine ansehnliche Form und mich in ein attraktives Mädchen verwandeln. Daß ich dafür erst einmal für eine lange, lange, unendlich lange Zeit mit einem technischen Monstrum im Mund herumlaufen muß, hat mir der Zahnarzt erst ganz zum Schluß gesagt.

Ich war stinksauer, weil ich dachte, es sei mit ein paar Stunden Zahnspange am Tag abgetan gewesen. Aber denkste, immer soll ich sie ertragen!

Als ich nach Hause komme, heule und trotze ich und kündige an, nie mehr in die Schule gehen zu wollen.

Papa meint nur: »Hättest du dir die Zähne dreimal am Tag geputzt, wär der Maulkorb nicht nötig gewesen.«

Ich flenne noch mehr und vor allem lauter.

»Unsinn!« meint Mama, die mich beruhigen will. »Was haben Elfis schiefe Zähne mit Zahnpflege zu tun? Ich denke, du wirst dich an die Spange schon gewöhnen. Hast du nicht gesagt, daß Conny auch so ein Ding getragen hat.«

Das soll mich trösten? Es stimmt zwar, aber ich weiß auch, wie Conny darunter zu leiden gehabt hat. Nun werde ich das Ziel sämtlicher Gehässigkeiten werden, die meine Mitschüler in petto haben.

Ich fühle mich fürchterlich entstellt. Ich finde, zuvor habe ich trotz meiner großen, schiefen Zähne ausgesehen wie Brigitte Bardot.

Als ich abends im Bett liege und Hanne mein Leid klage, tröstet sie mich: »Du mußt einfach die ersten Tage alles einstecken, dann kümmert sich bald niemand mehr um dein neues Aussehen.« Und dann sagt sie: »Weißt du was, wir üben schon mal. Meinst du nicht auch, daß du aussiehst, als ob du in deiner Gusche eine Mausefalle eingeklemmt hast?«

Ich muß unwillkürlich lachen und wische mir die letzte Träne weg. Wenn es drauf ankommt, kann ich mich auf Hanne immer verlassen, denke ich noch, als ich die kleine Lampe über meinem Bett lösche und die Decke über den Kopf ziehe. Dann schlafe ich ein.

Trotz Hannes Trost und Ratschlägen protestiere ich am nächsten Morgen wieder dagegen, mit der Zahnspange in die Schule gehen zu müssen. Es nutzt nichts.

Aber ich habe Glück an diesem Tag.

Zunächst sage ich auf dem Schulhof kein Wort und presse die Lippen fest aufeinander. Als meine Mitschüler bemerken, daß mit mir irgend etwas nicht stimmt, klingelt es. Und als sie endlich mitkriegen, daß ich eine Zahnspange trage, bleibt ihnen nur mehr wenig Zeit zum Hänseln, weil die erste Stunde bald beginnt.

Ich erinnere mich an Hannes klugen Rat und ertrage tapfer alle bösen und lustigen Gemeinheiten, die meine Mitschüler noch anbringen können.

Und dann kommt ihnen dieses besondere Ereignis dazwischen, das die Aufmerksamkeit meiner Mitschüler von mir in der nächsten Zeit völlig ablenkt.

Als sie später wieder Zeit finden, sich meiner schrecklichen Verunstaltung zu widmen, ist sie bereits zu einer Selbstverständlichkeit geworden, über die es sich kaum mehr zu lästern lohnt.

An diesem Tag haben wir in der ersten Stunde Deutsch beim Storch. Eigentlich heißt dieser Lehrer ja Naulik, aber wir nennen ihn alle nur Storch. Denn als wir einmal den *poetischen Adebar* durchnahmen, ahmte Herr Naulik jenen Gang so perfekt und hingebungsvoll nach, daß er von dieser Zeit an nur *der Storch* genannt wird.

An diesem Freitag betritt der Storch genau mit dem Klingeln der Schulglocke die Klasse. Aber er ist diesmal nicht alleine, sondern schiebt ein schmales, nach unten blickendes Mädchen vor sich her.

»Guten Morgen!«

»Guten Morgen, Herr Naulik!«

Wir setzen uns. Alle sind neugierig auf die Neue, die Storch da mitbringt.

»Also Kinder, das hier ist Fatma. Sie wird ab heute in dieser Klasse bleiben, und ich will hoffen, daß ihr alle recht nett zu ihr seid.« Storch blickt auf die kichernden Jungen in der hintersten Bankreihe. »Fatma kommt aus Istanbul. Ihr Vater arbeitet auf der Zeche Consol. Seid hilfsbereit und nett zu ihr!«

Fatma blickt ständig auf ihre Schuhspitzen. Jetzt setzt sie sich auf den ihr zugewiesenen Platz.

Storch beginnt mit dem Unterricht.

Ein Junge stößt seinem Banknachbarn in die Seite. »So ein Kopftuchmufti hat uns gerade noch gefehlt.«

In der großen Pause steht Fatma im Mittelpunkt.

Wir schlendern lässig in Richtung Rosenbeet, wo Fatma auf der Betoneinfassung sitzt. Unsere Clique fühlt sich mächtig, stark und überlegen.

Ein Junge baut sich demonstrativ vor Fatma auf. »Na, dann erzähl doch mal von der Türkei. Wo wohnt ihr denn? Auch in einer Baracke hinter der Zeche? Kannst du eigentlich deutsch, oder verstehst du nur Bahnhof?«

Fatma lächelt schüchtern.

»Eßt ihr jeden Tag nur Knoblauch? Mein Vater sagt, das sind Knoblauchfresser, die leben nur von Knoblauch«, lästert ein anderer Junge. »Hauch mich mal an! Iiihh!«

Fatma wirkt, als ob sie nichts verstehen würde.

Als die Jungen, die das große Wort geführt haben, merken, daß sie Fatma nicht ärgern können, ziehen sie ab. »Die kann ja doch kein Wort deutsch«, meint Giovanni, der von jedem *Itaker* gerufen wird, und wendet sich achselzuckend mit den anderen ab.

»Aleman essen viel Knoblauch, mehr als wir«, lächelt Fatma uns Mädchen an.

Das verschlägt uns die Sprache. Die kann ja doch reden, und auch noch deutsch. Unsere Neugier steigt. Wir löchern sie mit Fragen, die sie alle ruhig beantwortet.

Eine Mitschülerin setzt sich neben sie. »Warum trägst du denn kein Kopftuch? Müssen türkische Frauen und Mädchen denn nicht so was tragen?« fragt sie irritiert.

»Nein«, schüttelt Fatma den Kopf, »wir müssen das gar nicht machen.«

Es klingelt zur nächsten Stunde.

Wir finden Fatma sympathisch. Sie spricht zwar leicht gebrochen, aber recht verständlich deutsch. Sie ist schon drei Jahre in Deutschland und nun in unsere Stadt gezogen.

Ein paar andere Mädchen und ich freunden uns nach und nach mit Fatma an und versuchen immer wieder, sie gegen die Hänseleien und Angriffe der anderen zu schützen.

Ein paar Wochen später lädt Fatma uns für den Nachmittag zu sich nach Hause ein.

Als ich an diesem Tag von der Schule komme, ist Onkel Klaus bei uns zu Besuch und trinkt mit Papa ein Bier.

»Hast du gehört, daß am Samstag bei Änne wieder eine Messerstecherei war?« sagt Onkel Klaus.

»Ach, waren die Knoblauchfresser wieder da?« fragt Papa.

»Jau, da mußten sie wieder so einem Säbeltänzer das Klappmesser aus der Hand reißen.«

»Denen sollten sie den Eintritt verbieten«, sagt Papa.

»Dann wär es ruhiger.« Onkel Klaus greift nach einer neuen Pulle. »Die machen nichts als Stunk, sitzen den ganzen Abend vor einem Glas Bier, wenn die das überhaupt trinken, und labern nur türkisch.«

Ich mische mich ein. »Das sind doch Türken. Warum sollen sie dann nicht türkisch reden?«

Onkel Klaus schaut mich mit großen Augen an. »Davon verstehst du nichts.«

Papa sucht nach einer Erklärung, findet aber nur sein Bierglas und nimmt einen großen Schluck.Dann sagt er: »Siehst du, Elfi, die sind hier in Deutschland.«

Ich sehe Papa fragend an und warte. Aber das ist wohl alles, was er sagen will.

Ich will schon sagen, daß ich Fatma kenne, und die spreche gut deutsch, doch im letzten Augenblick schießt mir durch den Kopf, daß ich meine neue Freundin besser nicht erwähne.

»Das sind Moslems, Mädchen! Muselmanen!« sagt Onkel Klaus und schlägt sich danach mit lautem Gelächter auf die Schenkel.

Dieser Ausbruch ist mir noch unbegreiflicher als Papas spärliche Worte.

Onkel Klaus wird ernster. »Mit denen fang lieber nichts an. Die halten ihre Frauen wie im Gefängnis.«

»Na, ist ja auch egal«, meint Papa.

»Wie im Gefängnis halten die ihre Frauen. Das sag ich dir«, wiederholt Onkel Klaus.

»Hauptsache, die bleiben unter sich. Ich hab die hier nicht gewollt«, beendet Papa das Thema.

Es ist klar, daß ich nicht sagen kann, wo ich am Nachmittag hingehe. Ich bekäme nie die Erlaubnis. Aber hingehen muß ich. Jetzt erst recht!

Pünktlich zur verabredeten Zeit stehen wir, meine Schulfreundinnen Birgit, Monika und ich, vor Fatmas Wohnungstür. Keine von uns traut sich aber zu klingeln. Wir haben schlichtweg Schiß.

Bevor wir uns entscheiden können, doch wieder zu gehen, wird die Tür aufgerissen. Fatma hat bereits ungeduldig hinter der Gardine gewartet. »Mehrhaba! Guten Tag! Ich freue mich, daß ihr gekommen seid.« Freudestrahlend bittet sie uns hereinzukommen.

Auf einer übergroßen Fußmatte stehen viele Schuhe. Fatma sieht an unseren Gesichtern, daß sie eine Erklärung abgeben muß. »Bei uns zieht man sich die Schuhe aus. Das ist in der Türkei üblich. Aber ihr seid ja deutsche Gäste, darum laßt sie ruhig an.«

Ich bin froh, denn ich denke an das große Loch in meinem Socken.

Wir folgen Fatma in einen großen Raum, der eine Wohnküche sein muß. »Darf ich euch meinen Eltern vorstellen: meine Mutter, mein Vater.« Da sie anschließend türkisch spricht, verstehen wir kein Wort.

»Setzt euch bitte!« Fatma zeigt auf ein riesiges Sofa.

Herr und Frau Öztürk blicken uns freundlich an. Fatmas Mutter hat ein buntes Kopftuch auf, ansonsten trägt sie eine Bluse und einen Rock.

Von wegen Rock und Hose, denke ich, denn von den Erwachsenen habe ich gehört, daß türkische Frauen so gekleidet seien. Fatmas Mutter ist auch nicht angekettet, und an den Fenstern sind keine Gitter. Ich lasse zur Sicherheit meine Blicke noch einmal schweifen. Die Wohnung ist hell und freundlich, an den Wänden hängen viele eingerahmte Fotografien.

Fatmas Vater ist recht klein und hat einen dicken schwarzen Schnurrbart. Er bemerkt meinen Blick. »Das hier ist Fatmas große Schwester, sie lebt mit ihrer Familie in Ankara.« Er deutet auf eines der Fotos.

Komisch, denke ich, der kann auch deutsch.

»Und das hier«, Fatma zeigt auf ein Gruppenbild, »das sind meine Großeltern, meine Tante und deren Familien.«

»Du«, flüstert mir Monika ins Ohr, »die sind doch gar nicht schmierig.«

»Wieso, wer sagt denn das?« bemühe ich mich, leise zu antworten.

Monika zuckt mit den Schultern. »Alle! Meine Eltern auch.«

Es ist also überall dasselbe, doch was Monika weiter sagt, verstehe ich nicht mehr, denn Fatmas Mutter serviert uns türkischen Tee, den sie Cay nennt. Ich benutze die Gelegenheit, um vielleicht doch noch irgend etwas zu entdecken, was auf ein Gefängnis schließen läßt.

Der Tee ist sehr süß, schmeckt aber lecker. Wir müssen sehr vorsichtig sein, um uns nicht die Finger an den kleinen Teegläsern zu verbrennen. Keiner sagt etwas.

Da habe ich eine Idee. »Warum trinken Sie den Tee nicht aus Tassen, sondern aus Gläsern?«

Fatma lacht und übersetzt ihrer Mutter meine Frage. Als auch sie lacht, ist das Eis endgültig gebrochen.

Herr Öztürk kann sich ganz gut mit uns unterhalten. Fatmas Mutter versteht kaum etwas. Aber Herr Öztürk und Fatma übersetzen alles.

Wir knabbern gemeinsam geröstete Kürbiskerne und Nohut, das sind geröstete Kichererbsen. Frau Öztürk schenkt immer wieder neuen Tee nach und kommt auf einmal mit einer kleinen Flasche zu uns vor die Couch.

»Das ist eine Art Parfüm, ein Erfrischungswasser aus unserer Heimat«, erklärt Fatma. »Ihr müßt die Hände aufhalten, damit meine Mutter etwas einschütten kann.«

Wir halten ihrer Mutter gespannt die Hände entgegen. Frau Öztürk schüttet jedem etwas auf die Innenflächen.

»Nun reibt euch damit die Hände ein, es erfrischt. Das machen wir immer so bei uns, wenn liebe Freunde zu Besuch kommen«, sagt Fatma.

Das Wasser riecht nach Zitronen oder jedenfalls so ähnlich, und wir reiben uns gehorsam die Hände ein.

Frau Öztürk sagt etwas zu ihrem Mann, und Fatma übersetzt es uns: »Meine Mutter freut sich sehr, daß ihr uns besuchen kommt. Sie bittet euch, zum Abendessen hierzubleiben.«

Herr Öztürk schaltet das kleine Radio neben sich auf dem Ecktisch ein und sagt etwas zu seiner Tochter.

»Mein Vater bittet euch um Entschuldigung. Er hört jeden Tag um diese Zeit den türkischen Nachrichtensender. Neben den Zeitungen, die wir hier bekommen können, ist das die einzige Möglichkeit, etwas Neues aus der Heimat zu erfahren. Ein bißchen Heimweh haben wir nämlich immer.«

Bei dem Wort Heimweh steigt unwillkürlich ein unangenehmes Gefühl in mir auf. Letztes Jahr haben mich meine Eltern in den Sommerferien mit einer Kindergruppe in eine Jugendherberge ins Bergische Land geschickt. Schon nach der ersten Nacht wollte ich wieder nach Hause. Und Fatma und ihre Eltern sind jetzt schon drei Jahre hier und nur zwischendurch für ein paar Wochen Urlaub in ihrer Heimatstadt.

Ich komme mit meinen Erinnerungen aber nicht weit, denn Fatmas Mutter stellt Teller auf den Tisch, während Fatma unheimlich flink den Salat in dünne Streifen schneidet.

Was es wohl zu essen geben wird? Monika und Birgit sehen ebenfalls mehr ängstlich als neugierig den großen Topf auf dem Herd an. Hat Oma nicht einmal erzählt, daß Ausländer gebratene Hunde essen, weil sie kein Schweinefleisch essen dürfen? Und dann sagt Fatma auch noch: »Ihr bekommt ein typisch türkisches Gericht. Iman bayildi. Das heißt auf deutsch: Der Iman fiel in Ohnmacht.«

Oh, man! Mir wird ganz komisch im Bauch.

Monika sieht verkrampft auf die dampfende Platte, die Frau Öztürk auf den Tisch stellt. »Eigentlich hab ich gar keinen Hunger«, meint sie. Die sonst so forsche Birgit ist um die Nase ganz blaß und flüstert mir zu: »Gleich fall ich in Ohnmacht.«

Fatma hat das wohl mitbekommen und hält sich vor Lachen den Bauch. »Na, ihr Angstkaninchen! Das hier ist ein Gemüse aus Auberginen, Zwiebeln und Tomaten in Olivenöl. Dazu essen wir gemischten Salat mit Weißbrotscheiben und trinken Ayran.« Sie stellt Gläser neben unsere Teller und erklärt uns: »Ayran ist verdünnter, geschlagener Joghurt mit etwas Salz, und man trinkt ihn möglichst kalt.«

Zunächst greifen wir nur zögernd zu, schlagen uns dann aber den Bauch so voll, daß wir schließlich satt bis zum Anschlag sind. Trotzdem essen wir abschließend noch ein Stück Melone, die auf türkisch Karpuz heißt, damit Fatmas Eltern nicht beleidigt sind.

Als wir auf der Straße stehen, sind wir uns einig, daß wir sicher nicht das letztemal hier gewesen sind. »Allaha ismarladig«, haben Fatmas Eltern zu uns gesagt. Das heißt: auf Wiedersehen. Und sie haben uns eingeladen wiederzukommen.

Daß wir unsere Eltern von den Öztürks grüßen sollen, fällt mir auf dem Heimweg wieder ein. Ich denke an Papa und Onkel Klaus und daran, daß ich diesen Gruß wohl kaum ausrichten kann. Zugleich fällt mir ein, daß ich wohl Ärger bekommen werde, weil ich so spät nach Hause komme.

Ich tröste mich damit, daß ich an diesem Nachmittag bei Fatma viel Neues erfahren habe. Ich weiß jetzt, wo Istanbul liegt, daß nicht jeder Türke aus Anatolien kommt, daß Moslems Angehörige der islamischen Religion sind und kein Schweinefleisch essen, weil es ihnen der Prophet Mohammed verboten hat. Und ich weiß nun auch, daß der Prophet in Mekka begraben ist und daß sich deshalb die Mohammedaner bei ihren Gebeten in diese Richtung wenden.

Aber Herr Öztürk hat uns auch erzählt, daß in der Türkei schon Fatmas Mann auf sie warte. Für Fatma sei das selbstverständlich, obwohl sie ihn gar nicht kennt.

Das habe ich nicht begriffen, weil ich doch aus dem Fernsehen weiß, daß sich Mann und Frau erst lieben und dann heiraten. Als ich das Herrn Öztürk sagte, hat der nur gelacht und gemeint, das würden wir Kinder wohl nicht verstehen, das sei eben so in der Türkei. Da hat Herr Öztürk irgendwie ausgesehen wie mein Vater.

Als ich nach Hause komme, hocken Papa und Onkel Klaus immer noch zusammen. Papa merkt gar nicht, daß ich spät dran bin. Nur Mama rüffelt mich leise.

Die beiden reden schon wieder über *die* Türken, und als Papa sagt, daß die in den Bergen von Anatolien immer noch auf Eseln rumreiten und hier noch auf der neunten Sohle ihren Gebetsteppich ausrollen wollen, platzt es aus mir heraus: »Sag doch nicht immer *die* Türken, *die* Polen oder *die* Ausländer! Sie haben doch alle Namen! Meine Freundin heißt zum Beispiel Fatma und ihre Eltern Öztürk. Und das sind alles nette Leute. Und wie in einem Gefängnis lebt Frau Öztürk auch nicht. Und außerdem: Wenn wir Erler Pollacken gerufen werden, ärgerst du dich auch, obwohl du selbst sogar eine Mutter und einen Vater aus Ostpreußen hast.«

Papa versteht erst gar nicht, was ich meine. Doch dann schnallt er es.

Wegen der Nachbarn und des guten Rufs und nicht zuletzt wegen Onkel Klaus verbietet er mir den Kontakt zu Fatma. Und drei Tage Stubenarrest gibt es obendrauf.

Der Familiensegen hängt lange schief, aber Fatma bleibt trotzdem meine Freundin. Machmal kommt sie zu uns, und ihre Eltern erlauben ihr sogar, mit uns am Kanal zu baden. Wie mit vielem anderen findet sich Papa auch damit irgendwann ab.

Die Romanze zwischen meiner Schwester und Ali dauert übrigens nur drei Wochen. Unsere Eltern erfahren nichts davon. Alle, die davon wissen, halten dicht.

Als Schweigegeld bekomme ich nicht nur den blauen Rock ausgeliehen, sondern auch noch zwei Karten fürs Kino.

18. Kapitel

Von Kaulquappen und bösen Politikern, von ekeligem Gemüse und ewigem Streit und wie schließlich doch noch alles in Ordnung kommt

Mehrmals in der Woche treffe ich mich mit meinen Freunden am nahen Mühlbach.

Das Gelände ist ein echtes Naturparadies und von uns aus schnell zu erreichen. Es gibt hier wilde Wiesen ohne Zäune, einige Kletterbäume, viel Gebüsch zum Verstecken, und vor allem gibt es keine Erwachsenen, die uns etwas verbieten können. Mittendrin fließt der Mühlbach, und einen kleinen Tümpel gibt es auch. Hier spielen wir Fangen und Verstecken, Ritter und Cowboys, und ab und zu bauen wir uns im Gestrüpp kleine Buden aus Hölzern, Brettern und Strauch- und Blattwerk. Wir kennen hier jeden Stein, jeden Busch und jeden Baum.

»Mensch! Heute wimmelt es von Beute.« Triumphierend hält Friedbert - er heißt wirklich so - sein Einmachglas in die Höhe. Die Einmachgläser erbetteln wir immer von unseren Müttern oder stibitzen sie aus den Kellern. In diese Gläser kommen Stichlinge und Kaulquappen, die wir aus dem Tümpel fischen.

Friedbert lenkt Carola ab, die neugierig seinen Fang begutachtet. Währenddessen schleicht sich Kalle von hinten an sie heran. Plötzlich hat Carola einen Frosch in der Bluse.

Andere Mädchen würden vielleicht kreischen. Nicht so Carola. Sie holt den grünen Hopser heraus und läuft Friedbert und Kalle hinterher, die stiftengehen.

Ich mag nicht so recht mitmachen bei allen Häschereien, Spielen und Entdeckungen. In den letzten Wochen bin ich häufig traurig. Doch heute ist es besonders schlimm.

Ich sitze am Bach und versuche, meinen angefangenen Gänseblümchenkranz zu verschönern. Nichts gelingt mir richtig. Der Kranz gefällt mir nicht. Es gelingt mir noch nicht einmal, die Gerüche der Blumen, der wilden Wiesen, des klaren Wassers und des frischen Grüns in mich aufzunehmen.

Inge ist in eine andere Stadt gezogen. Sie hat in der Schule neben mir gesessen und mich abschreiben lassen. Mit ihr, da konnte ich über alles sprechen. Einmal hat sie sogar einem Jungen eine Ohrfeige gegeben, der mich verprügeln wollte. Ich hätte mich das nie getraut. Ich bin stolz gewesen, daß ich eine solche Freundin hatte, die überall geachtet war. Wir besuchten uns, hörten gemeinsam Platten, tauschten Glanzbilder und zeigten uns unsere Poesiealben und Tagebücher.

Mama hat versucht mich zu trösten. »Die Pankoffs können gar nicht anders. Bismarck hat eben zugemacht. Das ist eine Tatsache.«

Was interessiert mich, was eine Tatsache ist! Mich interessiert nur, daß Inge weggezogen ist. Schon im letzten Jahr ist Gundula Hering-Kleinschmidt mit ihren Eltern in eine kleine Stadt am Rhein gezogen. Ich habe mich zwar häufig über sie geärgert, aber seit sie fort ist, fehlt sie mir. Und jetzt ist Inge weg, einfach weg, meine allerbeste Freundin.

»Du solltest dich freuen, daß Inges Vater wieder Arbeit hat«, hat Mama noch einmal einen Anlauf genommen. »Nicht jeder Bergmann hat soviel Glück wie Papa gehabt. Papa konnte Bergmann bleiben, und wir brauchten nicht umzuziehen, nicht die Wohnung aufzugeben, keine neue Wohnung zu suchen. Das ist schon ein großes Glück gewesen.«

Und dann hat sie mir erklärt, was eine Umschulung ist, die Inges Papa mitmachen mußte. »Das Arbeitsamt hat ihm eine Ausbildung zum Schweißer bezahlt, und nun hat er in Arnsberg eine Firma gefunden, die ihn einstellt. Was soll er machen? In diesen Zeiten muß man sehen, wo man bleibt. Jeder muß das. Keiner weiß, was kommt. Das ist eine Tatsache.«

Schon wieder dieses blöde Wort. Ich hasse es.

Und Mama sagte weiter, daß das alles schließlich doch auch für Inge gut sei. »Wenn ihre Eltern hier die Wohnung nicht mehr bezahlen können, müssen sie sowieso ausziehen. Und du willst doch wohl, daß es Inge gutgeht. Auch wenn es jetzt weh tut, du wirst das schon noch verstehen.«

Aber ich will es nicht verstehen, denn Inge ist seit einem Jahr meine erste richtige Freundin überhaupt gewesen, und schon habe ich sie wieder verloren. Was soll ich jetzt nur den ganzen Tag machen? Wem soll ich meine Geheimnisse anvertrauen?

Niemand versteht mich.

Carola kommt zurück. Sie ist völlig verschwitzt. Sie kniet am Bachlauf nieder und schöpft mit beiden Händen Wasser und trinkt. Dann setzt sich sie neben mich.

Carola merkt wohl, daß was mit mir los ist, und legt ihren Arm um mich, den ich sofort wieder abstreife.

»Ist ja schon gut. Laß mal raten. Letztes Diktat verhauen?«

Ich sehe auf meinen Gänseblümchenkranz.

»Hm? Du sollst auf die höhere Schule und willst nicht?«

»Quatsch«, sage ich.

Ich mag Carola zwar, aber sie ist nicht richtig meine Freundin. Sie kommt höchstens an dritter oder vierter Stelle.

»Hast du Liebeskummer? Erzähl mal! Ist der Rolf aus der Parallelklasse, nicht?«

»Du verstehst gar nichts.« Ich pflaume Carola richtig an.

Sie ist wohl beleidigt und steht auf.

»Carola«, schlage ich versöhnlichere Töne an, »weißt du, was eine Tatsache ist?«

»Eine Tatsache? Das ist ganz einfach. Eine Tatsache ist, was man nicht ändern kann. Und was du nicht ändern kannst, kannst du nicht ändern, sagt meine Mutter immer.«

»Siehst du«, sage ich, »das ist es, was mich bedrückt.«

»Eine Tatsache?«

»Nein! Inge ist umgezogen. Und das ist eine Tatsache. Das kann ich nämlich nicht ändern. Und dann ist sie auch noch meine beste Freundin. Und das ist auch eine Tatsache. Und deshalb bin ich traurig.«

Carola zuckt mit den Achseln. »Ja und? Was gibt es denn da zu verstehen? Meine Mama sagt immer, jeder, der aus den Zechenhauskabuffs rauskommt, der hat den ersten Preis in der Lotterie gewonnen.«

Carola versteht mich auch nicht. Sie hat das Gemüt eines Gorillas. Von Glanzbildern und Poesiealben hält sie nichts. Sie spielt lieber mit den Jungen Fußball.

»Inges Vater, der mußte nach Arnsberg ziehen, weil er dort Geld verdienen kann«, kläre ich Carola auf. »Hier kriegt er nämlich nichts mehr.«

»Arnsberg?«

»Ja, Arnsberg! Das ist irgendwo im Sauerland.«

»Boh, dann zieht die ja in die Berge. Da möchte ich auch wohnen.«

»Ja, aber sie zieht ohne mich da hin.«

»Und deshalb bist du so traurig!« Endlich fällt auch bei Carola der Groschen.

»Mensch, Elfi«, versucht sie mich zu trösten, »ich hab auch einmal eine Freundin verloren. Die Veronika, kennst du die noch? Ihr Papa arbeitet jetzt in Castrop auf Minister Achenbach. Die sind vor zwei Jahren weggezogen, weil Veronikas Opa gepflegt werden mußte und ihre Mama nicht immer mit der Bahn zwischen Gelsenkirchen und Ickern hin- und herfahren wollte. Du, die Veronika schreibt mir heute noch Briefe.«

Carola trifft einen wunden Punkt, ohne daß sie es weiß. Denn Inge hat noch nicht geschrieben, obwohl sie es ganz fest versprochen hat. Ich warte jeden Tag auf einen Brief von ihr. Mama meint, daß Inge wohl sehr viel zu tun habe.

Ich denke daran, daß mich Inge vielleicht schon vergessen hat. Dabei hat sie mir ewige Freundschaft geschworen.

»Weißt du«, sagt Carola nun, »weißt du, wer an deinem Unglück schuld ist?«

Ich sehe Carola groß an.

»Die Politiker!«

Ich verstehe nur Bahnhof.

»Die Politiker, ist doch klar! Mein Papa sagt immer, an allem sind die Politiker schuld. Die sind schuld, wenn er kein Geld mehr hat, um Zigaretten zu kaufen, die sind schuld, wenn die Zechen zumachen, die sind schuld, wenn Mama das Essen versalzen hat oder Papa Mist gebaut hat. Immer sind die Politiker schuld. Also sind die auch schuld, wenn Inge wegzieht.«

Das leuchtet mir ein, zumal auch mein Papa immer über die Politiker lästert. Vor allem, seitdem sie Graf Bismarck nicht gerettet haben. Seit diesem Tag weiß ich, daß Politiker die schlimmsten und bösesten Menschen sein müssen, die es auf der Welt gibt.

»Übrigens«, sagt Carola und steht auf, denn für sie ist das Thema beendet, »die Conny aus unsere Klasse, die zieht auch weg.« Dann läuft sie zu den Jungen.

Ich sehe auf meinen Gänseblümchenkranz, beziehungsweise auf die Reste davon, die vor mir liegen. Ich habe ihn völlig zerrupft.

Daß Cornelia Losberg mit ihrer Mutter wegziehen will, davon habe ich schon gehört. Conny hat schließlich jedem erzählt, daß sich ihre Eltern scheiden lassen. Weil sie sich immer streiten, hat sie erklärt.

Als ich an Cornelia Losberg denke, werde ich noch trauriger. Denn auch Mama und Papa streiten sich immer häufiger. Und jedesmal wird es lauter. Streit steht bei uns zu Hause auf der Tagesordnung, meist aus nichtigen Anlässen.

Seit der Geschichte mit dem kaputten Auto-Getriebe hängt bei uns der Haussegen total schief. Papas Tank-Malheur ist dagegen eine Kleinigkeit gewesen.

Papa hat den Wagen von einem Kollegen gekauft. Günstig, wie er sagte, überaus günstig. Und der Kollege hat den Wagen wieder von einem Kollegen empfohlen bekommen, und der von einem entfernten Verwandten und so weiter.

Garantie ist natürlich nicht darauf gewesen, Papa hat noch nicht einmal einen Vertrag in der Hand gehabt. Warum auch? Es war doch ein guter Kollege, von dem man nur günstige Dinge bezog.

Und dann waren an dem Wagen in kürzester Zeit Kupplung, Bremsen und schließlich das Getriebe hinüber.

Mama sagte daraufhin Papa kräftig die Meinung. Papa war danach wochenlang nicht ansprechbar. Er wußte, daß er einen Fehler gemacht hatte, konnte ihn aber nicht zugeben.

Natürlich versuchte Papa bei seinem Kollegen noch einen

Teil des Geldes zurückzuerhalten, aber der ließ sich darauf nicht ein. Wie besehen, so gekauft!

Das Wort Kollege darf bei uns seitdem niemand mehr in den Mund nehmen. Auch Gebrauchtes darf nicht mehr gekauft werden. Davon hat Papa, wie er sagt, die Schnauze gestrichen voll.

Papa verschwindet seit dieser Zeit öfters in die Kneipe als sonst, und ich habe Angst, daß er auch zum Alkoholiker wird wie Herr Wollinski von gegenüber. »Der hat das mit der Zechenschließung nicht verkraftet«, sagt Mama einmal. Und sie erklärt mir auch, was ein Alkoholiker ist. »Solche Leute können nicht mehr aufhören, Alkohol zu trinken. Die haben keinen Willen mehr.«

Ich finde, daß Papa auch keinen Willen mehr hat. Denn jedesmal sagt er: »Heute, da geh ich nicht in die Kneipe, heute nicht.« Und dann geht er doch, weil er es zu Hause nicht mehr aushalte, wie er meint.

Mama wird immer nervöser und fährt öfters aus der Haut, als uns Kindern lieb ist. Sie bestraft uns für Dinge, die sonst kaum der Rede wert gewesen sind. Und die gemütlichen Kuschelstunden finden immer seltener statt.

Dauernd ist es das liebe Geld, das wir dringend benötigen und über das sich unsere Eltern nicht einigen können. Papa schiebt immer mehr Wochenendschichten. Selbst Kurtchen kommt jetzt bei ihm zu kurz.

Es ist aber wohl nicht nur das Geld. Papa sind die Überschichten auch ganz lieb, weil er dadurch dem Streit zu Hause aus dem Weg gehen kann.

Die Streitereien lassen dadurch wirklich nach. Doch es ist nur die berühmte Ruhe vor dem Sturm. Denn eines Tages ist der Teufel los gewesen.

Papa fährt mit einem nagelneuen Opel Kadett vor, den er in einem Autohaus - natürlich diesmal mit richtigem Vertrag und Garantie - fast neu gekauft hat.

»Ein Vorführwagen«, sagt er, »wie neu, aber unheimlich preiswert. Ein echter Fitsch!« Stolz steht er mit den Autoschlüsseln in der Hand da und strahlt übers ganze Gesicht.

»Na, ist das was? Wofür hab ich mich wohl so abgerackert die letzte Zeit? Und die Kreditzinsen sind im Moment auch unheimlich günstig.« Papa schaut Mama erwartungsvoll an.

Papa schätzt die Lage offenbar vollkommen falsch ein. Nur weil zwischenzeitlich etwas Ruhe eingetreten ist, glaubt er wohl, Mama habe alles vergessen.

Der neue Wagen ist für Mama der Weltuntergang. Sie packt ohne Kommentar einfach die Koffer. Wir Kinder heulen Rotz und Wasser, aber Mama geht. Erst abends kommt sie wieder und spricht kein Wort, und es braucht bestimmt fünf Wochen, bis sie überhaupt zum ersten Male in dem neuen Auto mitfährt.

Nach der Schließung von Graf Bismarck steht Mama mindestens ein dutzendmal mit gepackten Koffern in der Tür. Nur auf unser Flehen hin und das Versprechen, nie mehr Ärger zu machen, packt sie die Sachen jedesmal wieder aus.

Bald nach Papas Autokauf nimmt Mama eine Putzstelle bei Frau Dr. Jansen an, einer ehemaligen Ärztin vom Gesundheitsamt, die seit drei Jahren in Pension ist. Wenige Wochen später hat sie bereits fünf Putzstellen.

Papa paßt das von Anfang an nicht, aber er hat schlechte Karten. Schließlich hat Mama recht. Auch wenn Papa eine Überschicht nach der anderen fährt und mehr auf dem Pütt als zu Hause ist, die Raten für den Kredit können kaum bezahlt werden, selbst wenn Mama an allen Ecken und Enden spart. Sie will das Auto am liebsten verkaufen, doch das läßt Papas Stolz nicht zu. »Außerdem«, sagt sie einmal, »wenn du immer malochen gehst, dann brauchen wir das Auto sowieso nicht.«

Ich schäme mich schon manchmal, weil meine Schuhe völlig abgenutzt sind oder ich wieder die alten Sachen von Hanne auftragen muß. »Die sind für dich gut genug«, sagt Mama, »wir haben kein Geld.« Und wenn ich um etwas bitte und bettele, sagt sie nur: »Geh zu Papa! Der kann ja Geld kacken.« Papa ist aber immer unter Tage.

Das Putzen hat für Mama den Vorteil, daß sie nur stundenweise aus dem Haus muß und daß sie nicht unbedingt an feste

Arbeitszeiten gebunden ist. Wenn sie auch feste Tage und Stunden vereinbart, besteht immer mal die Möglichkeit, einen Termin zu verlegen oder ausfallen zu lassen. Das glaubt sie anfangs jedenfalls. Sie kennt da noch nicht die penible Einstellung ihrer Arbeitgeberinnen, die teilweise mit dem Finger über den Boden wischen, um Mamas Sauberkeit und Arbeitsleistung zu überprüfen. Und wenn sie mal einen Termin absagen oder verschieben will, reagieren einige der Damen spätestens beim drittenmal pikiert: »Ja, wenn sie nicht regelmäßig kommen können, dann muß ich mir eine andere Putzkraft suchen.«

Papa muß öfters auf eine warme Mahlzeit verzichten oder sich das Essen selbst aufwärmen, je nachdem, welche Schicht er hat. Zweimal in der Woche kommt Oma und springt in die Bresche. Mama steht abends oft am Herd und kocht vor.

Bisher haben bei uns zu Hause stets klare Verhältnisse geherrscht. Papa ging arbeiten und brachte das Geld, Mama war für den Haushalt und die Kinder zuständig. Zu Papa gehörte der Pütt, zu Mama das Kochen, das Putzen, das Nähen, die Arztbesuche mit den Kindern, die Schularbeitenhilfe und, und, und. Papa lag nach der Schicht auf dem Sofa, Mama brachte ihm Kaffee oder Bier. Papa gab Mama Haushaltsgeld, Mama mußte sehen, wie sie damit herumkam. Papa gab Mama gute Ratschläge und baute mit Kurtchen Lego-Häuser oder verschwand ins Kasino.

Diese Ordnung unserer Familie gerät jetzt völlig durcheinander. Papa muß jetzt auch für sich selbst und uns Kinder sorgen, und das macht auch ihn nervös.

Und noch etwas Entscheidendes ändert sich, seitdem Mama mitverdient. Sie bekommt tatsächlich die Unterschriftsberechtigung für das Girokonto bei der Sparkasse, auf das Papas Lohn seit einiger Zeit überwiesen wird. Sie zahlt ihr selbstverdientes Geld auf ein Sparbuch ein und kümmert sich mehr und mehr um die Familienfinanzen, um die Kredite, die Ratenzahlungen, die Einteilung des Taschengeldes.

Und mit Oma bekommen wir jetzt endgültig den dritten Erzieher in der Familie. Es gibt ein heilloses Durcheinander von Ge- und Verboten, Erlaubtem und Verbotenem.

Papa rutscht - entgegen seiner sonstigen Art - in dieser Zeit schon mal die Hand aus, auch wenn es ihm hinterher fürchterlich leid tut. Wenn es besonders schlimm gewesen ist, versucht er seine Unbeherrschtheit wieder gutzumachen. Er beschenkt uns Kinder mit Unmengen von Süßigkeiten, was meist so ausgeht, daß Mama auf die Palme geht, die das Geld für sinnvollere Dinge ausgegeben sehen will.

Trotz des Durcheinanders schafft Mama es allmählich, die finanzielle Lage unserer Familie spür- und sichtbar zu verbessern. Von den Frauen, bei denen Mama putzt, erhält sie außer dem Stundenlohn zu ihrem Geburtstag meistens ein zusätzliches Geldgeschenk.

Für uns Kinder springt schon mal eine Süßigkeit heraus, die Mama uns mitbringt. Nur Frau Dr. Jansen ist gegen Süßigkeiten, weil das nicht gesund sei. Sie gibt Mama stets irgendein Stück Obst für uns mit, das allerdings meistens ein bißchen angegammelt ist. Als ob wir nicht selbst wüßten, daß zuviel Süßes nicht gut ist! Das hören wir von Oma und Mama oft genug. Auf die Ratschläge von Frau Dr. Jansen, über die uns Mama immer brühwarm berichtet, können wir gerne verzichten, genauso wie auf das verfaulte Obst. Bah!

Wenn Mama ein oder zwei Stunden länger bleibt, hält sie einen kleinen Plausch mit Frau Dr. Jansen. Allerdings habe ich den Eindruck, daß die Gespräche wohl sehr einseitig verlaufen müssen, denn als mich Mama einmal mitnimmt, redet nur Frau Dr. Jansen, und Mama nickt.

Wenn Mama dann mal wieder sehr unpünktlich nach Hause kommt, ist sogar Oma stinkesauer, denn ihr Kaffeenachmittag bei der Frauengruppe gerät in Gefahr. »Marlies, du weißt doch genau, daß ich dienstags immer in die AWO gehe.«

Wenn Papa wieder einmal mosert, sagt Mama, sie habe sich ja schließlich nicht in Schulden gestürzt. Papa sei schuld. Er müsse ja einen Neuwagen wie ein Großkotz vor der Tür stehen haben, den wir gar nicht nutzen könnten. Ein solches Spielzeug sei doch wohl reichlich teuer, meint sie. Und außerdem, auf Frau Dr. Jansen lasse sie nichts kommen, das sei eine noble Person, mit der sie sich gut unterhalten könne. Da höre sie auch mal etwas anderes als immer nur die Püttgeschichten von Papa und den Siedlungstratsch von Oma. Und das bekäme sie auch noch gut bezahlt.

Zwischenzeitlich steigt Frau Dr. Jansen wieder in unserer Achtung. Zu Weihnachten bringt Mama tatsächlich doch einen Hundertmarkschein mit nach Hause.

So spendabel Frau Dr. Jansen auch ist, Mama darf auch schon mal am Wochenende bei ihr antanzen. Frau Dr. Jansen hat nämlich einen Putzfimmel. Ihren Frühjahrsputz will sie partout schon im Herbst machen. Papa ist stinkesauer, weil er an diesem Tag extra keine Wochenendschicht fährt, da er mit dem Wagen und der Familie eine Tour zu einer Talsperre im Bergischen Land machen will.

In diesen Monaten klappt nichts mehr in unserer Familie.

»Marlies«, sagt Oma öfters, »jetzt ist doch das Schlimmste vorbei. Kannst du nicht wieder aufhören mit der Putzerei? Die Schulden drücken doch nicht mehr so schlimm.« Oma hat Papa nämlich tausend Mark von ihrem Sparkassenbuch gegeben. »Warum soll ich damit warten, bis ich unter der Erde bin, schließlich braucht ihr das Geld jetzt. Und meine Rente ist ja auch nicht zum Verhungern.«

Drei Monate später gibt Oma dann Papa noch einmal tausend Mark, weil sie das Elend nicht mehr mit ansehen kann. »Ich geb lieber mit der warmen Hand als mit der kalten. Und außerdem hab ich für meine Beerdigung schon was auf die hohe Kante gelegt. Das ist auf der Kasse, und da kommt keiner ran. Davon geb ich nichts ab. Das ist nur für den Holzverschlag, weiche Kissen und die Grabpflege, damit ihr damit nichts zu tun habt. Ihr habt ja sowieso keine Zeit für nichts. Wenn ich das Grab von meiner Schwester seh, wo auch kein anderer was tut, krieg ich nämlich schon heute am Herz, wenn ich dran denke. Und daß ihr mir ja keinen Grabstein kauft! Ich will so einen schweren Brocken nicht auf dem Kopp haben. Und wenn ihr das doch tut, dann erschein ich euch als böser Geist im weißen Nachthemd.«

So geht es in einer Tour, bis sie schließlich die Scheine auf den Tisch legt.

Sicher, etwas Luft bekommen wir dadurch. Aber Mama denkt gar nicht daran aufzuhören. Sie ist froh, daß sie aus dem üblichen Familientrott herauskommt. Sie spielt sogar mit dem Gedanken, ihre alte kaufmännische Ausbildung zu nutzen, aber sie findet in der näheren Umgebung keine passende Halbtagsstelle.

Gegen eine Vollzeitstelle wehrt sich Papa. »Dann kannst du gleich zum Anwalt gehen«, schreit er Mama an, als diese das Gespräch auf eine Kassiererstelle im neuen Supermarkt bringt.

Mama droht in dieser Zeit oft damit, uns ins Kinderheim abzuschieben, wenn wir nicht endlich Ruhe geben. Als sie einmal wütend ist, weil wir wieder unser Kinderzimmer nicht aufgeräumt haben und Kurtchen die halbe Kohlenhalde ins Wohnzimmer schleppt, sagt sie sogar: »Ich verhöker euch morgen auf dem Markt gegen drei Säcke Kartoffeln. Das könnt ihr mir glauben.«

Ich sitze noch immer am Bach, als die anderen zurückkommen und nach Hause aufbrechen wollen.

»Probier mal!« stößt mich Kalle an.

»Bin ich eine Kuh«, antworte ich patzig, denn ich sehe, daß er so etwas ähnliches wie Gras in der Hand hält.

»Kommt drauf an«, sagt Kalle und beißt selbst in das Grünzeug.

»Bist du unter die Wiederkäuer gegangen?« fragt Carola.

»Nee, das ist Sauerampfer. Im Krieg haben sie aus Sauerampfer und Brennesseln Salat gemacht. Hat mir meine Tante erzählt.«

Ich probiere vorsichtig. »Ist ja ein bißchen sauer.«

»Ja, was glaubst du denn, warum das Zeug so heißt?«

Als ich mich unbeobachtet fühle, spucke ich das klitschige Zeug aus. Darin habe ich eine gewisse Übung, denn das Kinderaufpäppelgemüse Spinat muß ich zu Hause auch stets hinterrücks ausspucken.

Und was gibt es zu essen, als ich schließlich nach Hause komme? Eben Spinat! Das paßt.

Zunächst will ich meine Stichlinge, die mir Kalle geschenkt hat, in der Badewanne schwimmen lassen. Aber Mama verbietet es. »Ich habe genug Arbeit. Und außerdem sehe ich es nicht so gerne, wenn du so oft am Mühlbach rumstrolchst. Wasch dir erst mal die Hände!«

Bald darauf stochere ich in meinem Essen herum und versuche, mit der Gabel von den Kartoffeln möglichst viel Spinat abzukratzen. Zuerst verspeise ich das gekochte Ei.

»Jetzt ißt du deinen Spinat, Elfi! Spinat hat viel Eisen, hat Frau Dr. Jansen gesagt. Eisen ist gut für die Blutbildung«, sagt Mama.

Immer Frau Dr. Jansen! Ich kann die Tucke trotz Hundertmarkscheinen zu Weihnachten nicht mehr leiden. Für alles, was wir tun oder lassen sollen, muß Frau Dr. Jansen herhalten.

Ich stochere weiter auf meinem Teller herum.

Papa bemerkt das aufziehende Gewitter und sucht auf seine Art eine Lösung. »Elfi, wenn du den Spinat nicht ißt, dann muß ich dir aus der Grube dicke Eisenketten mitbringen. Mama hat sich doch solche Mühe gemacht.«

Ich schaue ihn groß an und mische mutig eine Gabelspitze Spinat unter drei zerdrückte Kartoffeln.

»Also ein bißchen mehr kann es schon sein, Elfi.«

»Ich mag das aber nicht. Das ist einfach ekelig. Und wenn ich mich übergeben muß, hab ich auch nichts davon.«

»Gut, dann muß Mama dir meine Eisenkette mit viel Maschinenöl in der Suppe aufkochen, damit du ein bißchen Eisen in den Bauch kriegst. Guck mal Kurtchen an, was der reinhaut!«

Von Reinhauen kann wirklich die Rede sein. Kurtchen rührt auf seinem Teller herum und schiebt sich nacheinander die Matschbrocken in das Riesenloch unter seiner Nase. Und Mama wischt ständig seinen Mund ab.

»Aber ich spiel doch immer draußen«, versuche ich Papa und Mama zu überzeugen. »Und der Doktor in der Schule hat gesagt, ich bin gesund.«

Hanne mischt sich ein und verteidigt mich: »Laßt Elfi doch in Ruhe! Ich mag zum Beispiel keinen Fisch. Wenn ich sehe, wie Opa August die geliebten Heringe mit Kopp und allem verspeist, wird mir regelmäßig übel. Und früher brauchten wir ja auch nicht alles essen. Das ist nur, weil Mama arbeitet und nervös ist. Und mit dem Vielfraß Kurtchen braucht ihr uns auch nicht mehr kommen. Der ißt nicht, der frißt ja. Das ist kein Vorbild, sondern ein Müllschlucker.«

Mama legt ihre Gabel beiseite, sagt aber nichts.

Papa tut so, als ob er Hannes Ausbruch überhört habe. Er versucht es weiter auf die scherzhafte Tour und grinst mich an. »Elfi, ich mag das Zeug doch auch nicht. Ich mag einfach die Farbe nicht. Ja, wenn er blauweiß wär, der Spinat, wie das Trikot von den Knappen, ja dann. Aber grün!« Papa schneidet eine Grimasse. »Doch ich brauch eben den Spinat. Für die harte Arbeit auf dem Pütt. Und da zwing ich mich eben. Und aus dir wird sonst auch nichts. Und denk doch mal an die hungernden Kindern in Afrika. Die wären froh, wenn die so was zu essen hätten.«

»Papa«, sagt jetzt Kurtchen, »wenn wir den Spinat blauweiß anmalen, ißt Elfi ihn dann?«

Mama steht auf und geht aus der Küche. Sie kann alles wohl nicht mehr mit anhören.

Papa sieht ihr nach, zuckt mit den Schultern und nimmt dann blitzschnell meinen Teller. Er geht zum Abfalleimer neben der Spüle und kratzt den Spinat hinein. »Aber nichts verraten! Du auch nicht, Kurtchen! Mama braucht das nicht zu wissen.«

Nach einer Weile kommt Mama wieder. Sie nimmt ihre Gabel und ißt still weiter.

Wir alle sehen an den roten Rändern unter ihren Augen und dem zerknüllten Taschentusch in ihrer linken Hand, daß sie geweint hat wie so oft in letzter Zeit.

Papa verkennt aber wohl mal wieder den Ernst der Lage. »Guck mal, Marlies! Elfi hat ihren Spinat aufgegessen. Ist das nicht toll?«

Mama sieht auf meinen Teller, sagt aber nichts.

Kurtchen kann sich vor Lachen nicht mehr halten, prustet los und guckt dabei immer auf den Abfalleimer.

Mama versteht, springt auf und entdeckt den Spinat. »Nein, Kurt, so geht das nicht weiter! Ich kann nicht mehr!« Sie preßt das Taschentuch gegen die Stirn.

Ich stehe auf und kuschele mich an sie. »Mama, ganz ehrlich, mir war wirklich schlecht. Ich würde sonst kotzen.«

Mama schiebt mich weg.

»Mensch, Marlies, nimm doch nicht immer alles so ernst! Wenn sie doch keinen Spinat mag. Du kannst das Kind doch nicht zwingen.«

Jetzt bricht es aus Mama heraus. »Da kocht man und macht man, da tut man und rackert sich ab. Und was kommt dabei heraus? Eine nörgelnde Familie!«

»Wir haben doch nicht genörgelt. Ich hab doch nur einen Scherz gemacht. Marlies, nimm doch alles nicht so ernst!« Papa will Mama in den Arm nehmen.

»Ach, hört doch auf! Alle miteinander! An allem mäkelt ihr rum. Nichts kann ich euch mehr recht machen. Ich putze fremder Leute Wohnungen und mache fremder Leute Dreck weg, damit ihr vernünftig zu essen habt und Papa den Wagen abbezahlen kann. Ich sehe zu, daß ich alles geregelt bekomme, und zerreiße mich in drei Teile. Mama hier, Mama da! Und was macht ihr? Ihr schüttet den Spinat weg. So geht das nicht weiter!«

»Aber wenn sie den Spinat doch nicht mag?« mischt sich jetzt auch noch Hanne ein.

»Ach ja? Was mag Elfi denn überhaupt noch? Oder du? Ich habe letztens extra einen Pott Graupensuppe gekocht, weil ihr die so gerne mögt, dachte ich jedenfalls. Und was habt ihr gemacht? Dran genippt habt ihr. Nur dran genippt habt ihr. Ich habe alles wegschütten müssen, weil meine älteste Tochter, die immer so erwachsen sein will, den Pott noch nicht einmal in den Kühlschrank gestellt hat. Wofür haben wir uns so ein Ding überhaupt zugelegt? War das nicht deine Idee, Hanne? Schön, schön! Immer neue Sachen kaufen. Und ein Telefon soll ja jetzt auch her, damit sich Fräulein Tochter nicht vor ihren Freundinnen schämen muß. Ach, hört doch auf! Ich bin es ja so leid!«

Ja richtig! Wir sollen ja jetzt auch ein Telefon bekommen. Hanne hat Papa rumgekriegt. Schließlich wollen wir nicht als letzte Erler ans Telefonnetz angeschlossen werden. Nein, rückständig will Papa nicht sein, und das Argument Hannes, daß alle ihre Freundinnen schon miteinander telefonieren könnten, nur sie ausgeschlossen sei, gibt schließlich, stets aufs neue wiederholt, den Ausschlag - wenngleich Hanne auch ein bißchen übertrieben hat.

Ich wage noch einmal einen Versöhnungsversuch. »Mama, hör mal! Du weißt doch, daß ich Graupensuppe nicht mehr mag, seitdem mir Oma erzählt hat, daß Graupen Kälberzähne sind.«

»Ach, Elfi, hör doch mit den Geschichten auf! Laß mich mit deinen Kälberzähnen in Ruhe! Immer nur ihr, immer nur ihr! Wer hat denn für mich Verständnis? Hundertmal hab ich dir gesagt, daß das nur ein grober Vergleich ist. In Wirklichkeit sind das Graupen, die so aussehen wie Kälberzähne. Wie alt bist du denn eigentlich? Und du willst auf die höhere Schule? Wie ein Baby bist du manchmal. Ich glaube wirklich, ich pakke meine Koffer und ziehe nach Australien. Ganz weit weg in den Busch zu den Hottentotten.«

Höhere Schule? Ich horche auf. Soll ich nun doch auf die Realschule gehen dürfen?

Doch bevor ich nachfragen kann, meint Hanne: »Mama, Hottentotten leben in Afrika. In Australien gibt es Aborigines. So heißen die Ureinwohner Australiens.«

Mama schlägt die Hände vors Gesicht.

»Hanne«, sagt Papa ernst, »hör auf klugzuscheißen!« Und zu Mama gewandt meint er: »Das hast du von gebildeten Töchtern.« Und dann will Papa ablenken. »Ich hab in der Zeitung gelesen, daß es zwei Völker auf der Erde gibt, die alles essen. Wirklich alles. Die Chinesen und die Japaner. Die essen alles, was fliegt, außer Flugzeuge, und alles, was vier Beine hat, außer Tische.«

Hauptsache keinen Spinat, denke ich.

Papa lacht Kurtchen an. Der zieht mit ausgestrecktem Arm und Löffel in der Hand große Kreise in der Luft und ahmt das

Geräusch eines Flugzeugs nach. Dann setzt er zur Landung an. Vor lauter Freude haut er mit dem Löffel in den Spinatteller.

Niemand sagt etwas, als Mama den Tisch, den Boden und Kurtchen säubert. Ich wage nicht, mich über Kurtchen aufzuregen, der auch meine Bluse getroffen hat. Jetzt bin ich von dem Zeug auch noch grün gepunktet. Es herrscht eine Grabesstille.

Nach einer Weile sieht uns Mama alle der Reihe nach stumm an, bevor sie spricht. »Ich glaub«, sagt sie ganz ruhig und traurig, »ich glaub, euch ist das völlig egal, ob ich in die Klapsmühle komm oder nicht.«

»Nach Aplerbeck«, kichert Hanne und schlägt sich sofort mit der Hand auf den Mund. In Dortmund-Aplerbeck gibt es eine Anstalt für geistig Behinderte und Kranke, so daß der Volksmund in unserer Gegend ein Irrenhaus auch Aplerbeck nennt.

Wieder herrscht eine Grabesstille.

»Hanne! Elfi!« Papa durchbricht die bedrückende Atmosphäre. »Geht auf euer Zimmer! Nehmt Kurtchen mit!«

Trotz aller Streitereien schaffen es Mama und Papa eines Tages, sich zusammenzusetzen und in aller Ruhe miteinander über alles zu reden. »Wir wollen es noch einmal vernünftig miteinander versuchen, auch wegen euch Kinder«, erklären sie uns am Abend, als die Familie - auch Oma Erle ist dabei - zusammensitzt.

Ich ahne kaum, was Mama und Papa mit »noch einmal versuchen« meinen, spüre aber, daß hier etwas Bedeutsames vorgeht. Erst Hanne klärt mich auf, als wir im Bett liegen. Unsere Eltern haben tatsächlich an Scheidung gedacht.

Ich liege an diesem Abend noch lange wach und versuche mir vorzustellen, wie es ist, wenn Papa und Mama getrennt leben würden. Wer würde mich wohl nehmen? Ob ich dann ins Heim müßte? Ich habe einmal davon gehört, daß Kinder geschiedener Eltern ins Waisenhaus müssen.

Aber Mama und Papa haben einen guten Willen, Hanne und ich verhalten uns unauffällig, und als Oma noch einmal Geld gibt, ist die Krise endgültig überwunden. Papa macht Überschichten und geht nicht mehr in die Kneipe, Mama will vorläufig zu Hause bleiben. »Aber Elfi geht zur Realschule«, verlangt sie, und Papa willigt ein. »Um des lieben Friedens willen«, wie er sagt.

Obwohl die Gefahr eigentlich vorbei ist, stehe ich in den nächsten Wochen viel Angst aus. Ich beobachte genau, was sich alles so tut und ob Mama und Papa es sich vielleicht doch noch anders überlegen. Ich bin - vorübergehend wenigstens - das liebste Kind der Welt, bis ich einsehe, daß meine Ängste überflüssig sind.

»Wißt ihr«, sagt Mama eines Nachmittags zu mir und Hanne, als sie mit uns nach langer Zeit mal wieder eine der so sehr entbehrten Kuschelstunde veranstaltet, »es gibt im Leben viele schwere Zeiten. Da muß man durch. Aber jetzt braucht ihr euch keine Sorgen mehr zu machen. Wirklich! Papa und ich haben uns so lieb wie früher.«

Ich finde auf der neuen Schule, die nach den Sommerferien beginnt, ziemlich schnell neue Freundinnen und komme über den Verlust von Inge nach und nach hinweg. Der Zillertal-Urlaub fällt auch dieses Jahr aus, dafür baden wir um so häufiger an Papas Blutwurststrand.

Mama bekommt im Herbst eine Mutterkur vom Müttergenesungswerk. Die vier Wochen, die sie sich an der Nordsee erholen darf, stellen unsere Familie noch einmal auf eine harte Probe. Wieder hilft Oma Erle, und für zwei Wochen kommt sogar Oma Harz und macht den Haushalt. Jeder bemüht sich so gut, wie er kann. Selbst Hanne hilft im Haushalt nach besten Kräften mit, und Papa findet für seine älteste Tochter oft lobende Worte.

Jetzt hat plötzlich auch Hannes Schlafbär ausgedient, den sie immer mit ins Bett genommen hat. Eine Zeitlang fliegt er noch in unserem Zimmer herum, bald darauf landet er in einem Koffer und der Koffer im Keller.

Für Kurtchen und für mich sind diese vier Wochen ohne Mama eine schwere Zeit. Oft liege ich im Bett und denke an sie. Zum Glück kommt alle drei Tage eine Postkarte oder ein Brief von ihr. »Mir geht es schon besser«, lese ich, als Mama zwei Wochen fort ist. Eine Ewigkeit! Nach der dritten Woche schreibt sie: »Mir geht es wunderbar hier.« Zwei Tage später: »Ich fühle mich blendend.«

Ob Mama überhaupt noch an uns denkt, wenn es ihr so gutgeht da oben an der Nordsee? Ohne uns!

Als Heintje im Radio singt *Mama, laß mich noch einmal deine Hände küssen*, muß ich weinen.

Auf der nächsten Karte schreibt sie: »Mir geht es wirklich ganz toll hier. Die Luft, die Wellen und die Strandspaziergänge tun mir so gut. Wenn ihr nur alle hier sein könntet! Ich sehne mich nach euch. Aber bald bin ich ja wieder zurück.«

Denkste! Mama bekommt zwei Wochen Verlängerung, und als uns Papa die Nachricht mitgeteilt, die auch ihn sichtlich schockiert hat, weine ich wieder einmal. Noch zwei Wochen mehr warten! Ich bin aber nicht die einzige. Auch Hanne, meine große Schwester, weint abends im Bett. Ich krieche zu ihr, und wir trösten uns gegenseitig. Wir denken daran, was Papa gesagt hat: »Für Mama ist es wohl das beste.«

Als Mama endlich zurückkommt, ist sie kaum wiederzuerkennen, so gut erholt ist sie. Die großen Streitereien gehören der Vergangenheit an. Auch in Zukunft fliegen bei uns zwar noch öfters die Fetzen, aber nie so, daß ich ernsthaft Angst haben muß, daß sich Mama und Papa scheiden lassen.

19. Kapitel

Von Eisblumen und einer klasse Idee, von Oswald Kolle und einem ganz besonderen Silvesterabend

Es ist Silvester 1967, und es hat immer noch nicht geschneit, obwohl Kurtchen und ich schon seit Weihnachten darauf warten.

Kurtchen hat jeden Abend in seinen Nachtgebeten inständig um etwas Schnee gebettelt. Es scheint nicht zu helfen.

In unserem Zimmer ist es gemütlich warm. Wir sitzen am Fenster und schauen zum Himmel, ob sich eine graue Schneewolke zeigt. Wir haben doch gemeinsam zu Weihnachten einen Schlitten geschenkt bekommen. Und es gibt doch ganz in der Nähe einen Erdhügel, den wir hinuntersausen wollen.

»Elfi«, fragt mich Kurtchen plötzlich nachdenklich, »warum gibt es eigentlich keinen Schnee mehr auf der Welt?«

»Es gibt schon noch Schnee«, sage ich, »aber eben nicht hier. In den Bergen, in den Alpen und bei den Eskimos, da gibt es noch Schnee.«

»Und warum nicht bei uns?«

»Manchmal gibt es den Schnee auch bei uns, Kurtchen, aber nicht so oft.«

»Und warum nicht?«

Kurtchen nervt mich mit seinen Fragen. »Kurtchen, ich weiß das doch auch nicht. Vielleicht will der liebe Gott das nicht.«

»Dann ist der liebe Gott aber gemein, wenn er den Schnee nur den Eskimos schickt.«

Ich muß Kurtchen insgeheim zustimmen. Doch ich erinnere mich daran, daß wir in der Schule etwas von Klimazonen gehört haben. Und daß Gelsenkirchen-Erle in einer gemäßigten Zone liege.

Trotzdem, wir hoffen weiter.

Und auf noch ein Ereignis warten wir ganz ungeduldig. Auf den bevorstehenden Silvesterabend. Es soll ein ganz besonderer Tag werden, denn am Abend soll die Gemeinschaftsbar in den Kellerräumen eingeweiht werden. Mit einer großen Silvesterparty.

An einem Donnerstagabend im November haben sich die Mieter zusammengesetzt und beschlossen, einen Gemeinschaftsraum einzurichten.

Am nächsten Tag erzählen uns Mama und Papa, was sie zusammen mit den Mitbewohnern unseres Hauses und mit denen der nebenan liegenden Häuser beschlossen haben. Sie wollen in den von Haus zu Haus miteinander verbundenen Kellern Gemeinschaftsräume einbauen. Die alte Waschküche wird nicht mehr gebraucht. Schließlich haben alle mittlerweile elektrische Waschmaschinen im Bad oder in der Küche stehen. Einen Kohlenkeller braucht auch niemand mehr, da nun mit Gas geheizt wird. So bietet sich ein Umbau an.

Wir Kinder finden die Idee prima, zumal im größten Raum auch eine Tischtennisplatte aufgebaut werden soll.

»Und vor allem können wir da vernünftig feiern, wenn wir mal viel Besuch haben.« Mama ist richtig aufgeregt.

»Den Raum kann jeder nach Voranmeldung nutzen«, erklärt Papa. »Jeder muß drei Monate vorher seine Terminwünsche in eine Liste eintragen, damit es keinen Streit gibt. Und ab und zu feiern wir auch mit den Nachbarn zusammen. Silvester soll Einweihung sein.«

»Was zieh ich denn da nur an?« Mama hat vielleicht Sorgen.

»Siehst du, Elfi«, Papa schnappt sich Kurtchens Malblock und einen Buntstift und zeichnet den Waschküchengrundriß auf. »Hier neben dem Spülbecken kommt die Bar hin. Der Malenki hat noch von seiner Mutter ein altes Vertiko. Das will er stiften. Und die elektrischen Anlagen macht er auch. Schließlich ist er ja Elektriker.«

»Und der Alfred von nebenan kann eine alte Gaslaterne auftreiben«, sagt Mama.

»Richtig eine von der Straße?« Ich kann es kaum glauben.

»So richtig eine von der Straße! Die kürzen wir und stellen sie in die linke Ecke. Da müssen wir allerdings den Kochkessel rausreißen«, sagt Papa.

»Hoffentlich kriegen wir überhaupt für alles die Genehmigung von der Zeche«, sagt Mama.

»Laß mal, Marlies! Solche Kellerbuden haben auch schon andere eingerichtet. Warum sollen wir das nicht dürfen? Die sind doch froh, wenn wir die Häuser in Schuß halten. Ich besorge auf alle Fälle von der Zeche Holzbohlen für die Sitzbänke. Kannst du die dann nicht mit der Malenki und der Sodinski mit kleinen Sitzkissen verschönern?«

Die Genehmigung von der Zeche läßt auf sich warten. Aber die ganze Nachbarschaft ist Feuer und Flamme. Noch niemals ist sich die Hausgemeinschaft so einig gewesen. Und sie geht ohne großes Zögern zur Sache. Die Frauen sehen sogar darüber hinweg, daß Frau Sodinski in ihrer Flurwoche nur einmal den Flur putzt anstatt zweimal, wie es die Regel ist, weil sie sich mit aller Kraft für den Umbau einsetzt.

Die Frauen sind für das Dreckwegmachen und das Essenkochen zuständig und später für die Dekoration der Räume. Mama schafft alte Gardinen herbei, die sie einkürzt. Frau Malenki bringt Tischdecken, und Frau Sodinski schlägt vor, die neu zu streichenden Kellerwände mit Bildern von Majestäten und bekannten Sängern aus der *Revue* zu bekleben. »Warum sollen wir das nicht wie die Jugend machen?« fragt sie. Wir wollen nämlich die Jugendecke zur Disco ausgestalten und dort unsere Bravo-Starplakate ankleben.

Als Frau Sodinskis Vorschlag bei den anderen Erwachsenen keinen Anklang findet, ist sie nur zwei Tage lang eingeschnappt. Dann kommt sie wieder herunter und schlägt etwas Neues vor.

Schließlich einigen sich die Frauen auf den Vorschlag von Herrn Malenki. Jeder soll ausgefallene Utensilien mitbringen, für die man in der Wohnung keine Verwendung mehr hat. Zum Beispiel ausgefallene Urlaubsandenken, schöne Postkarten, ungeliebte Geburtstagsgeschenke und ähnliches.

Es kommt ein herrlicher Kitsch zusammen. Am besten gefallen mir die hölzernen Spruchtafeln, die im Laufe der Jahre immer mehr und eine Zierde der neuen Kellerräume werden.

Später wird daraus unter den Nachbarn ein richtiger Sport, die schönste Tafel, den lustigsten Spruch oder den schönsten Schweinewitz aus dem Urlaub für den Gemeinschaftskeller mitzubringen. Alle Besucher des Gemeinschaftskellers werden deshalb auch zuerst zur großen Attraktion, der Sprüchewand, geführt.

Wir Kinder stehen bei den Arbeiten stets im Wege. Aber es macht halt Spaß dabeizusein. Obwohl noch viele Wochen bis zur Fertigstellung vergehen sollen, haben wir schon unsere Pingpongschläger herausgesucht und spielen mit ein paar Bällen im Keller herum, sozusagen als stillschweigende Aufforderung an die Erwachsenen, unseren Tischtennisraum als ersten fertigzustellen.

Die Männer beraten, stellen Pläne auf, verwerfen sie wieder. Sie streiten und fällen Entscheidungen, die am anderen Tag wieder rückgängig gemacht werden. Besonders an den Wochenenden, wenn sie freihaben, geht es hoch her.

Schließlich fangen sie doch an. Die Männer schleppen Unmengen Bruchsteine heraus, neue Steine, Sand, Zement hinein, sie mauern Absätze neu, ziehen Mauern ein, verputzen sie und scheinen ganze Wälder für die holzgetäfelten Wände zu verarbeiten.

Nach dem Elan der ersten Wochen treten sie dann schon kürzer. Die Pausen werden immer länger. Kein Hammerschlag, kein Sägegeräusch, kein lauter Fluch ist mehr aus dem Keller zu hören. Wir Kinder haben immer das Gefühl, es gehe gar nicht vorwärts.

Mama schickt mich mal mit einer Linsensuppe hinunter und sagt, ich solle sehen, was da los sei. Als ich unten ankomme, weiß ich, warum es so still ist: Die Männer sitzen beim Skat, und die Schnapsflasche kreist. Selbst die Linsensuppe wird wegen drei Bock, drei Ramsch links liegengelassen. Später trage ich die Suppe wieder hoch, um sie erneut aufzuwärmen.

Trotzdem, irgendwie geht es natürlich weiter.

Oft bin ich mit anderen Kindern, deren Väter ihre Freizeit für den Umbau opfern, im Keller. Wir schauen bei den Arbeiten zu. Besser gesagt, wir hören zu, was die Männer erzählen. Da sie fast alle auf dem Pütt malochen, ist ihre Arbeit das Hauptgesprächsthema. Sie machen auch hier noch Kohle.

»Ihr sollt ja auf der siebten Sohle wirkliche Luschis sein.«

»Halt bloß das Maul! Nur weil du einen weißen Helm hast, brauchst du hier nicht den Macker spielen. Reich mir lieber mal die Latten rüber.«

Als Erich Schüllte aus dem Haus nebenan mal einen dicken Balken alleine kaum heben kann, feixt Heinz aus dem ersten Stock: »Kauf dir mal Magnesium, damit du was in die Muckis kriegst.«

»Jau, darauf schwörte schon mein Opa. Jeden Tag Magnesium, jeden Tag ein Glas Milch, dann kriegst du was in die Schläuche, Erich«, sagt der schöne Eugen aus dem Nebenhaus, der laut Mama seine Hosen - akkurat auf Bügelfalte - selbst bügelt, wie sie Papa immer vorhält.

»Apropos Schläuche!« Erich läßt den Balken einfach fallen. »Ich hab da was für euch.«

Er geht zu seiner Jacke und zieht einige Illustrierten heraus. Neugierig lassen die Männer ihre Arbeit liegen und versammeln sich um Erich Schüllte. Der blättert die Hefte zielstrebig durch.

Es muß etwas ungeheuer Aufregendes sein, was die Männer sich angucken. Auch wir Kinder schleichen uns heran.

Erst ist es ganz still, dann hören wir nur noch »Boh, eh!«, »Echt spitze!«, »Stark!« und andere Ausrufe der Begeisterung.

Leider stehen die Männer so dicht zusammen, daß wir rein gar nichts erkennen können, so sehr wir auch versuchen, einen Blick in die Hefte zu erhaschen.

Herr Malenki ruft plötzlich: »Guckt euch mal die an! Hat die nicht große Ohren!«

Also, daß die Männer um große Ohren so einen Aufstand machen, das verstehe ich nicht. Ich verstehe gar nicht, was an großen Ohren so schlimm sein soll.

Trotzdem, die Männer finden eine wachsende Freude an dem, was sie in den Heften sehen.

»Nee, das sind Schweinereien«, sagt eine Stimme.

»Das sind keine Schweinereien, das ist Französisch.«
»Ich find das gut, daß die das mal zeigen.«
»Das erhöht das Vergnügen!«
»Du sollst öfters die Stellung wechseln.«
»Das sind Schweinereien«, sagt die erste Stimme wieder.
»Tu doch nicht so prüde. Mit der Helga bist du doch früher auch an der Bahnschranke ins Gebüsch gegangen. Haben wir uns doch getroffen da. Weißt du das nicht mehr?«
»Die Helga ist doch mit jedem gegangen.«
»Und du mit jeder! Hier den Heiligen spielen, was! Soweit kommt das noch.«
»Eh, beide Partner gleichzeitig! Das ist das Ideal!«
»Der mit seinen Ideen.«
»Ich find das nicht schlecht, schließlich will die Frau auch was davon haben.«
»Du, hier schreibt er was vom Gruppensex.«
»Ich sag doch, nur Schweinereien.«
»Aber die Bilder guckst du dir auch an, was?«
»Quatsch! Das ist doch gar keine Schweinerei, das ist Aufklärung. Steht doch hier: Aufklärungsserie über die Sexualität.«
»Wie heißt die Zeitung denn?«
»Sag mal, ist das nicht was für unsere Wandgestaltung? Wenn das Aufklärung ist! Kann ja eigentlich keiner was gegen haben, wenn wir das hier aufhängen.«
»Komm, es reicht, wenn du deine Fotos auf dem Pütt jedem zeigst!«
»Eh, lies mal das vom Petting vor.«
»Vorspiel, was ist das denn?«
»Meinst du, ich hab Zeit für so was, wenn ich vom Pütt nach Hause komm. Vorspiel gibt auf Schalke.«
»Weißt du, der Oswald Kolle hat gut reden. Der soll doch mal vier Wochen Wechselschicht machen auf dem Pütt. Und dann soll er mal sehen, ob er zwischendurch noch Lust auf Vorspiel hat.«
»Nee, ich find auch, in Arbeit darf das nicht ausarten. Ist doch eine Art Entspannung und so.«

»Jau, wenn man dabei soviel überlegen muß, macht das doch gar keinen Spaß mehr.«

Die Männer reden und reden. Ich verstehe nur die Hälfte und nehme mir vor, Mama zu fragen, was die Wörter alles bedeuten. Auf jeden Fall höre ich auf diese Weise zum ersten Male etwas von Oswald Kolle.

Als dann Frau Sodinski herunterkommt, ist die unbeabsichtigte Aufklärungsstunde, die eigentlich keine ist, beendet. Die Männer schwärmen auseinander, und Erich Schüllte steckt die Illustrierten schnell unters Hemd.

Abends, als Mama mich ins Bett bringt, frage ich, was *Bumsen* bedeutet.

Mama guckt sofort ganz komisch. »Wo hast du denn das Wort her?«

Typisch Erwachsene! Immer wenn es für sie unangenehm wird, stellen sie Gegenfragen und horchen die Kinder erst einmal aus.

Ich zucke mit den Schultern.

»Elfi, irgendwo mußt du doch das Wort gehört haben?«

Das Wort, das Wort! Warum sagt sie nicht Bumsen?

»Elfi, sag mal, woher kennst du das Wort? Wer hat denn das Wort benutzt? Kennst du es von der Schule? Oder etwa ...?«

Mama spricht nicht weiter, aber ich weiß, daß sie an die Männer denkt, die den Keller umbauen.

Aber so schnell gebe ich nicht auf. »Mama, was heißt denn Bumsen? Sag doch mal!«

»Elfi, sag nicht immer Bumsen, das ist ein häßliches Wort.«

Aha, ich habe es mir beinahe gedacht. Bumsen ist eines der Wörter, die man nicht in den Mund nehmen darf, weil sie unanständig sind.

»Elfi«, fragt Mama vorsichtig, »hast du denn eine Ahnung, was das Wort bedeutet?«

Blöde Frage, hätte ich sonst gefragt?

Ich kann mir jetzt zwar etwas denken, aber so richtig weiß ich nicht, was Bumsen bedeutet. Ich habe auch den Eindruck, daß Mama gar nicht will, daß ich eine Ahnung habe.

Deshalb beschließe ich, vorsichtshalber nichts zu sagen, und schüttele kräftig verneinend den Kopf.

Mama scheint erleichtert. »Du hast es im Keller gehört, nicht? Einer von den Männern hat es gesagt, nicht?«

Mama ist auf dem richtigen Weg. Ich brauche ihre Frage gar nicht zu beantworten. Sie sagt von selbst: »Weißt du, Elfi, auch Männer reden manchmal dummes Zeug daher. Sie hätten es bestimmt nicht gesagt, wenn sie dich bemerkt hätten. Du verstehst das noch nicht. Deshalb hat es auch keinen Sinn, wenn ich dir das Wort jetzt erkläre.«

Ich sehe Mama mit großen neugierigen Augen an und muß jetzt doch meine zweite Frage loswerden: »Mama, hat Bumsen was mit Gruppensex zu tun?«

Mama kippt fast von der Bettkante.

Als sie sich wieder gefaßt hat, fordert sie mich auf: »Erzähl mal, Elfi, was denn die Männer im Keller noch so alles erzählt haben!«

Und ich berichte Mama nun, unzusammenhängend, was ich behalten habe. Bruchstücke, einige Wörter, von den Illustrierten, die Herr Schüllte herumgezeigt hat, ich erwähne das Vorspiel, erzähle vom Petting, von Magnesium und Schläuchen und Oswald Kolle.

Als ich zu Ende bin, hat Mama einen roten Kopf.

»Weißt du«, richtet sie mir noch einmal das Kopfkissen, »Männer erzählen manchmal dummes Zeug, was sage ich, richtigen Stuß. Da hörst du demnächst einfach weg, ja!«

»Mama, hat Bumsen was mit Kindermachen zu tun?« wage ich doch noch eine Frage, denn ganz so dumm bin ich mit meinen elf Jahren ja auch nicht.

Irgendwie ahne ich etwas.

Doch Mama vertröstet mich. »Elfi, da sprechen wir später drüber, ja! Heute ist es zu spät. Wenn du größer bist, warte noch drei, vier Jahre, dann lernst du das in der Schule.«

Als ich enttäuscht gucke, streichelt mir Mama übers Haar. »Versprichst du mir, das Wort niemals zu gebrauchen?«

Ich nicke. Was soll ich anderes tun?

Mama sagt mir gute Nacht und geht hinaus.

Viel klüger als vorher bin ich jetzt auch nicht. Ich male mir, bevor ich einschlafe, über das Wort alles mögliche aus, aber so richtig verstehe ich es wirklich nicht.

Als ich am nächsten Tag auf dem Schulhof meine Schulfreundinnen danach frage, kichern die blöden Gänse nur laut, und ich bin weiterhin kein bißchen schlauer.

Mama muß mit Papa noch am gleichen Abend ein sehr ernstes Wort geredet haben, denn als Herr Schüllte am nächsten Nachmittag ein neues Heft mitbringt, sagt Papa: »Mensch, Erich! Nicht jetzt! Nachher vielleicht. Jetzt hau ab mit dem Zeug! Die Kinder! Die Marlies hat mich zusammengestaucht.«

Erich Schüllte packt das Heft wieder ein. »Dann eben nicht, aber da verpaßt du was«, meint er und schiebt hinterher: »Man muß die Weiber zusammenstauchen, jeden Tag zweimal, Zukkerbrot mit Peitsche, dann parieren sie! Nimm die Marlies ran«, richtet er sich an Papa, »dann hast du die liebste Frau!«

Papa tut so, als ob er zum Schlag ausholen wolle, und Erich Schüllte sucht das Weite.

Ich finde, irgendwie ist Herr Schüllte ein ekeliger Kerl.

Am Anfang sind die Serie von Oswald Kolle und die so noch nie gesehenen Bilder eine Sensation. Oma versteckt ihre Sammelmappe mit den einschlägigen Illustrierten vor mir und Hanne, wenn wir zu Besuch sind. Aber nach und nach läßt ihre Achtsamkeit genauso nach wie die der anderen Erwachsenen. Warum soll sie auch etwas verstecken, was man neuerdings an jeder Straßenecke bewundern oder kaufen kann? Die Titelbilder der Illustrierten werden immer freizügiger.

Die neue sexuelle Bilderfreiheit erreicht später auch das Fernsehen.

Ende der 60er Jahre wird in einer Sendung ein Liebesakt zweier Hippies auf der Kühlerhaube eines amerikanischen Straßenkreuzers gezeigt. Die ganze Familie, außer Kurtchen natürlich, sitzt wie gebannt vor dem Fernseher. Papa macht dabei zwar Witze und tut so, als ob ihn das alles nicht interessiere, doch entgehen läßt er sich nichts. Auch Mama sieht genau hin. Erst hinterher schüttelt sie empört den Kopf. »Müssen die denn so was zeigen?«

Am nächsten Tag stellt sich heraus, daß die ganze Nachbarschaft vor dem Fernseher gesessen haben muß. Jeder weiß Bescheid. Hinter vorgehaltener Hand oder aber ganz offen tauschen Frauen wie Männer ihre Meinungen aus. Manche finden das mit der Kühlerhaube witzig, andere mutmaßen, ob die beiden unter dem Blech eine Decke liegen hatten, weil das doch auf dem Blech viel zu ungemütlich gewesen sein muß.

Es ist jetzt schon später Nachmittag. Der Schnee bleibt immer noch aus. Die Hoffnung darauf haben wir allerdings auch aufgegeben. Die grauen Wolken haben sich als Regenwolken entpuppt. Es nieselt.

Hanne hilft in der Küche bei den Vorbereitungen für die große Silvesterfeier in den neuen Kellerräumen. Trotz aller Verzögerungen und Ablenkungen sind die Männer nämlich tatsächlich fertig geworden.

Allerdings hat es noch kurz vor Weihnachten eine ungeheure Aufregung gegeben. Die Zeche wollte den Umbau nicht genehmigen. Und es war doch alles schon so gut wie fertig.

Mama schimpfte mit Papa: »Trantüten seid ihr! Das hätte längst erledigt sein können.«

Einen Tag später ging Papa mit Herrn Malenki aufs Wohnungsbüro und regelten die Sache unter der Hand, wie sie sagten. Wir Kinder schwitzten Blut und Wasser, daß alles wieder rückgängig gemacht werden könnte.

Aber jetzt sollen wir doch zu unserem großen Vergnügen kommen.

Am späten Nachmittag wird alles in den Keller getragen. Die Männer schleppen die Getränke kastenweise hinunter. Unzählige Hände helfen, das Büfett aufzubauen. Die Frauen arrangieren alles auf der Tischtennisplatte, die tatsächlich nach Weihnachten aufgestellt worden ist. Es gibt Hähnchenkeulen, Frikadellen, Schnitzel und jede Menge Salate. Alle anders angemacht.

Jede der Frauen lobt zuerst die Sachen der anderen, dann sprechen sie nur noch über die eigenen mitgebrachten Speisen. Über ihre Spezialrezepte, wieviel Arbeit das alles gewesen sei und daß man es ja gern mache für die Gemeinschaft.

Nur Mama beteiligt sich nicht an dem Tratsch. Ihr ist das zuwider. Als Oma immer wieder ihren selbstgemachten Kartoffelsalat mit Hering drin anpreist, platzt ihr der Kragen: »Ist ja gut, Mutter. Du hast den allerbesten, allerschönsten, bestschmeckendsten Salat mitgebracht. Ich werde mich gleich auf die Bar stellen und es laut ausrufen.« Oma zieht beleidigt ab.

Wir Kinder toben derweil im Treppenhaus herum, weil niemand auf uns achtet.

Ich probiere an diesem Abend zum ersten Male in meinem Leben gleich drei neue Getränke aus: Zuerst darf ich Cola trinken, ein paar Schlucke wenigstens; inoffiziell nasche ich an Mamas Bowleglas, als niemand hinsieht; und zur Feier des Jahreswechsels darf ich am Sekt nippen.

Es ist überhaupt mein erster Silvesterabend, den ich von Anfang bis Ende erlebe. Vorher hat mich Mama immer ins Bett gesteckt und erst um halb zwölf geweckt. Mein erster richtiger Silvesterabend soll auch mein schönster werden.

Irgend jemand hat einen Plattenspieler organisiert. Die Nachbarn bringen Platten mit. Darunter sind die neuesten Hits, aber vor allem alte Schinken.

Papa wird bei einer Platte von Bill Haley ganz fickerig, aber aufgefordert, doch mal eine flotte Sohle aus alten Zeiten hinzulegen, begnügt er sich mit einem Foxtrott zur Musik von James Last.

Wir Kinder haben allerdings auch unsere Wünsche. Jede Stunde dürfen wir für zehn Minuten unsere Krachmusik, wie Frau Sodinski sie bezeichnet, auflegen. Aber selbst Frau Sodinski tanzt am späten Abend zu *Summer in the city* ein Tänzchen, das alle begeistert. Immer wenn das Schlagzeug so richtig schön rumst, hüpft sie bald bis an die Decke.

Der Plattenspieler ist übrigens in der eigens eingerichteten Musikecke aufgestellt worden. Jemand hat einen alten Rundfunkschrank aufgetrieben. Egon Schüllte hat ein uraltes Radio gespendet. Neben dem Schrank mit dem Plattenspieler und dem Radio hat Papa ein riesengroßes Stück Kohle gestellt. An der Wand darüber hängen schon eine Bergmannslampe und ein alter Helm.

Hanne tanzt oft mit Peter, einem Jungen aus dem Nachbarhaus. Irgendwann halten sie sogar Händchen. Ich tanze meistens mit Mama. Einmal muß auch Papa dran glauben. Auch Frau Malenki tanzt mit mir Foxtrott. Ich weiß nicht, wie oft ich ihr auf die Füße trete. Trotzdem lobt sie hinterher überall mein Talent.

Doch als der schöne Eugen mit mir einen Tango aufs Parkett legen will, da streike ich. Ich denke, daß mein Tanzstil vielleicht seinen Bügelfalten gefährlich werden könnte. Als ich ihm einen Korb gebe, sagt der schöne Eugen in einem sonderbaren Ton, den ich nicht mag: »Oh, Madam tanzt nur mit ihren Liebhabern.« Und schon wendet er sich um und tanzt mit einer Zicke, die ich nicht kenne.

Mama geht alle halbe Stunde nach oben, um nach Kurtchen zu sehen, der erst kurz vor zwölf geweckt werden soll. Als einmal Oma geht, bringt sie ihn mit herunter. Er ist wach geworden. Vielleicht durch die Knaller, die ab und zu schon losgelassen werden. Er strahlt über beide Ohren, daß er nun doch an der großen Feier teilnehmen darf. Kurtchen ist sehr ärgerlich gewesen, daß er ins Bett mußte. Doch nun sitzt er die meiste Zeit auf Mamas Schoß und schmust mir ihr, den Daumen im Mund, die andere Hand am Ohr. Mama kommt kaum zum Tanzen.

Alle haben ihre besten Sachen angezogen. Als ob sie ins Theater oder zu einer Hochzeit gehen wollen. Doch bald wird es so heiß im Keller, daß die Männer Jacke und Schlips ablegen und die Ärmel aufkrempeln. Sie lösen ihre silbernen oder goldenen Manschettenknöpfe und stützen ihre Arme mit den aufgekrempelten weißen Nyltesthemden auf den Tisch, trinken ihr Bier und halten ein Pläuschken.

Die Frauen legen ihre Strickwesten ab, öffnen gleich mehrere Blusenknöpfe und fächeln sich mit Bierdeckeln kräftig Luft zu.

Herr Knebel aus dem Nebenhaus will eine Rede halten. Ganz spontan. Er dreht den Plattenspieler ab, stellt sich auf eine Fußbank, damit ihn auch jeder sehen kann, und wimmelt jeden ab, der Musik machen will.

»Liebe Nachbarn, liebe Freunde, wenn ich mal so sagen darf. Heute ist ein schöner Tag, ein wichtiger Tag ...«

»Oje«, stöhnt Papa, »wenn der Knebel einmal den Mund aufmacht, dann macht er ihn nicht mehr zu.«

Richtig, es soll wohl ein längerer Vortrag werden, denn Herr Knebel holt während der Anfangsworte aus seiner Tasche ein paar Zettel, die er während seiner Rede ständig sortiert.

»Ich will es kurz machen ...«, sagt er und hat schon fünf Minuten palavert.

»Prima, Paul, das ist eine gute Idee. Hast gut gesprochen. Tritt ab!« ruft jemand von hinten.

»Die Elli will einen Twist. Mach voran!« mault ein anderer.

Herr Knebel läßt sich nicht stören. Er spricht von einem denkwürdigen Anlaß, von dem schönen Erle, der guten Nachbarschaft, von dem wunderschönen Neubaugebiet, das uns die Zeche vor Jahren hier hingestellt hat. »Wir müssen der Zeche dankbar sein, denn sonst könnten wir hier nicht so schön leben. Ja, stellt euch mal vor, wenn wir keine Kohle hier hätten! Dann gäbe es keine Zeche, keine Zechenhäuser, kein Neubaugebiet, keine Keller, keine Gemeinschaftsräume und keinen guten Geist der Hausgemeinschaft.«

»Ist nicht wahr«, sagt Frau Skudlarek, die neben uns sitzt. »Gestern hab ich den Knebel an der Haltestelle Cranger Straße getroffen. Meinst du, Marlies, der hat mir geholfen beim Kinderwagen Reinheben in die Straßenbahn? Den Hut hat er hochgehoben und gegrüßt. Vornehm ist er ja. Und dann hat er sich auf den besten Platz gesetzt, und ich konnte sehen, wo ich mit meinem Kinderwagen und meinem Jonny bleib.«

Frau Sodinski kichert und wirft ein paar Luftschlangen in Richtung von Herrn Knebel. Sie hat schon reichlich von dem Likör getrunken, den sie für sich mit heruntergebracht hat.

Während Herr Knebel von den prima Arbeiten erzählt, die diesen herrlichen Raum entstehen ließen, knabbere ich von den Erdnüssen, die überall auf alten Untertassen herumliegen.

»Der war ja nur ein einziges Mal dabei«, empört sich Papa.

»Dafür redet er um so länger«, sagt Mama.

Bald hört Herrn Knebel niemand mehr zu. Er spricht dennoch in einem fort, redet sich gleichsam in einen Rausch hinein und merkt schließlich nicht, wie Frau Sodinski eine Polka auflegt. Als die Musik erklingt, dreht sie die Lautstärke voll auf, sie schnappt sich den entrüsteten Knebel, gibt ihm einen Schmatz mit Rotz und tanzt mit ihm. Der Jubel ist groß.

An diesem Abend wälzen die Erwachsenen keine Probleme. Sie sind alle unheimlich nett. Wie Herr Schüllte mit seiner Frau tanzt, rechts und links herum, eine Drehung schneller als die andere, das ist einsame Spitze. Alle bilden einen Kreis und klatschen ihnen zu.

Als ich aufs Klo muß, treffe ich im Flur Herrn Malenki. Er drückt sich ganz fest an eine Frau, die ich nicht kenne. Es ist wohl die Perle, die der schöne Eugen mitgebracht hat. Herr Malenki küßt sie und streichelt ihren Popo. Ich schleiche an ihnen vorbei, so daß sie mich nicht bemerken.

Ich weiß, daß Herr Malenki verheiratet ist und nur seiner eigenen Frau den Hintern streicheln darf so wie Papa bei Mama. In unserer Schule hat einmal auf dem Flur ein Lehrer eine Lehrerin geküßt und überall gestreichelt. Der Lehrer war verheiratet, die Lehrerin nicht. Als ihr Verhältnis herauskam, mußten beide die Schule verlassen. Mama hat mir danach erklärt, daß nur Verheiratete ihren Partner küssen und streicheln dürfen.

Mama und Papa habe ich lange nicht so lustig gesehen wie an diesem Silvesterabend. Sie strahlen über beiden Ohren. Also den richtigen Ohren, meine ich. Einmal nimmt Papa sogar eine Tüte Konfetti und schüttet sie Mama in den Busenausschnitt. Als Herr Klimschak sich anbietet, das Konfetti wieder einzusammeln, droht Papa: »Das ist mein Revier!«

Frau Sodinski organisiert ein paar Spiele. Die Männer müssen Schuhe und Socken ausziehen und die Hosen hochkrempeln. Die Frauen müssen mit verbundenen Augen an den Füßen und Beinen herumkrabbeln und ihren Mann herausfinden.

Frau Schüllte ist durch die leckere Bowle so angeheitert, daß sie bei jedem Mann an den Füßen riecht und am großen Zeh leckt, um ihren Erich zu erkennen. Hilde Holstein aus dem Nachbarhaus rutscht mit ihren Händen ständig über die Knie, was bei den betroffenen Männern größte Jauchzer hervorruft. Der schöne Eugen jodelt sogar einmal, als seine Perle ihm die Oberschenkel kitzelt. Die Erwachsenen haben einen Heidenspaß dabei. Sie freuen sich wie kleine Kinder.

Wir tanzen, singen, schunkeln und veranstalten eine Polonaise. Wir gehen hoch ins Treppenhaus, ziehen durch die Wohnungen und auf die Straße. Selbst Hanne macht mit, die sonst alles blöd findet, was die Erwachsenen tun. Aber ihr Peter findet ja auch Spaß daran.

Ja, und dann ist Jahreswechsel. Die Gläser werden gefüllt. Ich bekomme eine Gänsehaut. Die Erwachsenen stehen auf, Oma hat Kurtchen im Arm, der seine Klüsen kaum mehr offenhalten kann. Ich halte mich an Mamas Rock fest, und dann steigt der unvermeidliche Herr Knebel auf einen Tisch und zählt bis Mitternacht.

Es ist soweit. Wir stoßen an. Wir alle. Jeder mit jedem. Jede mit jeder. Alles durcheinander. Ich erhalte fast von allen einen Kuß. Nur von Herrn Knebel lasse ich mich nicht küssen. Erstens kann ich ihn nicht leiden, und zweitens habe ich gesehen, daß ihm Spucke aus dem Mund getropft ist, als er Mama den Neujahrskuß gegeben hat.

Die Männer holen Böller und Raketen, die draußen abgeschossen werden. Wir Kinder bekommen Knallerbsen und Zisselmännekes in die Hand gedrückt.

Die Frauen drücken sich an die Hauswand. Es nieselt und ist unangenehm kalt. Wir Kinder spüren nichts davon. Es ist unheimlich schön.

Nach der Knallerei geht es noch lange weiter. Oma bringt mich um kurz nach eins mit Kurtchen hoch ins Bett. Hanne darf noch bleiben. Ich maule natürlich, aber oben schlafe ich sofort ein.

Doch bevor es ins Bett geht, erlebe ich noch etwas. Irgend jemand kommt auf die Idee, dem neuen Gemeinschaftsraum einen Namen zu geben. Herr Malenki schlägt *siebte Sohle* vor. Er kommt damit nicht durch. Erich Schüllte verlangt etwas Zündendes und schlägt *Bumslokal* vor. Andere sagen *Bumsbude*, aber die Frauen sind dagegen, obwohl sie zuerst lachen. »Nee, in so was Ordinäres feier ich dann nicht mehr«, sagt Frau Sodinski. »Ist ja schon gut. War ja nur eine Idee«, läßt Herr Schüllte von seiner Idee ab. Kein Vorschlag findet richtig Gefallen.

Plötzlich gibt es einen lauten Knall. Peter hat draußen einen Feuerwerkskörper gefunden, der noch nicht explodiert war. Hanne hat ihn angestiftet. Peter hat den Chinakracher die Treppe hinunter in den Keller geworfen.

Wir erschrecken fürchterlich.

Papa will gerade die beiden Sünder am Schopfe packen, als Herr Malenki sagt: »Ist doch ganz klar, wie unser Keller heißt. Ab heute ist das hier die *Böllerbude*!«

20. Kapitel

Von Hormonen, einer Milchbar und wie ein eigenartiges Geburtstagsgeschenk doch noch zu einem Erfolg wird

An einem schönen Sommernachmittag im Jahre 1968 sitzen wir alle im Garten von Opa Heinz an einer Kaffeetafel, und Wenke Myhre schwärmt im Radio gerade von ihrem neuen Flower Power Kleid. Nur Kurtchen, der seinen Kuchen zerkrümelt hat, spielt im Sandkasten, den ihm Opa Heinz gebaut hat.

»Nu zieh doch nicht so ein Gesicht! Lach doch mal, Mädchen! Kann doch nicht so schlimm sein«, will Opa Heinz Hanne aufmuntern.

Doch Hanne lacht nicht. Sie sitzt nur da. Mit verkniffenem Gesicht. Ihr ist der Sonntagnachmittag versaut worden. Sie hat sich mit ihren Freundinnen treffen wollen, doch Papa ließ es heute nicht zu. Er hat Hanne vor ein paar Tagen mit zwei Jungen an der Ecke unserer Straße stehen sehen. Das fand er unerhört.

»Papa, laß mich doch gehen, wir wollen ins Kino«, hat Hanne noch einen Versuch unternommen. Doch alles Bitten und Betteln hat nichts genutzt. Papa hat sich nicht erweichen lassen und ein Machtwort gesprochen: »Kino, das ich nicht lache! Mit Mackern an der Ecke rumstehen und dem lieben Herrgott die Zeit stehlen. So fängt das immer an. Das kommt nicht in die Tüte! Nicht bei mir! Nicht in deinem Alter und später auch nicht. Wag es nicht!«

»Hab doch mal Vertrauen zu deiner Tochter!«versuchte es Mama noch, doch sie stieß bei Papa auf taube Ohren.

Hanne mußte mitgehen.

»Das Mädchen ist eben früh entwickelt« sagt Oma zu Papa. »Das muß doch in der Familie liegen. Meine Mutter hatte eine Brust, wenn da fünf Kinder dranhingen, konnte man ihre Köppe nicht mehr sehen.«

»Früh entwickelt? Daß ich nicht lache.« Papa sieht auf Hannes Brust. »Ist ja schon fast unanständig.«

Papa meint Hannes Busen, der mittlerweile weit größer als Mamas ist. Hanne schämt sich selbst dafür, daß er so groß ist. Sie versucht schon seit Wochen, ihn unter weiten Pullovern zu verstecken.

»Aber da kann das Mädchen doch nichts dafür«, sagt Oma. »Hanne, mach dir nichts draus, der wird schon wieder kleiner werden. Das ist manchmal so, daß er erst sehr groß ist und dann wieder kleiner wird. Das hat was mit den Hormonen zu tun.«

»Ich weiß gar nicht, wo das noch hinführen soll, wenn der weiter so wächst. Die ißt ja auch nicht, die Hanne frißt. Vielleicht liegt es daran.«

Papas Worte sind zuviel für sie. Hanne heult los und läuft davon.

»Kurt«, schüttelt Opa Heinz den Kopf, »was kann denn das Kind dafür, daß der liebe Gott ihr solche Reichtümer und einen gesegneten Appetit mitgegeben hat? In der Pubertät ist das eben manchmal so.«

»Pubertät, Pubertät!« grummelt Papa.

Mama holt Hanne zurück und muß sich jetzt um Kurtchen kümmern. »Kurtchen, nicht auf den Zaun klettern!«

»Die Kinder werden eben erwachsen«, meint Oma. »Du wirst dich wundern, Kurt«, spricht sie Papa an, »bald bringt dir deine Älteste einen Freund mit nach Hause. Nicht wahr, Hanne!«

Hanne guckt auf den Boden. Sonst ist sie viel widerspenstiger. Heute gibt sie nicht einmal eine patzige Antwort.

Oma will Papa ärgern, denn obwohl Hanne, die jetzt bald das zweite Jahr ihrer Lehre abschließt, schon mal einen Blick nach Jungen riskiert, hat sie sich mit keinem fester eingelassen. Allerdings ist sie in letzter Zeit auffällig oft mit dem gleichen Jungen zusammen.

»Die soll sich wagen! In dem Alter!« Papa grummelt herum. »Solange sie die Beine unter meinen Tisch stellt, kommt mir kein Macker ins Haus!«

»Ist ja wohl unser Tisch, oder?« Mama hat Kurtchen eingefangen, nimmt ihn jetzt auf den Schoß und zieht ihm Schuhe und Hose aus. Drei Tonnen Sand schlackert sie aus.

Papa drückt mich und meint: »Elfi, du bleibst bei deinem Papa, nicht?«

Mama ruft schon wieder nach Kurtchen, der in Unterhose und auf Strümpfen zu den Ställen gelaufen ist: »Kurtchen! Ärger die Kaninchen nicht! Kurt, sag doch auch mal was, ist doch auch dein Sohn.«

»Im Moment muß ich mich um meine Töchter kümmern«, meint Papa und drückt mich noch einmal. Papa hat Töchter gesagt, aber er kümmert sich im Moment nur um mich.

Hanne sitzt immer noch wie ein Eisklotz herum.

Ich spüre, daß Papa merkt, daß wir Mädchen älter werden. Vor allem Hanne ist längst kein kleines Mädchen mehr. Ich merke es daran, daß Papa schon lange nicht mehr ins Badezimmer geht, wenn sich Hanne wäscht. Und Hanne schließt sich ein, wenn sie zum Klo geht. Seit sie in der Pubertät ist, ist sie überhaupt verändert. Sie ist viel ruhiger. Später soll es wieder anders werden.

Oma klopft Hanne auf die Knie und sagt: »Mädchen, geh du nur deinen Weg! Geradeaus und aufrecht! Und jetzt hör endlich auf, so ein Gesicht zu ziehen. Dein Papa meint es im Grunde ja nur gut mit dir.«

»Genau«, sagt Papa.

»Weißt du, das ist bei allen Vätern so, wenn sie merken, daß ihre Töchter älter werden und bald aus dem Haus gehen und vielleicht auch noch heiraten. Hör gut zu, Elfi! Bei dir wird das auch passieren, glaubt mir das! Euer Papa hat Angst, euch zu verlieren.«

»Quatsch«, sagt Papa, »Quatsch mit Soße. Mutter, was du da manchmal so alles erzählst.«

»Na ja«, murmelt Opa Heinz, »vielleicht hat sie ja recht. Komm, wir trinken erst mal einen.«

»Kommst du da wohl runter«, ruft Mama plötzlich, aber da ist unser Kurtchen schon vom Apfelbaum gefallen.

Doch er hat Glück im Unglück. Er landet ziemlich weich, nämlich genau in dem von Opa Heinz frisch angelegten Komposthaufen, der sich unter dem großen Ast befindet, auf dem Kurtchen herumgeturnt ist.

»Scheiße«, sagt Papa, als er Kurtchen dort herauszieht, und als wir Kurtchen ansehen, will ihm niemand widersprechen.

Ich bin Hannes Anstandswauwau, Hannes Alibi und Hannes Nervtöter. Alles in einem.

Wenige Tage nach der Misthaufenlandung Kurtchens sitzen Hanne und ich in Herrn Winters Milchbar an einem der kleinen runden Tische. Alleine darf ich hier noch nicht hin, und daß Hanne hier ihre Nachmittage verbringt, sieht Mama auch nicht gerne, vor allem seit Papa so besorgt um Hannes Umgang ist. Wenn ich Hanne begleite, erlaubt sie es aber hin und wieder, und so haben wir beide etwas davon.

In der Milchbar trifft sich Hanne öfters mit der Clique vom Jugendheim. Da sind auch Jungen mit dabei, und ich bin stolz darauf dazuzugehören. Ich merke allerdings auch, daß ich Hanne als ständige Begleitung ziemlich auf den Wecker gehe und sie wohl ganz gerne alleine hier gewesen wäre. Schließlich ist sie schon knappe siebzehn, und da stört die zwölfjährige Schwester eben.

Heute ist bei Herrn Winter allerdings nichts los. Niemand läßt sich blicken.

»Hanne, hast du mal zwei Groschen für die Box?«

Hanne schiebt mir das Geld rüber, geht zur Tür und lugt, ob nicht doch jemand kommt.

Ich weiß genau, auf wen sie wartet. »Dein Fritze kommt wohl heute nicht?«

»Der kann mich mal!«

Aha, denke ich, also doch!

Ich werfe die Groschen lässig in den Musikboxschlitz und kaue auf meinem Kaugummi.

Hanne steht schon wieder an der Tür, als Herr Winter die bestellten Sachen bringt.

Vor einigen Jahren hat es in Erle noch vier Milchbars gegeben, jetzt gibt es nur noch die von Herrn Winter. Aber auch Herr Winter hat es schwer, sich gegen die immer stärker werdende italienische Konkurrenz weiter zu behaupten.

Seit seine Frau gestorben ist, macht er alles alleine: das Zubereiten der Milchshakes, das Einlöffeln des Eises und das Bedienen. Herr Winter ist fast siebzig Jahre alt und trägt stets eine lange, blütenweiße Schürze. »Schon mein Vater führte eine Milchbar«, erzählt er jedem. Doch obwohl er alles alleine macht, hat er oft Zeit für ein kleines Schwätzchen. Dann setzt er sich zu uns und erzählt, und wenn er erzählt, dann hört er vorläufig nicht mehr auf. »Die Leute sagen immer, ich soll mich zur Ruhe setzen. Könnt ich auch. Meine Wilma und ich haben ja in den guten Jahren reichlich gespart. Aber was soll ich dann mit der vielen Zeit anfangen? Ich muß doch jetzt irgendwas tun. So herumhängen wie die Jugend von heute, das kann ich nicht.«

Damit meint er wohl uns, obwohl er durch uns Herumhänger überhaupt noch was zu tun hat. Groß verdienen kann er an uns allerdings nicht. Manchmal sitzen wir drei Stunden an einer Cola. Aber Herr Winter läßt uns sitzen. Irgendwie ist er in Ordnung, und wir mögen ihn.

Ich verstehe ihn aber nicht so recht, denn daß jemand arbeitet, weil er zuviel Zeit hat, geht nicht in meinen Kopf. Ich habe nie Zeit. Und Arbeit zu haben, muß etwas ganz Fürchterliches sein. Mama sagt immer, wenn wir über die Schule maulen: »Wartet mal ab, wenn ihr in der Lehre seid! Lehrjahre sind keine Herrenjahre. Wenn ihr richtige Arbeit habt und Geld verdienen müßt, dann beginnt der Ernst des Lebens, da könnt ihr nicht sagen, ich will heute nicht.«

Der Herr Winter kann das aber. »Ich bin doch hier mein eigener Herr, keiner kann mir was sagen. Und wenn ich mal keine Lust hab und der Betrieb läuft nicht, dann mach ich eben zwei Stunden eher zu. Arbeit muß ein Vergnügen bleiben! Das hat meine Wilma auch immer gesagt.«

Da soll mal einer klarkommen, wie das mit dem Ernst des Lebens wirklich ist.

Die eigentliche Attraktion bei Herrn Winter ist auch gar nicht sein Eis oder seine Shakes, sondern die Musikbox in der Ecke, direkt neben der Toilettentür mit dem Männekenpiß drauf. Er hat sie sich vor ein paar Jahren zugelegt. Sie zieht die Jugendlichen der Umgebung magisch an. An Herrn Winters Musikbox können wir nämlich auch solche Schlager hören, von denen unsere Eltern angeblich Magenschmerzen bekommen. Und da Herr Winter es mit den Ohren hat, ist auch für eine angemessene Lautstärke gesorgt.

»Elfi, nächste Woche hat Mama Geburtstag«, sagt Hanne und nippt an ihrer Erdbeermilch.

Ich stehe schon wieder an der Musikbox und wiege meine schmalen Hüften zum neuesten Hit. Dave Dee, Dozy, Beaky, Mick und Tich lassen in *The legend of Xanadu* die Peitsche knallen.

Als die Platte zu Ende ist, fragt Hanne: »Elfi, was sollen wir Mama bloß schenken?«

Ich höre kaum hin, was Hanne sagt. Ich suche schon wieder die nächste Platte aus.

»Mensch, Elfi, jetzt komm mal endlich von der Box weg, und helfe mal mit überlegen!«

»Jaja«, sage ich trotzig, »Mama hat Geburtstag.«

Vorsichtig streiche ich über meine neue Frisur, die Hanne mir auf dem Klo toupiert hat. Das Toupieren ist groß in Mode und kostet nur einen billigen Stielkamm. Ich komme mir ungeheuer alt vor.

»Ich weiß auch nichts«, sage ich und schlendere zum Tisch.

»Mama hat bereits alle möglichen Zuckerdöschen, Butterplatten, Tortenheber und Kerzenständer«, meint Hanne.

Ich setze mich und tue so, als ob ich angestrengt überlege. Dabei glotze ich Hanne an. Plötzlich habe ich eine Idee. Ich stehe mit einem Schwung auf und rufe: »Ich hab es! Wir schenken Mama eine Sammeltasse.«

Hannes Blick ist eine Mischung aus Entgeisterung und Mitleid. »Du hast wohl nicht mehr alle Tassen im Schrank! Was soll Mama denn wieder mit so einem Plunder? Nee, diesmal muß das mal was ganz Besonderes sein. Wir müssen uns mal was richtig Neues einfallen lassen.«

Ich stütze meine Ellenbogen auf den Tisch, lege Kinn und Wangen in beide Hände, starre auf meinen Eisbecher und tue wieder so, als ob ich ernsthaft überlege. »Meinst du? Vielleicht einen Gutschein?«

Jetzt rastet Hanne fast aus. »Mensch, Elfi, ich bin doch kein kleines Kind mehr!«

»Na, vielleicht zwei oder drei, nicht nur einen.«

»Du muß mal deinem Vögelchen Wasser geben. Dir fällt jedes Jahr der gleiche Scheiß ein. Wir müssen Mama was schenken, was sie gar nicht vermutet.«

In den letzten Jahren haben wir oft Gutscheine verschenkt: für dreimal Abtrocknen, fünfmal Wäscheaufhängen, sechsmal Spülen oder zehnmal Einkaufen. Zuerst ist das bei Mama ein großer Erfolg gewesen, da sie an den guten Vorsätzen ihrer Kinder nicht zweifelte. In den Jahren danach wurde sie immer skeptischer, aber sie freute sich trotzdem: über unseren guten Willen. Sie hängte die bunten, mit viel Aufwand liebevoll gemalten Gutscheine an die Kacheln der Küchenwand. Und erst dann, wenn die Ränder gelb wurden, verschwanden sie stillschweigend im Abfalleimer. Nein, mit solchen Gutscheinen können wir wohl in diesem Jahr nicht mehr ankommen.

»Schlürf aus, Elfi, wir müssen nach Hause! Ich hab beschlossen, Mama dieses Jahr alleine was zu schenken.«

Ich bin platt. »Das kannst du doch nicht machen! Was sollen ich und Kurtchen denn dann Mama schenken?«

»Müßt ihr euch eben auch mal den Kopp zerbrechen.«

Boh, bin ich wütend!

Bevor wir nach Hause gehen, muß Hanne noch mal aufs Klo zum Abschminken. Unsere Eltern bekämen einen Schock, wenn Hanne mit dem dicken schwarzen Lidstrich vor ihnen auftauchen würde. Mama schminkt sich kaum, und Oma sagt immer: »Farbe gehört an die Wand und nicht in die Gesichter. Eßt vernünftig Gemüse und Obst! Echte Schönheit kommt von innen.«

»Aber Oma«, hat Hanne einmal mutig protestiert, »rote Lippen sehen doch echt toll aus.«

»Also Kind, ich will dir mal was sagen! Lippenstift wird aus Ameisenpipi gemacht, das hab ich letztens noch in der Zeitung gelesen. Wißt ihr, was wir damals in meiner Jugend gemacht haben? Wir haben feste mit einer harten Bürste die Lippen gerubbelt. Da wurden die auch rot. Ohne Chemie!«

Ob ich Hanne wegen der Schminkerei verpfeifen soll?

Nein, das ist unser Streit nicht wert. Ich würde es ihr auch so schon zeigen und sie mit meinem Geschenk für Mama ausstechen. Ich muß mir eben nur was einfallen lassen.

Tagelang grübele ich, doch mir fällt nichts ein. Und Mamas Geburtstag rückt immer näher. Ich verzweifele fast schon. Insgeheim male ich sogar schon wieder Gutscheine, um für alle Fälle etwas zu haben.

Hanne ist inzwischen mit einem kleinen Paket nach Hause gekommen und tut ganz geheimnisvoll. Ich beachte sie nicht, bin aber fürchterlich neugierig.

Am Tag vor Mamas Geburtstag komme ich von der Schule nach Hause. Unterwegs habe ich einen guten Einfall gehabt: Ich will Mama ganz einfach nach einem Wunsch fragen.

Mama sitzt vor dem Fernseher und verfolgt den Kochunterricht via Mattscheibe. Das ist eine ihrer Lieblingssendungen, seit wir einen Fernseher haben. Leider ist alles, was im Fernsehen gekocht wird, nur in Schwarzweiß zu sehen.

Als Clemens Wilmenrod, der berühmte Fernsehkoch, seit 1964 seine Kochkünste keinem Millionenpublikum mehr vorführen durfte, war Mama sehr enttäuscht. Mama gehörte immer zu den größten Verehrerinnen des wortreichen ehemaligen Schauspielers mit der Halbglatze und dem dünnen Oberlippenbart. Sie versuchte, viele ausgefallene Gerichte, die er im charmanten, beredten Plauderton kreierte, nachzukochen. Auch wenn es oft nicht gelang, tat es ihrer Liebe zum Fernsehkoch, der seine eigene Schädelkarikatur auf der Schürze trug, keinen Abruch.

Daß sie Clemens Wilmenrod seit 1964 entbehren muß, hat Mama tief getroffen. Doch obwohl ihr kein Fernsehkoch nach Clemens Wilmenrod mehr richtig gefällt, läßt sie kaum eine Sendung ausfallen, in der im Fernsehen mal wieder gekocht wird.

»Das koche ich morgen«, verkündet sie stolz.

»Mama, ich wollte mal fragen, was du dir zum …«
»Ruhe!« Mama notiert immer noch irgendwas.
»Mama, hast du nicht einen geheimen Wunsch?«
»Kind, ich krieg die Mengenangaben nicht mit. Sei leise!«
»Mama, ich wollte doch nur fragen, ob du …«
Jetzt fährt sie aus der Haut. »Nerv mich nicht, Elfi! Kann ich in dieser Hütte nicht einmal fünf Minuten Ruhe haben? Schenk mir Ruhe! Ein bißchen Ruhe, das ist alles, was ich will!«
Wie oft hat sich Mama über Vertreter, Versicherungsleute oder Nachbarn beschwert, die immer gerade dann schellten, wenn sie etwas auf dem Herd stehen hatte oder sonstige wichtige Dinge zu erledigen hatte. Und wir Kinder nervten sie natürlich auch manchmal ein bißchen.
So beschließe ich, ihr Ruhe zu schenken.

Am Geburtstagsmorgen komme ich mit einem Riesenblumenstrauß aus Onkel Heinz' Garten und meinen Gutscheinen an, die ich gemeinsam mit Kurtchen Mama schenke.
Hanne sieht mich überlegen an und denkt wohl, daß mir nichts anderes eingefallen sei. Stolz gibt sie Mama ihr in wunderschönes Papier mit Schleife eingepacktes Geschenk. Es ist eine Bluse.
Mama freut sich riesig, viel mehr als über meine Gutscheine. Zum Glück ist die Bluse zwei Nummern zu klein, so daß die Freude nicht überhandnimmt. Mama will die Bluse morgen umtauschen gehen.
»Ja, die Hanne wird jetzt wirklich erwachsen«, sagt Papa.
Ein bißchen neidisch bin ich schon auf Hannes Erfolg.
Doch meine Stunde soll noch schlagen.
Am Abend vorher habe ich nämlich die Haustürklingel außer Betrieb gesetzt, indem ich ein Röllchen Verbandsmull zwischen den Mechanismus der Schelle gesteckt habe. »Schenk mir Ruhe«, hat Mama gesagt, und die soll sie an ihrem Geburtstag bekommen.
Als ich mittags aus der Schule komme, schelle ich bei Frau Sodinski, denn anders komme ich ja nicht rein. Oben klopfe ich laut an.

Kurtchen öffnet mir. Er steht mit verweinten Augen in der Tür und knabbert an seinen Fingernägeln.

»Du sollst doch nicht Nägel beißen!« Ich haue ihm eins auf die Finger. »Was ist denn los? Warum heulst du denn?«

»Mama ist ganz traurig!« stottert er. Unglücklich sieht er zu mir hoch.

»Wieso denn? Hat sie keine Ruhe gehabt heute?«

»Es ist keiner zum Gratulieren gekommen, keiner aus dem Haus und keiner aus der Siedlung.«

Oje, denke ich bei mir, das war wohl doch keine gute Idee von mir mit der Klingel!

Als ich mich im Korridor unbeobachtet fühle, entferne ich den Mull.

Ein paar Minuten später schellt es.

»Mensch, Marlies, wo hast du denn gesteckt?« Oma kommt aufgebracht hereingestürzt. »Ich wollt dir doch helfen beim Salatmachen. War doch so ausgemacht.«

»Wieso? Ich war doch die ganze Zeit hier. Ich hab doch auf dich gewartet. Was glaubst du, was ich für Arbeit gehabt hab! Ich hab mich richtig über dich geärgert.«

»Über mich? Du bist gut! Läßt mich zweimal den Weg von der Siedlung hierher und zurück machen und ärgerst dich über mich.«

»Aber Mutter, ich war doch hier! Was willst du eigentlich?«

»Jetzt sag bloß noch, daß ich lüg.«

»Mutter, das sag ich ja gar nicht, aber ich war wirklich hier und hab mir einen abgeschuftet. Da wär deine Hilfe schon ganz gut gewesen. Hast du mir ja auch versprochen.«

»Hör mal, Marlies, du warst bestimmt noch einkaufen oder hast telefoniert und nicht auf die Schelle gehört. Kann ja mal passieren, aber gib das doch wenigstens zu!«

»Mutter, ein für allemal! Ich war da, wenn ich dir das sage. Vielleicht ist ja unsere Schelle kaputt.«

Mama geht hinaus und probiert die Schelle aus.

Sie schellt.

»Nee, daran kann es nicht gelegen haben.«

»Sag ich doch«, tönt Oma.

»Mutter, ich hab heute schon genug Ärger gehabt!«

Ich versuche mich einzumischen. »Oma, Mama kann die Schelle gar nicht ...«

»Sei du mal ruhig, Elfi! Das ist ein Streit unter Erwachsenen.«

Oma sieht wieder Mama an. »Vielleicht habt ihr hier einen Geist in der Wohnung, der sein Unwesen treibt?«

»Mutter, jetzt red nicht so einen Quatsch!«

»Wie, Quatsch?«

»Hör mal, ich bin gerade am überlegen. Schließlich ist überhaupt keiner gekommen heute morgen, ich hab mich schon gewundert. Vielleicht ist ja doch was mit der Schelle. Vielleicht hat sie einen Wackelkontakt?«

Jetzt heule ich los. Und dann erzähle ich alles.

Mama nimmt mich in den Arm und schimpft nur ein kleines bißchen.

»Ja, dann kann ich wohl jetzt gratulieren«, sagt Oma und wünscht Mama viel Glück.

Als nachmittags alle Verwandten kommen und von meinem besonderen Geschenk hören, habe ich die Lacher auf meiner Seite.

»Stellt euch mal vor«, sagt Papa, »Oma wollte Marlies schon die Schüssel Kartoffelsalat um die Ohren hauen, weil sie nicht helfen konnte.«

»Schmeckt aber auch so ganz gut«, sagt Tante Klärchen.

Eben hat Oma noch mitgelacht, jetzt guckt sie schon wieder etwas grantig.

»Aber so gut wie Omas Salat krieg ich das nicht hin«, meint Mama schnell. Sie sagt das wohl nur, weil sie sich nicht schon wieder streiten will.

Papa lacht immer noch und meint: »Auf jeden Fall war das das lustigste Geschenk, das Mama jemals gekriegt hat.«

Ich schmunzele in mich hinein. Jetzt habe ich Hanne doch noch ausgestochen.

21. Kapitel

Von Hannes Freund Günner, von einem verdrießlichen Ausflug, von der Pille und blutigen Stricknadeln

»Wie heißt das Tanzlokal?« Mama will alles genau wissen.

»Mama, das ist kein Tanzlokal. Das ist eine Disco. Wie oft soll ich dir das denn noch sagen?« Hanne ist ungeduldig, denn sie will mit ihrem Freund Günther ausgehen und länger wegbleiben.

»Auf jeden Fall bist du um zehn zu Hause. Das kannst du deinem Günner ausrichten.«

»Mama, sei doch nicht so altmodisch. Wir leben doch nicht mehr im Mittelalter, sondern im Jahre 1969. Alle Mädchen in meinem Alter dürfen mindestens bis elf Uhr ausgehen. Nur ich muß immer um zehn zu Hause sein.«

»Papa will das so.«

»Mama, ich weiß schon nicht mehr, was ich Günner sagen soll. Der glaubt ja, meine Eltern leben hinterm Mond.«

»Papa will das aber so.«

»Guck mal, Mama! Papa ist doch auf Spätschicht. Wenn ich um elf komm, dann ist das doch früh genug, und Papa kriegt nichts mit.«

»Hanne, wenn Papa das erfährt, ist der Teufel los.«

»Mama, du bist die Größte! Ich komm auch ganz pünktlich um elf. Günner bringt mich mit seinem Buckel.«

»Was ist denn das?«

»Mama, das ist ein schnuckeliger, kleiner, alter VW. Hat er von seinem Vater zum Abitur gekriegt und am Wochenende auf Hochglanz gebracht.«

»Für mich ist ein Buckel immer noch ein Fluch Gottes.«

»Mama, von welcher Welt bist du denn?«

»Hanne, sei vorsichtig! Günner soll nicht so rasen.«

»Mama, sag mal, warst du nicht auch mal jung!«

»Hanne, wenn du mal Kinder hast, dann weißt du, wie man sich als Eltern Sorgen macht um die Kinder. Da ist es egal, wie alt sie sind.«

»Du wirst dich wohl noch sorgen, wenn ich fünfzig bin.«

»Ja, genau! Ich bin schließlich deine Mutter.«

Hanne stöhnt auf, zuckt mit den Schultern, als ob bei Mama Hopfen und Malz verloren seien, und nimmt aus ihrer neuen Knautschlacktasche einen Lippenstift, mit dem sie sich vor dem Flurspiegel die Lippen nachzieht. Die Knautschlacktasche ist knallrot und sieht zum schicken Kostüm, das reichlich Knie frei läßt, unheimlich gut aus. Hanne hat vorher eine ganze Stunde vor dem Spiegel gestanden und ihre Haare toupiert.

Als es schellt, stürmt Hanne ohne Gruß die Treppe hinunter. Zwei Minuten später ist sie wieder da. Sie hat ihre Knautschlacktasche vergessen.

Die Tasche ist ein Geburtstagsgeschenk. Hanne hat Mama und Papa vorher ausdrücklich gewarnt. Wenn sie noch einmal etwas für ihre Aussteuer bekäme, schmisse sie allen Kram in die Mülltonne.

Ich verstehe sie gut. Denn auch ich erfreue ich mich jetzt nur noch an Geschenken zu meiner Aussteuer, die mir ankündigen sollen, daß ich bald erwachsen bin und heiraten darf. »Für später!« sagt Mama und fügt hinzu: »Damit kannst du was im Leben anfangen.«

Und Papa gibt, als ich einmal murre, auch seinen Kommentar dazu ab: »Ohne Aussteuer kriegst du keinen Mann, das sag ich dir.«

Und so finden Hanne und ich auf unseren Gabentischen immer praktische Dinge für den künftigen Ehehausstand: Bettwäsche, Hand-, Küchen- und Geschirrtücher in allen Mustern und Farben, Tischdecken für Ostern, Weihnachten und sonstige Gelegenheiten, mit Borte, ohne Borte, zum Aussticken oder tischfertig, Fleischmesser, Brotmesser, eine Teekanne, wieder Bettwäsche und Geschirrtücher, kitschige Sammeltassen, Butterglocken in allen möglichen Ausfertigungen, Frühstücksbrettchen, Frühstückstücher, Brothauben, Eierbecher aus Plastik, Eierbecher aus Holz, Eierbecher aus Metall, einen Tortenheber, Zuckerzangen, eine Obstschale und anderen Kram. Wirklich, es fehlte nur noch eine Klobürste!

Ihren letzten Geburtstag, ihren siebzehnten, hat Hanne bei Oma gefeiert. Oma hat sogar ihr Wohnzimmer ausräumen lassen, damit getanzt werden konnte.

Papa wollte nicht, daß Hanne eine Party veranstaltet, schon gar nicht zusammen mit Jungen. Da hat sie ihn zusammen mit Oma, die nichts dagegen hatte, überlistet. Da auch Mama ihr Einverständnis gegeben hat, konnte die Feier steigen. Hanne hat gesagt, sie schlafe am Wochenende bei Oma, und dabei hat sie an diesem Samstag dort groß gefeiert. Papa weiß das bis heute nicht. Mama hat noch immer Schiß, daß Papa vielleicht doch noch dahinterkommt.

Leider durfte ich nicht dabeisein, aber Hanne hat mir später einige Fotos gezeigt. Auf einem Bild hat Hanne eine Zigarette in der Hand. Wenn Papa das erfahren würde! Auf einem anderen Bild sitzen Hanne und Nele, ihre Freundin, je auf dem Bein von einem netten Jungen, der seinen Schlips und seine Jacke abgelegt und den Kragenknopf seines schneeweißen Hemdes geöffnet hat. Und dann der Knüller! Auf einem Bild wird Hanne von einem Jungen auf den Mund geküßt. »Das ist Günner«, erklärte sie mir. So sah ich ihn zum ersten Male. Auf einem weiteren Bild sitzt Hanne auf dem Schoß von Günther, der seinen linken Arm um sie schlingt. Der rechte liegt auf Hannes Knie.

Ich war fürchterlich aufgeregt, als ich die Bilder sah. Daß Oma das alles mitgemacht hat! Die Fotos wirkten ganz unanständig auf mich.

Papa sitzt im Wohnzimmer und sieht fern. Seine Füße stecken in einem ausrangierten Sauerkrauteimer mit heißem Wasser und einer Handvoll Fußbadkörnern.

Er hat heute schon einem Kollegen beim Kohlenschöppen geholfen. Drei Tonnen Hausbrand mit zwei Männern, zwei Schaufeln und einer Schubkarre eine Straße weiter karren, dann hintenrum auf den Hof, von dort in kleine Eimer, die in den Keller getragen wurden, da der Kohlenkeller von Bäcker Wilde kein Fenster besitzt, durch das sie die Kohle hineinrutschen lassen konnten.

Papa weiß, was er getan hat. »Knochenarbeit war das.«

»Und warum machst du das noch? Ist doch auch nicht ganz ungefährlich.« Mama ist Papas Nebenarbeit schon lange nicht mehr recht.

»Ach, Quatsch! Sag mir mal, wer dabei wohl schon mal erwischt wurde? Außerdem ist das mein Kumpel, und der hat das Risiko, nicht ich. Ich hab ja nur geholfen.« Papas Kollege verschachert regelmäßig seinen Hausbrand von der Zeche. Jedem Bergmann steht im Jahr eine gewisse Menge kostenloser Deputatkohle für den eigenen Gebrauch zu.

Früher, als wir noch kein Gas hatten, orderte Papa auch mehr Deputat, als wir jemals verbrennen konnten. Papa schöppte zunächst alle Kohle in unseren Keller und belieferte dann nach und nach tausend Verwandte mit Kohle, die er in großen Leinensäcken transportierte. Das war zwar kein großes Geschäft, aber ein paar Märker waren dabei schon zu machen, wenn auch nicht ganz ohne Risiko.

Die Zeche drückt bei den kleinen Schiebereien meist zwei Augen zu. Dafür paßt sie bei den großen Schiebern um so mehr auf, denn die versuchen, mit Deputatkohle dickes Geld zu machen. Es gibt Kollegen, denen der Hausbrand gestrichen wird, weil sie zu viel Unfug damit treiben.

»Ich mach das nicht mehr. Ich bin einfach nicht mehr der Jüngste«, sagt Papa nach einer Weile und faßt sich ins Kreuz. Dann fragt er: »Wo ist eigentlich Hanne?«

»Die schläft noch«, sagt Mama.

»Wie, jetzt noch? Ist doch schon zehn Uhr.«

»Laß Hanne doch mal ausschlafen. Das Mädchen muß jeden Tag in der Woche früh aufstehen, da kann sie ja mal sonntags ein bißchen länger schlafen.«

»Und wer denkt an mich? Fünfundzwanzig Jahre bin ich früh aufgestanden. Und meine Wechselschichten, ist das denn nichts? Aber meine Tochter beklagt sich, wenn sie in der Woche morgens um halb sechs aufstehen muß. Sie soll sich nicht so rumtreiben, dann kann sie am heiligen Sonntag auch mit der Familie frühstücken.«

»Sag mal, Kurt, was hast du eigentlich? Seit Wochen bist

du auf Hanne am rumhacken. Das Mädchen treibt sich doch nicht rum. Sie geht ein bißchen aus wie alle Mädchen in ihrem Alter.«

»Ja, aber jeden Samstag, ohne Ausnahme! Ich möchte nur wissen, wann sie wieder nach Hause gekommen ist. Na, um zehn Uhr? Das kannst du mir doch nicht erzählen.«

Mama sagt nichts.

Das genügt. Papa weiß Bescheid. Er schüttelt den Kopf. »Ich möchte nur wissen, Marlies, was du noch so alles duldest.«

Papa nimmt mich in den Arm. »Du bist mein lieb Mädchen, was, Elfi? Du hörst, was Papa sagt.«

Seitdem Hanne mehr und mehr ihre eigenen Wege geht, streitet sie sich mehr und mehr mit Papa. Sie sagt ihm Wahrheiten, die er nicht gern hört. Seitdem ist Papa nicht mehr gut auf Hanne zu sprechen.

Früher hat er sie auch oft in den Arm genommen und mit ihr geschmust, jetzt gibt es nicht einmal mehr einen flüchtigen Kuß für sie. Jetzt kann Papa auch nicht mehr so einfach sagen: »Hanne, laß die Widerworte sein« und ihr dabei einen freundschaftlichen Klaps auf den Hintern geben. Wenn Hanne nicht paßt, was Papa von ihr verlangt, zuckt sie einfach mit ihren Schultern und geht hinaus. Sie fühlt sich frei, unabhängig und erwachsen mit ihren siebzehn Jahren, da sie schließlich schon ein bißchen Geld verdient. Sie hat fest vor, sobald sie volljährig ist, zu Hause auszuziehen. Mama gestattet ihr schweren Herzens ab und zu, hinter Papas Rücken Dinge zu tun, die Papa niemals erlauben würde. Mittlerweile fragt Hanne Papa gar nicht mehr.

Der Bild-am-Sonntag-Verkäufer bimmelt mit seiner Glokke, und Papa schickt mich hinunter, eine Zeitung zu kaufen.

Während er den Sportteil liest, ist er eine Zeitlang ruhig. Doch dann sagt er: »Guck dir das mal an, Marlies! Nur kaputtmachen können die. Kaufhäuser zünden die an mit ihren langen Haaren. Der Freier von Hanne ist kein Umgang für sie. Das sag ich dir.«

»Aber was hat das denn mit Hanne zu tun? Und außerdem hat ihr Freund einen Namen. Er heißt Günther.«

»Und Student ist er, oder etwa nicht? Und will er nach Berlin, oder etwa nicht? Und in Berlin werden Kaufhäuser von Studenten angezündet, oder etwa nicht? Ich sag dir, der ist kein Umgang für meine Tochter.«

»Kurt, übertreib doch nicht so! Der Günner ist doch ein netter Junge.«

»Seit wann steht meine Frau auf kleine Jungs mit lange Haare?«

»Herrgott, Kurt, werd doch nicht ausfallend! Das mit die Haare ist eben Mode. Wir hatten doch auch unsere Marotten.«

»Aber gearbeitet haben wir, geschuftet, unseren Staat aufgebaut. Und nicht rumgelungert und Kaufhäuser angezündet.«

Papa widmet sich wieder der Zeitung.

Plötzlich blickt er hoch. »Irgendwo wird doch wohl noch mal ein bißchen Familienleben möglich sein. Wißt ihr was? Ich hab eine Idee. Ist doch so ein schöner Tag. Wir lassen uns doch die Stimmung von so einer Langschläferin nicht vermiesen. Sollen wir heute nachmittag alle mal ein bißchen rausfahren, ja?« Er sieht mich und Mama an und erwartet offenbar, daß wir ihm um den Hals fallen.

Doch wir reagieren vorsichtig, denn rausfahren, das bedeutet bei Papa in letzter Zeit stets, sogenannte Lernen-Sie-Ihre-Heimat-kennen-Fahrten von irgendeinem Automobilclub zu unternehmen.

In den Zeitungen vom Automobilclub sind Häuser, Kirchen, Brunnen, Denkmäler abgebildet, zu denen ein kurzer historischer Abriß gegeben wird. Danach muß man sie suchen und erhält am Ort einen Stempel.

Das Unternehmen nennt man angewandte Heimatkunde, und so lernen wir das Münsterland, die Soester Börde, das Sauerland und Bergische Land gut kennen.

Doch wir hassen diese Suchtouren mittlerweile wie die Pest, weil wir oft bei wunderschönem Badewetter, statt am Kanal zu liegen, stundenlang im Auto eingepfercht sind, das Gesuchte oft nicht finden und Papa immer nervöser und ärgerlicher wird. Und trotzdem, irgendwie erreicht Papa die vorgeschriebene Anzahl von Stempeln immer. Den gewonnenen versilberten

Ehrenpokal stellt er dann stolz in die Glasvitrine des Wohnzimmerschrankes zu den anderen, oder er dekoriert mit den Zinntellern, auf denen sein Name eingraviert ist, die Wand zwischen Gummibaum und Stehlampe.

»Ich fahre aber nicht mit.«

Hanne steht in der Tür, im Babydoll, mit zerzausten Haaren, ihren hellblauen Nyltestmorgenmantel mit den Steppnähten locker übergeworfen.

Sie gähnt.

»Ach, beliebt es meiner Tochter, auch aufzustehen!«

»Ich will nur eben zum Klo.«

»Da kannst du dann auch gleich Toilette machen, Madam. Schmier dir den Lippenstift von der Mule, und zieh dich vernünftig an. Du fährst heute mit! Das sag ich dir!«

»Wohin?«

»Frag nicht so dumm! Du fährst heute mit!«

»Kann ich nicht mal eine richtige Antwort kriegen?«

»Du hast hier keine Fragen zu stellen!«

»Wieso denn?«

»Glaub ja nicht, daß ich nicht weiß, daß du gestern erst um elf nach Hause gekommen bist!«

Hanne sieht Mama an, die den Kopf schüttelt. Sie hat doch wirklich nichts gesagt.

»Woher weißt du das denn?«

»Weil dein Alter nicht auf den Kopp gefallen ist. Und außerdem hast du dich gerade verraten.«

»Papa, die eine Stunde.«

»Hanne, ich will, daß du tust, was ich sage. Heute fährst du mit! Weil heute Familientag ist.«

»Papa, deinen Zinnteller bekommst du auch ohne meine Hilfe.« Hanne ahnt wohl auch, wohin es gehen soll.

»Du fährst mit!«

»Papa, sei doch nicht so autoritär.«

»Ich bin nicht auto... was? Ich hab nur Familiensinn. Und solange du die Füße unter meinen Tisch steckst, machst du, was ich sage!«

»Du bist also doch autoritär. Günner sagt, alle Väter sind autoritär, weil sie selbst die Schnauze halten mußten früher.«

»Dein studierter Lackaffe kann mich mal!Du fährst mit!«

Papa trocknet sich die Füße ab und geht zum Klo.

»Hanne, kannst du denn deinem Herz nicht mal einen Stoß geben und heute mal mitfahren?« sagt jetzt Mama. »Einmal nur, dann ist Papa doch zufrieden.«

»Ich bin verabredet. Soll ich Günner sitzenlassen, nur weil Papa einfällt, mal wieder so einem Zinnteller nachzujagen?«

»Früher hat dir das doch auch Spaß gemacht. Wir haben doch viel gesehen dabei.« Mama seufzt.

»Ja, früher! Aber jetzt weiß ich, was für ein kleinbürgerlicher Scheiß das ist.«

»Ich hab genau gehört, was du gesagt hast?« Papa ist vom Klo zurück, setzt sich in seinen Sessel und steckt die Füße wieder in den Sauerkrauteimer. »Bild dir bloß nicht ein, daß du mich verscheißern kannst! Das hast du von deinem Günner, was!«

»Ja, von Günner!«

»Der weiß wohl alles, was!«

»Alles weiß keiner, aber er hat mich politisch aufgeklärt. Ihr wißt ja gar nicht, was da so alles läuft in der Welt.«

»Politisch, was! Meine Tochter interessiert sich für Politik.«

»Zum Beispiel Vietnam und so.«

»Was weiß denn dieser langhaarige Affe von Politik?«

»Eben war er noch ein Lackaffe.«

Das ist zuviel. Papa kann sich jetzt nicht mehr beherrschen. Er prescht hoch, schießt vor und erwischt Hanne.

Doch der Schlag streift nur ihre Wange, denn Papa hat nicht an den Sauerkrauteimer gedacht, in dem seine Beine stecken, so daß nicht nur sein Bewegungsablauf etwas behindert ist, sondern auch der Eimer umkippt und sein Inhalt für eine mittelgroße Überschwemmung sorgt.

»Jetzt ist ein für allemal Schluß mit dem Diskutieren«, sagt Papa, nachdem wir das Wasser mühselig mit Tüchern aufgesaugt und dem Teppich eine Chance zum Überleben gegeben haben. »Mutter, jetzt wird gemacht, was ich sage! Hanne kann sich ihren Günner von der Backe schmieren. Sie kommt mit! Und ihr Taschengeld wird auch gekürzt. Richte das deiner Frau Tochter bitte aus. Wollen doch mal sehen, wer hier das Sagen hat!«

Hanne geht sofort in unser Zimmer.

Papa schickt mich wenig später nach oben, sie zu holen.

»Hanne, komm doch! Papa macht sonst einen Mordsärger.«

»Ist mir doch egal.«

»Hanne, ich krieg doch auch Ärger.«

»Ich glaub, ich hau irgendwann ab nach Berlin. Da ist was los. Da kannst du mit jedem diskutieren. Da verbietet dir keiner das Wort. Und wenn du was erreichen willst, dann machst du ein Sit-in.«

»Was ist das denn?«

»Das ist eine Demonstration. Viele Leute setzen sich einfach auf den Boden und stehen solange nicht mehr auf, bis sie das bekommen haben, was sie wollen.«

»Hat Günner erzählt, nicht?«

»Nee, das hab ich im Fernsehen gesehen. Einmal sind sie von der Polizei weggetragen worden.«

»Sollen wir das hier auch mal machen? Wenn dein Günner mitmacht, sind wir schon drei. Wir setzen uns einfach in den Korridor und stehen nicht mehr auf. Dann muß Papa uns auch wegtragen. Und wenn er das macht, setzen wir uns anschließend wieder hin.«

»Ach, Elfi. Wenn das mal so einfach wär. Nee, ich geh nach Berlin. Günner überlegt auch, ob er nicht nach Berlin geht.«

Ich traue Hanne so etwas zu, denn sie hat schon einmal an so einer Demonstration teilgenommen, wie sie jetzt überall gegen die Notstandsgesetze stattfinden. Und nicht nur in Berlin, auch in Gelsenkirchen! Die meisten Demonstranten sind Studenten aus Bochum und Schüler, die lange Haare bis über die Ohren haben und grüne Parker tragen. Einige von denen sollen sogar kiffen, höre ich, obwohl ich erst später erfahre, was das bedeutet. Die Mädchen tragen lange bunte Röcke und knappe einfarbige Unterhemden, die T-Shirts genannt werden.

Von solchen Hippies sieht man jetzt auch in unseren Geschäftsstraßen immer mehr. Sie malen Straßenbilder oder machen Musik oder verkaufen Drahtschmuck, den sie selbst herstellen. Einige haben auf ihren T-Shirts Aufdrucke wie *Peace* oder *Freiheit*, und alle schwärmen von Woodstock, dem großen Treffen berühmter Musiker in Amerika. »Woodstock«, sagt Hanne einmal zu mir, »ist das Größte. Das ist wirklich das Größte, was man erleben kann. Und ich war nicht dabei.« Dann sie legt eine Platte von Jimi Hendrix auf.

Daß Hanne in einer ganz anderen Welt lebt, begreife ich, als sie mir all ihre Platten von Roy Black und so schenkt. Damit will sie nichts mehr zu tun haben. Dafür hört sie um so mehr die Rolling Stones und Frank Zappa, Alexis Korner und Pink Floyd und wie sie alle heißen. Und sie kennt Degenhardt, Neuss und Süverkrüp.

Hanne war wirklich keine schlechte Schülerin. Doch nach der Volksschule war für sie Schluß, obwohl sie sehr gute Noten hatte. Sie wollte noch auf eine weiterführende Schule gehen und versuchen, ihr Fachabitur zu machen, aber Papa war dagegen. » Elfi geht auf die Realschule, und Kurtchen soll aufs Gymnasium, damit er Bergbauingenieur werden kann. Für Hanne muß eine solide Lehre reichen«, sagt Papa immer, und als Trost schickt er hinterher: »Und später kannst du ja immer noch weiterlernen, aber die Lehre, die kann dir keiner mehr nehmen.«

So hat Hanne mehr oder weniger freiwillig eine Schneiderinnenlehre begonnen.

In Gelsenkirchen gibt es zu dieser Zeit viele kleine Textilunternehmen, unsere Stadt ist eine richtige Textilhochburg. Vom Schlips bis zur Bluse, vom Anzug bis zum Strumpf, hier wird alles hergestellt. »Da kannst du dann für mich auch mal was schneidern«, sagt Oma immer, die stolz ist, daß Hanne ihren Interessen nahekommt.

Doch Hanne macht die Ausbildung selten Spaß, wenngleich sie sich viel Mühe gibt.

Einmal wird sie von ihren älteren Kolleginnen fürchterlich reingelegt. Sie soll im Lager karierte Reißverschlüsse holen.

Als sie unten ankommt und den Wunsch vorträgt, wird sie kräftig ausgelacht. Es ist einer dieser Späße, mit denen man Lehrlinge zu Beginn der Lehrzeit besonders ärgert. Das ist aber bald vergessen.

Bald darauf tritt Hanne in die Gewerkschaft ein. Vorher hat sie keine Freundin unter den anderen Lehrmädchen gefunden, jetzt finden sich zwei Mädchen, die ebenfalls Revolution machen wollen. Irgendwo muß sich Hanne austoben, und sie erreicht sogar kleine Verbesserungen im Betrieb. Als Hanne wegen ihres Engagements eine Abmahnung erhält und ihre Lehre gefährdet ist, setzt sich Papa vehement für sie ein. Ungerechtigkeiten läßt er nicht durchgehen. Aber er rät Hanne auch: »Mädchen, mach die Lehre zu Ende, dann kann dich die ganze Welt am Arsch lecken!«

Hanne muß an diesem Sonntag mit. Sie sitzt die ganze Zeit still im Wagen und verzieht keine Miene. Papa hat gar nichts davon, daß sie mitfährt, außer daß er seinen Willen durchgesetzt hat. Auch Mama, ich und Kurtchen haben überhaupt keine Lust auf den Ausflug.

Wir fahren gerade über die Staumauer der Aggertalsperre im Bergischen Land. Ich kenne die Gegend gut, weil ich hier einmal eine Woche lang mit der Schule hingefahren bin, in eine Jugendherberge. Ich habe auf dem Foto im ADAC-Heft die Aggertalsperre erkannt und Papa den entscheidenden Tip gegeben. Irgend jemand findet er immer, der ihm verrät, wo er suchen muß. Die besten Hinweise kommen von seinem Betriebsführer, der ebenfalls dieser Sucht verfallen ist und jedes Wochenende mit der Familie auf Tour geht.

Der Turm, der gesucht werden muß, ist der Unnenberg-Aussichtsturm, der gegenüber der Jugendherberge auf der anderen Seite der Talsperre auf einem hohen Berg steht. Ich kenne ihn noch gut von damals. Wir haben eine lange Wanderung dorthin gemacht, von der ich zwei dicke Blasen übrigbehalten habe.

Nachdem Papa im Gasthaus vom Wirt den Stempel in sein Buch erhalten und sich auch noch einen Rat für den nächsten

Zielort geholt hat, will er auf den Turm. Er hat seine neue Kamera dabei.

Seit etwa zwei Jahren ist Fotografieren sein Hobby. Zum Glück ist die Zeit vorbei, daß alle Familienmitglieder unbedingt auf jedes Bild mußten. Aber Papas Motivsuche, seine Umständlichkeiten, seine stoische Langweiligkeit sind weiterhin fürchterlich. Wir müssen immer warten und herumstehen, wenn er immer wieder aufs neue mit seinem hypermodernen Lichtmesser versucht, die richtige Blende zu finden. Wenn er endlich fertig ist, zieht entweder eine dunkle Wolke vor die Sonne, oder die Sonne bricht durch eine Wolkenbank, so daß Papa wieder neu die richtige Belichtung finden muß. Wenn die Prozedur beendet ist, ist die dunkle Wolke oder die Sonne meist wieder weg. Als wir einmal zusammen im Ruhrzoo sind, brauchen wir für drei Tiergehege über zwei Stunden. Wenn Papa dann die Filme ausgehen, hat er keine Lust mehr, und wir gehen nach Hause.

Und wie oft sind die Bilder unter- oder überbelichtet, verwackelt oder unscharf. Einmal fehlt der Kopf von Mama.

Immer sind wir es, die Umstände, die Kamera, die Technik oder der Blitz, die Schuld sind - nie Papa. Und dann dauert es wochenlang, bevor Papa es schafft, die Dias zu rahmen. Er will Hanne und mich daran beteiligen, aber wir stehen auf dem Standpunkt, daß es allein sein Hobby sei. Später stapeln sich die Diakisten im Wohnzimmer, und überall fliegen Fotos herum.

Papa kauft für alle Karten - zwanzig Pfennig das Stück. Doch Hanne will nicht auf den Turm. Sie habe ja nicht mitgewollt.

Papa läßt sie ärgerlich stehen und steigt mit uns die zahllosen Treppen hoch, Kurtchen nimmt er auf den Arm.

Von oben sehe ich Hanne, wie sie unten spazierengeht und schließlich zwischen den Tannen verschwindet. Sie will wohl mit ihrem Kummer allein sein.

Papa knipst oben in alle Richtungen und lobt sein neues Teleobjektiv, das er bei dieser Gelegenheit endlich einmal ausprobieren könne. Er ist vom Wetter begeistert und meint, wir hätten mindestens zweihundert Kilometer Fernsicht. Als ich frage, ob man auch die Alpen sehen könne, lacht er. Und dann erklärt er mir, welche Städte in allen Himmelrichtungen liegen.

Als Kurtchen sagt, daß ihm auf einmal übel sei, geht es wieder hinunter.

Unten angekommen, ist Hanne noch nicht wieder da.

Draußen stehen Tische, an die wir uns setzen. Mama hat Kekse mitgenommen, die wir zu Kaffee und Kakao verzehren.

Hanne kommt immer noch nicht.

»Der werde ich was erzählen«, sagt Papa.

»Kurt, nimm das doch nicht so ernst. Sie ist doch nun mal schon bald erwachsen.«

»Solange die Lange ihr Mundwerk nicht zügelt, laß ich ihr nichts mehr durchgehen.« Hanne ist das größte von uns Kindern und hat auch schon Mama erreicht. Deshalb wird sie nur *die Lange* gerufen.

»Mensch, Kurt! Hanne war doch immer schon ein Schnabbelliesschen. Früher hast du deinen Spaß dran gehabt, heute wirfst du ihr das vor, nur weil ihr nicht immer einer Meinung seid.«

Papa fährt hoch. »Marlies, es geht nicht um die eigene Meinung, es geht ums Prinzip.«

»Um was für ein Prinzip.«

»Eben ums Prinzip. Sie kann doch nicht alles umschmeißen.«

»So ist es aber, wenn die Kinder groß werden. Bist du nicht vielleicht ein bißchen eifersüchtig?«

»Ich? Eifersüchtig! Auf wen denn?«

»Kurt, ein bißchen leiser, ja! Die Leute gucken ja schon.«

In der Tat ist Papa während des Gesprächs immer lauter geworden.

»Ach, die Leute! Die können mich mal!«

»Kurt, das sieht doch jeder, daß du den Günner nicht magst.«

»Aber deshalb bin ich doch nicht eifersüchtig. Noch dazu auf einen, der lange Haare hat und sich einmal im Jahr die Zotteln wäscht.«

»Kurt, wo holst du denn deine Vorurteile her?«

»Vorurteile? Auch das noch! Erst Eifersucht, jetzt Vorurteile! Sind denn alle in dieser Familie gegen mich? Trägt der nun lange Haare oder nicht? Und eine Holzkette trägt der auch um den Hals. Sieht aus wie Jesus, manchmal wenigstens.«

»Du hast ihn doch erst einmal gesehen.«

»Einmal und nie wieder, das reicht!«

»Kurt, der Günner ist in Ordnung. Hanne muß doch ihre Erfahrungen sammeln. Sie kann doch einen Freund haben. Sie wird ihn ja nicht gleich heiraten.«

»Das wär ja noch schöner! Das ist kein Mann für Hanne.«

»Weißt du das wirklich ganz genau? Ich bin mir da nicht mehr sicher. Hanne ist anders. Die ist auch mit ihrer Lehre nicht glücklich.«

»Deshalb braucht sie sich nicht an so einen ..., so einen Studenten ranschmeißen. Ich will nicht, daß Hanne mit so einem Heini verkehrt. Es gibt genug ordentliche Jungs in der Nachbarschaft. Du, den Fritz sein Jürgen, der hat letzte Woche die Elektrikerprüfung bestanden.«

»Aber du kannst doch Hanne nicht vorschreiben, mit wem sie geht.«

»Papa, Liebe fällt hin, wo sie hinfällt«, mische ich mich ein.

»Halt du deinen Schnabel! Manchmal fällt sie nämlich auch in den Haufen Mist. Merk dir das, Elfi! Ist nicht alles Gold, was glänzt.«

»Kurtchen, krümel nicht so mit den Keksen«, sagt Mama.

»Den Werner vom Grabosch, der ist Maurer. Wenn wir im nächsten Jahr von der Hilde den Schrebergarten übernehmen, dann kann der mir helfen, den Anbau hochzuziehen. Warum geht sie nicht mit dem?«

»Papa, der weiß nicht, was eine Demo ist.«

»Ja, genau das ist es! Elfi hat recht. Nur immer Demos und protestieren und gegen alles sein, was es gibt. Wenn ich schon diese Plakate in ihrem Zimmer sehe, dann kommt mir die Galle hoch. Wir haben schließlich alles aufgebaut. Und meine Tochter zieht mit denen los, die alles wieder kaputtmachen wollen.«

»Aber Kurt, so einfach ist das doch wohl nicht.«

»Doch so einfach ist das. Ich war ja nie so, aber wenn Hanne nicht mitzieht, dann stell ich mich eben auch stur. Verwöhnt haben wir die Hanne. Zucht und Ordnung hätten wir einführen sollen, wie unsere Eltern uns erzogen haben.«

»Und was machst du, wenn Hanne auszieht, wenn sie fertig ist?«

»Dann zieht die Lange eben aus.«

»Dich möchte ich mal sehen, wenn das passiert. Und die Hanne bringt das fertig.«

»Dann guck ich die nie mehr an, das sag ich dir. Dann ist die für mich gestorben.«

»Kurt, mach dir doch nichts vor! Eine Zeitlang wirst du den Sturkopp spielen, und dann holst du die Lange doch zurück nach Hause.«

»Worüber unterhalten wir uns überhaupt? Die soll erst mal kommen. Uns hier sitzenlassen und rumstreunen. Wir müssen fahren. Ich will die Sportschau noch sehen. Das Tralafittigehen werde ich ihr auch noch austreiben.«

»Kurt, Kurt, wenn du dich da nicht übernimmst.«

»Laß das mal meine Sorge sein!«

Wenig später kommt Hanne.

Papa sagt kein Wort.

Die Heimfahrt ist schrecklich. Papa bemüht sich, ein paar Witze mit mir und Mama zu machen, aber uns beiden ist nicht zum Lachen zumute.

Wir fahren über Wipperfürth und Remscheid nach Hause. Niemand hat für die Reize des Oberbergischen Landes einen Blick übrig.

Wir sind schon auf der Cranger Straße, als Hanne plötzlich in die Stille hinein sagt: »Und daß ihr es wißt! Demnächst laß ich mir die Pille verschreiben.«

Papa schafft es tatsächlich noch, den Wagen heil nach Hause zu kutschieren. Er parkt ihn sicher ein, schließt ab, geht hinein und legt den Fotoapparat und andere Utensilien ab. Dann nimmt er seinen Hut und geht - in die nächste Kneipe.

Hannes Kundgebung ist für Papa offenbar ein Schlag, den er erst einmal verarbeiten muß.

Er hat uns gerne Lutscher gekauft, er hat Hanne und mich auf seinen Knien geschaukelt, er spielte für uns Pferd, wieherte, und wir Kinder durften auf ihm reiten, er lernte mit uns das ABC und das Einmaleins, spielte Weihnachten den Nikolaus, und wenn er nicht gerade auf Schicht war oder schlief, tat er beinahe alles für seine Töchter

Doch er sah nicht, daß aus seinen Töchtern langsam Frauen wurden.

Seit Mama ihm sagte, daß Hanne jetzt ihre Tage bekomme, will er nicht mehr, daß sie in Unterwäsche durch die Wohnung läuft. Und als ich später soweit bin, nimmt er mich auch nicht mehr so innig in den Arm wie früher. Unsere Einlagen und Unterwäsche müssen wir geradezu vor ihm verstecken, und er läßt uns auch nicht mehr zu sich ins Bad.

Papa kümmert sich jetzt fast nur noch um Kurtchen, dem er jede Menge Lego und später Fischertechnik kauft und mit dem er Fußball spielt und andere Sachen macht.

Mit uns reif gewordenen Mädchen kann er nichts mehr anfangen. Er schimpft schon, wenn er nur ein Bravo-Heft von weitem sieht, und unser Zimmer betritt er fast gar nicht mehr, da er die Poster von den Beatles, den Rolling Stones und Che Guevara an den Wänden nicht ausstehen kann.

Ich bin schon im Schlafanzug und habe ein Brettchen mit Käseschnittchen vor mir stehen. Ich tue so, als ob ich aufmerksam fernsehe. Dabei habe ich meine Ohren bei Hanne und Mama, die sich unterhalten.

»Hanne, das war der unpassendste Moment, den du dir aussuchen konntest.«

»Ich konnte mich aber einfach nicht mehr zurückhalten.«

»Mußt du denn euren Streit noch auf die Spitze treiben?«

»Das ist kein Streit, das ist ein politischer Konflikt.«

»Papa ist im Moment nicht gut auf dich zu sprechen.«

»Papa wird nie gut auf mich zu sprechen sein. Er ist ein Reaktionär.«

»Ihr gehört eben zwei Generationen an.«

»Er hat etwas gegen Günner. Nur weil der politisch anders denkt.«

»Ich hab ja nichts gegen deinen Günner, aber ob das alles so richtig ist, was der sagt?«

»Das ist doch egal. Aber Papa kann mir nicht vorschreiben, mit wem ich gehe und welche Politik ich gut finde.«

»Tut er doch auch nicht.«

»Tut er doch! Am liebsten würde er sehen, wenn ich übermorgen einen Bergmann heiraten, drei Kinder kriegen und Strümpfe stopfen würde.«

»Hanne, übertreib doch nicht immer so. Versuch doch mal, dich ein bißchen zurückzuhalten.«

»Anpassen, Mama, was?«

»Ich hab zurückhalten gesagt. Und außerdem, du hast doch nur die Volksschule besucht, das ist doch eine Tatsache. Ja, meinst du, ein Student ist das richtige für dich? Bist du sicher, daß dein Günner dich nicht stehenläßt, wenn er in Berlin eine andere findet?«

»Darum geht es doch gar nicht! Liebe wird heute eben anders verstanden als früher. Da ist nichts mehr mit ein Freund, ein Verlobter, ein Mann und so. Mama, wir sind heute anders. Deshalb will ich ja auch die Pille.«

»Kind, ich denk doch nur an dich.«

»Mama, ich weiß, daß du es gut meinst, aber ich bin siebzehn Jahre alt, nehmt das doch endlich mal zur Kenntnis!«

»Was glaubst du denn, was siebzehn Jahre sind?«

»Mama, im nächsten Jahr bin ich Gesellin, dann verdiene ich mein eigenes Geld.«

»Hanne, zum Erwachsensein gehört mehr, als nur Geld zu verdienen.«

»Jetzt fängst du auch noch an! Was soll mir denn passieren in Berlin?«

»Da hat Papa ja nicht ganz unrecht. Überall Krawalle und so. Überall Studenten und Polizei. Und einen Toten hat es auch schon gegeben. Ich hätte Angst um dich. Und wenn Günner dir ein Kind macht?«

»Mama, deshalb will ich ja die Pille. Verstehst du das wirklich nicht? Ist doch ganz einfach.«

»Aber ist das Zeug denn wirklich sicher?«

»So sicher wie das Amen in der Kirche.«

»Aber man hört soviel davon, daß man davon Koppschmerzen kriegt und so.«

»Mama, ich dachte immer, du wärst ein bißchen anders als Papa. Und jetzt kommst du mir mit Koppschmerzen.«

»Papa will auch nur dein Bestes.«

»Ich möchte aber was erleben, was von der Welt sehen, mein eigenes Leben leben. Ich darf ja noch nicht einmal alleine in Urlaub fahren.«

»Wenn du achtzehn bist, darfst du. Hat Papa gesagt.«

»Immer Papa, Papa! Hat denn hier kein anderer etwas zu sagen?«

»Hanne, Papa ist nun mal der Ernährer der Familie. Das ist immer so gewesen, daß der Ernährer das Sagen hat.«

»Mama, ist ja gut. Mit dir kann man sich wenigstens noch unterhalten. Papa schreit immer gleich oder schaltet auf stur. Und was ist jetzt mit der Anti-Baby-Pille? Kannst du mir nicht helfen?«

»Hanne, ich weiß nicht, was ich dazu sagen soll. Ich hab dir neulich schon gesagt, daß ich das nicht richtig finde. Warte doch noch zwei, drei Jahre. Wenn du ausgezogen bist, dann kannst du doch machen, was du willst, aber jetzt.«

»Guck mal, Mama, du mußtest Papa doch auch heiraten, weil ich eher kam. Wenn es damals schon die Pille gegeben hätte, dann ...«

»Dann wärst du nicht da.«

»Mama, dann wäre es für dich vielleicht leichter gewesen. Vielleicht hättest du Papa gar nicht geheiratet.«

»Hanne, was du dir da alles ausdenkst. Ich versteh dich wirklich nicht mehr.«

»Hilfst du mir gegen Papa?«

»Ich versuch, was ich kann.«

Doch Mama braucht sich gar nicht mehr besonders für Hanne einzusetzen.

Am nächsten Morgen sagt Papa während des Frühstücks plötzlich: »Wenn sich meine Tochter prostituieren will, dann soll sie sich die Pille verschreiben lassen. Meine Einwilligung hat sie. Aber für mich ist sie dann gestorben.«

Hanne will noch etwas sagen, aber Papa verbietet ihr, den Mund aufzumachen. Er wolle nur noch etwas von ihr hören, wenn sie ihre Ansichten ändern würde. Er steht auf und geht zum Klo.

Kurze Zeit später kommt er wieder, wirft Hannes Bademantel in die Küche und ruft Mama zu: »Sag deiner Tochter, sie soll sich was anziehen und nicht rumlaufen wie eine Nutte.«

Papa wird nicht wortbrüchig, vorerst wenigstens. Der Haussegen hängt nicht nur schief, er ist überhaupt nicht mehr vorhanden. Es ist so, als ob Hanne für Papa nicht mehr existiere. Er macht ihr keinerlei Vorschriften. Er nimmt nicht einmal mehr das Kostgeld von ihr an, das sie von ihrem Lehrgeld zahlen muß. Daß er Hanne überhaupt noch in der Wohnung duldet, verstehe ich nicht.

Hanne nutzt die neuen Freiheiten natürlich weidlich aus. Sie kommt und geht, wann sie will, ohne Rechenschaft abzugeben.

Mama leidet darunter am meistens. Sie startet ein paar Versöhnungsversuche, redet auf Papa und Hanne stundenlang ein, aber niemand gibt nach. Schließlich gibt sie es auf.

Meinem kleinen Bruder und mir erfüllt Papa in dieser Zeit fast jeden Wunsch. Trotzdem fühle ich mich nicht glücklich. Der Streit beherrscht alles, und meine Leistungen in der Schule gehen zurück.

Erst als Hanne zu Oma in die Siedlung zieht, wird die Atmosphäre wieder besser. Mama hat die Idee. Hanne sei nun alt genug, und Kurtchen solle endlich auch ein eigenes Bett bekommen. Bisher hat er zwischen Mama und Papa in der Ritze des Doppelbetts geschlafen.

Papa nimmt Oma übel, daß sie sich für Hanne eingesetzt hat. Sie hat Papa vorgeworfen, altmodisch und kleinkariert zu sein.

Oma geht immer mit der Zeit. Sie findet die Pille gut, weil ja doch so viele Mädchen vor der Ehe mit Jungen schlafen.

Und Oma erzählt Hanne und mir auch, warum es gut gewesen wäre, wenn es die Pille schon früher gegeben hätte: »Als die Russen damals nach Ostpreußen kamen, holten die sich nicht nur was zum Saufen und Fressen. Wir gaben ihnen ja alles, daß die uns in Ruhe ließen. Und wenn wir nichts mehr hatten, füllten wir Rasierwasser in die leeren Flaschen. Die haben das wie Wasser gesoffen. Manchmal schenkten die uns eine Schachtel Papyrossi oder auch mal eine Tafel Schokolade. Aber manchmal fielen die wie die Tiere über uns her und pinkelten uns an. Nicht alle, das kann man nicht sagen, aber auch nicht nur ein paar schwarze Schafe. Und ich kann von Glück sagen, daß ich hinterher nicht abtreiben mußte wie viele andere, in Hinterhöfen für ein Pfund Zucker oder Zigaretten. Und auch schon im Krieg. Die Männer waren an der Front, kamen monatelang, jahrelang nicht nach Hause. Da wurde manche schwach. Und wenn man schwanger war, na ja. Luise Merke hat es mit Stricknadeln versucht. Dabei ist sie fast abgekratzt. Ich seh heute noch, wie sie in ihrem Blut auf der Trage liegt.«

22. Kapitel

Noch einmal etwas von der Mallorcatussi, einem ausgestopften Busen und von Elfis erster Liebe

Seit Hannes Pillenaufstand ist viel Zeit ins Land gegangen. Nicht nur Hanne, auch alle anderen Familienmitglieder sind älter geworden, wenn auch nicht reifer. Die 60er Jahre gehen zu Ende und damit auch *meine* Kindheit.

Es ist Sommer 1970. Hanne wohnt immer noch bei Oma, hat längst ihren Lehrabschluß und einen anderen Freund. Ein Jahr lang ist sie mit Günther gegangen.

Papa, der gerade seinen vierzigsten Geburtstag gefeiert hat, redet zwar mittlerweile wieder normal mit Hanne, aber so ganz hat er ihre Abnabelung immer noch nicht verkraftet. So schimpft er alle paar Wochen auf das Fräulein Tochter, das ja mit ihren achtzehn Jahren alles besser wisse als die Alten. »Die Lange wird schon noch sehen, wo sie mit ihrer Klugscheißerei und Politik endet.« Das sagt Papa, als er erfährt, daß Hanne bei den Jungsozialisten im SPD-Ortsverein einen Vorstandsposten übernommen hat.

Immer öfter klagt Papa über seine Kreuzschmerzen. Daß er wirklich etwas mit dem Rücken hat, müssen wir ihm glauben, seit er zum Arzt ging, der ihm prompt einen anständigen Bandscheibenschaden bestätigte.

Mama, die jetzt halbtags als Buchhaltergehilfin arbeitet, was der Haushaltskasse sehr zu Gute kommt, klagt über ihre schmerzenden Beine und die erste Krampfader.

Mama und Papa haben einen Bausparvertrag abgeschlossen und träumen von einem Häuschen im Grünen. Irgendwann, wenn Kurtchen groß ist, wollen sie sich ein schönes kleines Haus für ihr Alter bauen. »Ach, Schätzken«, sagt Papa jetzt immer öfters, »das wird mal toffte, wenn ich Rentner bin. Die Knappschaft zahlt und ich les dir jeden Wunsch von den Augen ab. Und wenn ich von meine Spaziergänge nach Hause komme, dann stell ich die gepflückten Wiesenblumen auf den Tisch, wo schon dein lecker Essen auf mich wartet.«

Kurtchen geht schon ein Jahr lang in die Schule, wird immer frecher und vorlauter, auch gegenüber Papa. Aber er darf sich alles erlauben. Er ist eben Papas Sohn und Liebling.

Ich zähle mittlerweile vierzehn Lenze. Im Frühjahr bin ich konfirmiert worden. Geschenke! Was wohl? Alles für die Aussteuer natürlich, fast alles wenigstens, bis auf ein paar tolle Ohrringe von Oma und Opa Harz.

Daß ich mich schon unheimlich alt fühle, kommt auch daher, daß ich »einen Schuß gemacht habe«, wie Mama sagt. Das heißt, ich bin im letzten Jahr fürchterlich viel gewachsen. In meiner Klasse bin ich jetzt eine der größten, und durch den Umgang mit meiner Schwester Hanne bin ich schon ziemlich frühreif.

»Was die Elfi nicht schon alles weiß«, staunen selbst die Nachbarn manchmal. Ich weiß wirklich schon viel, was andere Mädchen in meinem Alter noch nicht wissen. Aber ich weiß eben noch nicht genug und werde mehr und mehr neugierig auf die Dinge, die mir noch verschlossen sind.

Bevor ich dreizehn geworden bin, habe ich meine erste Regel gehabt. »Ziemlich früh«, hat Mama gemeint, als ich mit meinem Problem zu ihr ging. Und dann hat sie mich beiseite genommen und mir endlich erklärt, wie das mit dem Kinderkriegen ist. Ziemlich umständlich, finde ich, manchmal hat sie richtig gestottert, und das meiste habe ich sowieso schon gewußt, aus den Zeitschriften und von Hanne. »Du bist jetzt fast erwachsen«, hat Mama noch gesagt. Das *fast* hat sie deutlich betont.

Aber genau das ist es. Ich will nicht fast, ich will jetzt richtig erwachsen sein. Und vor allem will ich wissen, was es eigentlich mit den Jungen auf sich hat, von denen sich Hanne so magnetisch angezogen fühlt.

Aber wie soll ich meine Neugierde befriedigen? Seitdem Mama wieder arbeitet, muß ich mich sehr oft um Kurtchen kümmern. Hanne lebt ja bei Oma und kommt nur ab und zu vorbei. So bin ich ziemlich auf mich allein gestellt, und Kurtchen geht mir total auf den Zeiger. Ich will endlich was erleben und meine eigenen Wege gehen.

Obwohl wir in den Ferien weiter jedes Jahr ins Zillertal fahren, verbringen wir natürlich die Wochenenden noch immer am Kanal. Bei warmem Sonnenwetter aalt sich fast unsere ganze Familie regelmäßig an der Kumpelriviera, Papas Blutwurststrand. Kurtchen versucht in diesem Sommer unter Papas Anleitung sogar schon seine ersten Schwimmzüge.

Das große Gelsenkirchener Freibad Grimberg ist zwar ganz in der Nähe, nur einen Katzensprung von unserem Liegeplatz am Kanal entfernt, aber eben nicht für umsonst.

Selbst Oma Erle kommt noch manchmal mit an den Kanal. Sie hat sich einen modernen Campingstuhl mit schicken gelben Gummischnüren gekauft. Papa hat ihr dazu eine Art Sonnenschirm gebaut, aus leichten Metallrohren und einem Tuch. Die Konstruktion ist einfach am Campingstuhl zu befestigen. Darunter sitzt sie dann, Rock- und Unterrock hochgekrempelt, die Bluse ausgezogen, und läßt sich wie eine alte Primadonna bräunen. »Ach nee, wie ist dat schön«, brummelt sie, wenn sie die ersten Sonnenstrahlen wärmen.

Die ganze Familie ist allerdings nicht mehr am Kanal vertreten. Hanne ist jetzt achtzehn und darf schon seit dem letzten Sommer alleine nach Grimberg, wo sie sich mit ihren Freundinnen trifft - und auch mit ihren Freunden natürlich!

Und mich interessiert doch brennend, was Hanne in Grimberg so treibt. Was die Großen tun, gewinnt für mich überhaupt immer mehr an Reiz. Wie gesagt, ich will erwachsen werden. Und dazu zählt, alles zu entdecken, was es zu entdekken gibt. Vor allem die Jungen!

In diesem Sommer beschließe ich, von der Familienidylle am Kanal ab sofort die Schnauze voll zu haben.

Als wir wieder einmal zum Kanal gehen wollen, spreche ich Mama mutig an: »Mama, laß mich doch mit Hanne nach Grimberg gehen, ja? Alle meine Schulfreundinnen dürfen doch auch alleine nach Grimberg.«

Mama zieht die Augenbrauen hoch. Sie traut meinen Worten wohl nicht so ganz, und sie hat recht, denn nur eine meiner Schulkameradinnen darf alleine nach Grimberg gehen. Alle anderen müssen mit ihren Eltern woanders hin auf die Decke. Aber von Hanne habe ich gelernt, daß ich manchmal etwas übertreiben muß, wenn ich etwas erreichen will. »Man muß ja nicht gleich lügen!« hat sie mir einen Tip gegeben.

»Immer am Kanal, das ist doch langweilig«, beeile ich mich trotzdem, das Thema zu wechseln. Wenn Mama wüßte, daß es mir weniger um die Schulfreundinnen als die Schulfreunde geht, würde sie mir garantiert den neuen, lang erbettelten Bikini abnehmen, auf den ich so stolz bin.

»Mal sehen, was Papa dazu sagt«, meint sie, und ich sehe meine Felle davonschwimmen.

»Mama, bitte, einmal nur«, bettele ich, »nur einmal alleine nach Grimberg!« Ich denke, was ich einmal darf, darf ich auch zweimal und dann immer. Diese Regel hat mir auch Hanne beigebracht. »Mama, beim nächstenmal komm ich dann auch wieder mit zum Kanal«, sage ich mit treuem Gesicht.

»Elfi, du bist gerade mal vierzehn.«

»Aber ich geh doch mit Hanne mit, die paßt auf mich auf.«

»Also, ich weiß nicht, ob das Papa recht ist. Heute kommst du erst noch mit uns an den Kanal, nächste Woche darfst du dann mit Hanne nach Grimberg. Wenn es Papa erlaubt!«

Ich gehe aufs Zimmer, packe meine Sachen zusammen und ziehe schon mal meinen neuen Bikini drunter.

Ich betrachte mich im Spiegel. Irgend etwas stimmt nicht. Ich mustere mich, und dann weiß ich, was mich stört. Es sind die flachen Körbchen. Komisch, bei Hanne sieht das da oben ganz anders aus! Was sie an Hormonen zu viel hat, habe ich zu wenig. Hanne Brust ist zwar nicht mehr so groß wie früher, aber Papa sagt immer: »Das sind ganz ordentliche Proportionen.«

Ich habe noch nicht einmal unordentliche Proportionen! Ich habe gar nichts! Twiggy, das Schönheitsideal der 60er Jahre, hätte sich ein Beispiel an mir nehmen können. Aber ich will keine Twiggy sein, ich will Elfi sein und endlich eine richtige Brust kriegen. Daß dieser verdammte Busen aber auch nicht versteht, daß er wohl endlich zu wachsen hat!

Ich versuche es mit Orangen, die ich mir aus der Obstschale im Wohnzimmer hole. Das sieht nicht übel aus, wenn sich mein Busen mal so entwickelt. Toll!

Aber die Apfelsinen rollen immer wieder heraus. Sie eignen sich nicht fürs Schwimmen. Das weiß ich sofort.

»Versuche es doch mal mit Watte«, meint Hanne, die noch eben Gemüse aus Opa Heinz' Garten abgibt, bevor sie weiter nach Grimberg radelt. »Hat eine Freundin von mir früher auch gemacht.«

Watte - das ist die Idee! Doch seit Papa einen Elektrorasierer hat, braucht er keine Watte mehr, da er sich nicht mehr in die Wange schneidet. Doch irgendwo treibe ich tatsächlich noch einen ordentlichen Bausch Watte auf.

Ich betrachte mich wieder im Spiegel. Klar! So ganz echt und rund sieht es nicht aus. Aber es ist wenigstens etwas zu sehen. Ich fummele noch einige Male an meiner neuen Brust herum, schiebe die Watte hin und her, schließlich bin ich mit dem Ergebnis zufrieden.

»Wo bleibst du denn? Am Kanal ist voll heute. Wie oft soll ich das noch sagen!« Mama ist im Anmarsch, und ich beeile mich, mein T-Shirt über den Kopf zu ziehen, damit sie nichts merkt.

Erst holen wir Oma ab und packen ihren Campingstuhl ins Auto. Als wir dann naßgeschwitzt an der Uferböschung ankommen, ist tatsächlich schon jede Menge los. Die besten Plätze sind mal wieder futsch. Im Radio lechzt Daliah Lavi *Oh, wann kommst du?*

Wie nicht anders zu erwarten, trifft Papa einen Arbeitskollegen. »Auch ein bißchen Sonne tanken?«

»Jau, Kurt, hab ich nötig.«

»Mensch, letztens hab ich eure Hanne gesehen. Die ist ja schon eine richtige Dame geworden.«

Blödmann, denke ich im stillen. Ich ziehe mein T-Shirt aus und schiebe demonstrativ meine Brust, oder besser, was alle dafür halten sollen, nach vorne. Hanne, Hanne, immer nur Hanne! Selbst wenn sie nicht da ist, immer nur Hanne!

Mich scheint niemand zu bemerken. Kleine Schwester sein, ist das Blödeste, was es überhaupt gibt!

Ich drehe mich um und schiebe dezent die Watte zurecht, damit mein Busen noch besser zur Geltung kommt.

»Ach, wenn das mal nicht die kleine Elfi ist!«

Auch das noch! Die Mallorcatussi!

Ich höre, wie Mama ebenfalls leise stöhnt: »Oje, die Rombarskis!«

Oma Erle markiert, als ob sie in ihrem Campingstuhl eingeschlafen ist. Sie schnarcht sogar ein bißchen.

»Marlies, hallo! Lange nicht gesehen. Muß ja eine Ewigkeit her sein.« Tante Emmi hat Onkel Egon im Schlepptau, der mittlerweile Angestellter bei der Stadt ist. Seitdem strunzt er noch mehr.

Neben uns ist noch etwas mehr als eine Handbreit Wiese frei. Darauf legen die Rombarskis ihre Strohmatten - natürlich aus Mallorca - und rücken uns ganz schön auf die Pelle.

»Erzähl doch mal, Egon! Wir haben nämlich eine Neuigkeit«, sagt Tante Emmi.

Und Onkel Egon prahlt vom neuem Mercedes Benz, den sie sich im Frühjahr gekauft haben. Wie der ausgestattet sei und daß so ein Benz wirklich was richtig Solides sei und nicht so ein Schrott wie die anderen Autos alle. »So ein Benz, Kurt, da weiß man, was man unterm Hintern hat.«

Papa drückt Onkel Egon eine Flasche Bier in die Hand. So hält er erst einmal seine Klappe.

»Egon, du sollst doch nicht trinken, wenn du Auto fährst.«

Jetzt haben die Rombarskis uns auch in diesem Punkt was voraus. Einen Benz können wir uns wohl nie leisten, und ich vermute, daß sie nur deswegen an den Kanal gekommen sind, um uns ihre neue Errungenschaft zu präsentieren.

Tante Emmi ist immer noch fast dieselbe. Sie trägt heute einen äußerst knappen Bikini mit grellem Blumenmuster, ihren Kopf bedeckt ein komischer Strohhut, und um den Hals baumeln dämliche Holzketten. Ihre Figur ist allerdings längst nicht mehr die beste. Über die Gummibänder des Bikinis quillt in mehreren Lagen das Fett des Wohlstands.

»Ach, Kind, was bist du groß geworden«, quasselt sie mich an und legt ihren sonnenölverschmierten Arm um mich. »Was macht denn die Schule? Da gehst du doch bestimmt gerne hin, nicht?«

Typisch, für eine Antwort läßt sie mir keine Zeit.

Sie wendet sich an meine Mutter. »Marlies, was sagst du denn dazu? Schick was?« Tante Emmi zeigt auf Strohhut und Kettengebammel. Triumphierend wartet sie auf eine bewundernde Reaktion.

Bestimmt aus Mallorca, vermute ich im stillen. Ach, Mallorca, denke ich sehnsuchtsvoll. In Gedanken sehe ich mich am weißen Strand unter Palmen liegen, wie ich es im Fenster des neuen Reisebüros auf der Cranger Straße gesehen habe. Ich versuche mir vorzustellen, wie Tante Emmi mit braungebrannten Spaniern am Strand promeniert und im Erler Dialekt palavert. Ein bißchen neidisch bin ich schon. Da will ich auch mal hin. Aber wir fahren immer nur nach Österreich. Schuhplatteln auf dem Dorffest, Bergwandern und ab und zu ins Schwimmbad. Das war es dann. Jeden Berg, jeden Baum, jede Kuh kenne ich im Zillertal!

Ich sehe Mama an, wie sehr ihr das Gesabbel der Rombarski auf den Geist geht. Aber sie beweist Haltung. »Und ich denke noch letzte Tage so, die Rombarskis müßten doch eigentlich bald nach Spanien fliegen. Und jetzt treff ich euch an der Kumpelriviera. So ein neues Auto ist ja auch nicht billig, nicht!«

Tante Emmi hat die kleine Spitze Mamas verstanden und lächelt leicht säuerlich. Doch sie ist nicht auf den Mund gefallen und hat eine passende Antwort parat. »Weißt du, Marlies, lieber ein Jahr auf Urlaub verzichten, vielleicht auch zwei. So ein Urlaub ist ja schnell vorbei. Aber so ein Benz, den kann uns niemand nehmen. Der verliert nie an Wert, weißt du. Egon hat so einen Spaß dran. Er wäscht und wienert ihn jeden zweiten Tag. Und die Heimat hat ja auch ihre Reize. Aber ehrlich gesagt, ist ja fürchterlich voll hier, ich krieg ja schon richtig Platzangst. Ich weiß gar nicht, was die Leute am Kanal eigentlich so finden.«

Mama sagt nichts darauf, aber ihr Blick verrät mir, daß sie Tante Emmi am liebsten in der nächsten Schleuse absenken würde.

Aber die redet munter weiter. »Tja, nach Mallorca fliegen wir ja sowieso nicht mehr. Mallorca, schön und gut, aber Mallorca kennt ja schon jeder. Aber Teneriffa! Marlies, Teneriffa! Also Marlies, wenn du Teneriffa sehen würdest, da würdest du Mallorca glatt liegenlassen. Wir fliegen nächstes Jahr nach Teneriffa. Egon hat auch gesagt: Teneriffa, das ist es!«

Das sitzt! Mama will ablenken und greift in die Basttasche. »Ich habe Hunger«, sagt sie und nimmt sich eine Schnitte. »Möchtest du auch eine?« fragt sie Tante Emmi und hält ihr eine dicke Blutwurstkniffte hin.

Tante Emmi lehnt ab und lächelt. »Auf eine Paella, da hätte ich jetzt Appetit.«

Mama schaut sie erstaunt an.

»Das kennst du nicht, Marlies? Das ist doch *das* spanische Reisgericht mit verschiedenen Fisch- und Fleischsorten und Krebsen und Muscheln. Schmeckt herrlich!«

Papa und Herr Rombarski haben mittlerweile ihr Bier ausgetrunken und nehmen sich aus unserer neuen Kühlbox eine neue Flasche. Papa stellt die Kühlbox wieder in den Schatten.

»Ich mag das Zeug ja nicht«, sagt Herr Rombarski. Er meint die Paella, nicht das Bier. »Man weiß nie, was da so alles drin ist. Aber keine Angst, Kurt«, er klopft Papa auf die Schulter, »irgendwann kommst du da auch mal hin, und ich kann dir versprechen, lecker Eisbein gibt es da auch. Und tofftes Jägerschnitzel. Die Spanier, die kennen unseren Geschmack.«

Tante Emmi wendet sich nun wieder an mich. »Guck mal, Elfi! Da hinten läuft unser Thomas. Mit dem kannst du gleich ein bißchen schwimmen gehen.« Und schon ruft sie ihn, daß man es wohl auch noch in Bottrop hören kann: »Thooomas, Thoooomas, komm mal her! Elfi ist auch hier, ihr kennt euch doch von früher.«

Auch das noch! Ihr Sohn Thomas ist tatsächlich auch da. Und ich habe mich schon gefreut, daß mir das Pickelgesicht heute erspart bleibt. Aber jetzt entdecke ich ihn hinten an den

Bäumen mit ein paar anderen Jungen. Er dreht uns den Rükken zu und hört nicht.

»Thoooomas, Thooooomas!« versucht es Tante Emmi noch einmal. Aber Thomas hört nicht.

Zum Glück!

Warum soll ich mich überhaupt mit diesem Muttersöhnchen abgeben, das mehr Eiterstippen im Gesicht als Haare auf dem Kopf hat? Auf einem Schrebergartenfest vor drei Jahren habe ich ihn zum letzten Mal getroffen. Beim Tanzen latschte er mir ständig auf den großen Zeh und laberte komisches Zeug über seine Briefmarkensammlung, auf die er so stolz sei. Außerdem trank er nur Dunkelbier und verpetzte uns, als wir die Reste aus den Weingläsern der Erwachsenen stibitzten.

Ich tue so, als ob mich das alles gar nichts angeht, und kümmere mich betont um Kurtchen, der bisher an den Ufersteinen gespielt hat und jetzt Hunger bekommt. Ich wickele ihm eine Blutwurstkniffte aus und gebe ihm zu trinken.

Plötzlich spricht mich einen Jungenstimme von hinten an. »Hallo, Elfi!«

Ich sitze in der Hocke, blicke starr auf Kurtchens Blutwurstschnitte und verschütte fast den Zitronentee, den ich gerade einschütte. Der Tag ist damit wohl endgültig gelaufen.

Als ich mich endlich umdrehe und hochblicke, bin ich völlig weg. Vor mir steht der Adonis meiner Jungmädchenträume!

»Eh, erkennst du mich nicht mehr?«

Ich stelle, wie in Trance, den Tee auf die Kühltasche und lege die Blutwurstkniffte auf die Decke.

»TT... Thomas?! Wie schön, di... dich ma... mal wiederzusehen!«

Ehrlich! Roy Black, Chris Roberts, und wie die Typen aus der Bravo alle heißen, sind gegen die Gestalt, die sich vor mir aufgebaut hat, reine Milchflaschengesichter! Diese tolle athletische Figur in superknapper Badehose, eine Mischung aus Heintje, Pierre Brice und Lex Barker, löst in mir ein Gefühl aus, als ob ich mit einer ungeerdeten Steckdose in Berührung gekommen sei.

Langsam richte ich mich auf.

Keine Spur von Pickeln. Ein nettes Gesicht mit leichtem Bartflaum lacht mich fröhlich an.

Thomas scheint zum Glück meine Verlegenheit nicht zu bemerken. »Schwimmen wir zum anderen Ufer?« Er sieht mich fragend an.

Ich bin sofort Feuer und Flamme, wenn ich mich auch bemühe, es nicht so ganz zu zeigen. »Ja, warum nicht! Wenn du möchtest«, quetsche ich mir heraus.

Wir klettern schon die Ufersteine zum Wasser runter, als mir plötzlich die Watte einfällt. Bei dem Gedanken wird mir regelrecht schlecht. Ich klammere mich hilfesuchend an Thomas. »Oh, so ein Mist! Mir ist schwindelig.« Ich lüge nicht einmal. »Besser, ich lege mich hin.«

Thomas ist ein echter Kavalier. Er stützt mich mit dem einen Arm, mit den anderen umfaßt er meine Schulter und führt mich so auf die Decke zurück.

Mama kommt besorgt angelaufen. »Was ist mit dir, Kind?«

»Nichts, Mama, wird gleich vorbeigehen.«

Tante Emmi hat sich ebenfalls eingefunden. »Ist doch gar nicht so heiß. Ja, auf Mallorca, da muß du dich vorsehen. Das ist vielleicht eine Affenhitze da. Da kannst du echt nur mit Strohhut gehen, oder du machst mittags eine Fiesta. Ist eine schöne Sache. Sollte man hier auch einführen.«

Mama wird ärgerlich. »Laß mich doch endlich mal mit dein Mallorca in Ruhe! Dem Kind geht es schlecht.«

Und jemand anderes nutzt die Gelegenheit, Tante Emmi ihre Halbbildung zu beweisen. Oma Erle tut so, als ob sie gerade aufwacht, rückt ihren großen weißen BH zurecht und meldet sich von der Decke aus zu Wort: »Weißt du, Emmi, ich flieg zwar nicht nach Mallorca, aber ich guck Fernsehen. Und daß es nicht Fiesta, sondern Siesta heißt, das weiß selbst ich. Wofür gibst du jedes Jahr eigentlich das viele Geld aus, wenn du das nicht einmal richtig unterscheiden kannst.«

Das ist für Tante Emmi zuviel. Sie packt ihre Sachen zusammen und will gehen. »Los Egon, wir sind hier nicht erwünscht!«

Papa und Onkel Egon haben den sich überstürzenden Ereignissen mit offenem Mund und einer Flasche Bier in der Hand schweigend zugesehen. Egon Rombarski weiß nicht, wie ihm geschieht, als Tante Emmi ihm plötzlich das Gepäck in die Hand drückt und schreit: »Egon, wir gehen!« Dann wendet sie sich an ihren Sohn. »Thomas, komm!«

Aber Thomas weicht nicht von meiner Seite.

Tante Emmi wirft ihm einen bösen Blick zu und stampft auf den Boden. »Thomas, ich sag das nicht noch mal!«

Thomas weicht nicht einen Zentimeter von meiner Seite.

»Na, dann eben nicht, Bürschchen!« Tante Emmi schnappt sich ihren Egon und dampft ab, ohne sich auch nur ein einziges Mal umzuschauen.

Einen Moment lang sind wir alle stumm. Dann fühlt Mama sorgenvoll meine Stirn. »Was hast du nur, Kind? So lange warst du doch noch gar nicht in der Sonne.«

Was soll ich sagen? Daß mich der Liebesblitz getroffen hat und in meinem Bikini Watte ist?

Papa schlägt sogar vor, den Ausflug abzubrechen, doch ich erhole mich schnell, und bald geht es mir schon wieder so gut, daß ich mit Thomas auf der Decke sitzen und Karten spielen kann.

Ich verabrede mich mit ihm für nächsten Sonntag. Wir wollen zusammen nach Grimberg.

Weil Thomas dabei ist, will Papa nicht nein sagen. Ich überrumpele ihn, brauche nicht zu bitten und betteln, nur einen Kuß will Papa für seine Erlaubnis. Den gebe ich ihm aber erst, als Thomas weg ist.

Die Tage bis zum nächsten Sonntag scheinen mir doppelt lang zu sein. Ich studiere jeden Tag in der Zeitung die Wettervorhersage und lasse keine Wetterkarte im Fernsehen aus. Mehrmals täglich probiere ich vorm Spiegel, was ich am besten anziehen kann.

Mama bleibt das natürlich nicht verborgen, und an einem Abend sagt sie zu mir: »Entweder der Thomas mag dich oder er mag dich nicht. Dann ist es nämlich egal, was du anziehst.«

Ich bin echt baff. Mama hat mal wieder den Durchblick. Eigentlich hat sie natürlich recht, aber ich denke mir nur, die hat gut reden.

Mama setzt sich zu mir aufs Bett. »Eigentlich bist du noch viel zu jung für eine Freundschaft mit einem Jungen. Aber ich glaube, es hat keinen Zweck, es dir zu verbieten. Du bist neugierig und willst deine Erfahrungen selber machen. Aber denk daran, der Thomas ist zwei Jahre älter als du! Macht keine Dummheiten! Mehr brauch ich dir wohl nicht zu sagen.«

Mama braucht nicht mehr zu sagen. Typisch Erwachsene! Sie denken immer nur an das eine, was für mich überhaupt nicht wichtig ist.

Und dann sagt Mama noch: »Und das mit der Watte, das laß diesmal besser sein!«

Irgendwie ist Mama also doch noch dahintergekommen, wie immer, wenn ich irgend etwas angestellt habe, was ich unbedingt verbergen wollte.

Der ersehnte Sonntag ist da. Wir haben bestes Badewetter, und ich borge mir für Grimberg von Hanne ein T-Shirt aus.

Als Hanne und ich mit den Rädern vor Grimberg ankommen, sehe ich Thomas sofort. Ich stelle mich selig neben ihn, und wir reihen uns in die Menschenmasse vor den Kassenhäuschen ein.

Es ist ein ziemlich heißer Tag, und ganz Gelsenkirchen hat wohl nur ein Ziel: Grimberg.

Grimberg ist die Seligkeit für Sonnensuchende und Badebegeisterte schlechthin, wenn man einmal vom Kanal, der aber eben umsonst ist, absieht. Hier gibt es für alle Schwimmer und vor allem für Nichtschwimmer viel mehr Möglichkeiten. An heißen Tagen bekommt man daher auch hier kaum einen Platz. Dann liegen die Wasserratten Decke an Decke. Man kann den Nachbarn förmlich riechen, und von Schwimmen kann kaum mehr die Rede sein. Manchmal ist man froh, selbst im Schwimmer einen Stehplatz zu erwischen. Und in dem Becken mit den Rutschbahnen - auch Pißbecken genannt - tummeln sich Unmengen von kleinen Kindern.

Heute ist mir das jedoch alles egal.

Hanne geht ihre eigenen Wege, und ich treffe mich mit Thomas und seiner Clique unter den großen Bäumen oben auf den Hängen. Dort gibt es noch ein paar Nischen, wo wir nicht gleich alle Blicke auf uns ziehen. Wir flachsen um die Wette, toben wie die Irren mit dem Wasserball und gehen Pommes mit Matsche essen.

Als wir wieder auf den Decken sind, bleibt den anderen natürlich nicht verborgen, daß Thomas und ich ein Paar sind. Thomas kremt mich ein, und ich darf ihm mit seinem Sonnenöl den Rücken massieren.

So nah war ich noch nie einem Jungen.

»Eh, Leute, guckt euch mal die beiden Verliebten an!« Einer von den Jungen kippt uns eine mit Wasser gefüllte Badekappe über die Köpfe.

Thomas und ich machen uns davon in Richtung Sandwüste. Wir lassen uns in den heißen Sand fallen und wälzen uns herum, immer darauf bedacht, uns nicht ganz zu nahe zu kommen.

Irgendwann liegen wir dann dicht nebeneinander, und Thomas legt seine Arm um meine Schulter. Irgendwo, ganz weit weg, schwärmt Barry Ryan von seiner Eloise.

Ich spüre, daß Thomas ein bißchen gehemmt ist, genauso wie ich.

Als sich unsere Wangen immer näher kommen und manchmal berühren, bekomme ich doch noch meinen ersten Kuß. Ganz flüchtig berühren seine Lippen meinen Mund.

Später, als wir uns auf der Cranger Straße verabschieden, küssen wir uns noch einmal.